書下ろし

縄のれん福寿

細腕お園美味草紙

有馬美季子

祥伝社文庫

お品書

お通し　家族の味

山吹色《やまぶきいろ》の月が柔らかな光を湛《たた》えて、薄墨《うすずみ》を散らしたような夜空にふんわりと浮かんでいる。

頃は文政《ぶんせい》五（一八二二）年、卯《う》の花月《はなづき》。青葉が眩《まぶ》しい時季だが、このところ卯の花腐《くだ》しの長雨が続いていた。

今宵《こよい》は、その合間の月夜だ。蒸し暑い夜、日本橋《にほんばし》は小舟町《こぶなちょう》の通りを、人々は陽気に行き過ぎる。小舟町は、日本橋川から分かれた東堀留川《ひがしほりどめがわ》と西堀留川に挟まれた一帯にある。

川に囲まれた町に夜風が吹くと、みずみずしい匂いが仄《ほの》かに漂った。

この町の、通称〝晴《は》れやか通り〟には、楊枝屋《ようじや》、小間物屋、傘屋《かさや》、下駄屋、絵双紙屋など様々な店《たな》が並んでいる。

ちょうど通りの真ん中ほどに、今宵も常連客たちで賑《にぎ》わっている店があり、旨《うま》そうな料理の匂いとともに、賑やかな話し声が外にまで漏れていた。

月明かりが、その店の看板を照らしている。〈縄のれん福寿《ふくじゅ》〉と書かれてあった。

その〈福寿〉の戸ががらがらと開き、二人連れのお客と、女将《おかみ》が出て来た。

「ごちそうさん。また来るぜ」

「ありがとうございます。お気をつけて！」

女将であるお園《その》は、その美しいうりざね顔には似つかわしくないほど、大きな声で威勢良く言った。

粋《いき》な雀茶《すずめちゃ》色の着物を纏《まと》った躰《からだ》は細《ほ》っそりと柳腰だが、凛《りん》とした身のこなしからは芯《しん》の強さが窺《うかが》える。

爪《つま》楊枝を銜《くわ》えて去ってゆくお客たちの後ろ姿を見送りながら、お園はふと夜空に目をやった。月の明かりを受けて、切れ長の大きな目が煌《きら》めく。

お園は心の中でお客に再び礼を言い、笑みを浮かべて店の中へと戻った。二十六歳のお園は、この店を女一人で切り盛りしているのだ。

「女将、これ旨いぜ。もう一皿お願い出来るかい」

常連客の一人である八兵衛《はちべえ》が、箸《はし》を舐《な》めながら、空《から》になった小鉢を突き出した。

八兵衛に凭《もた》れ掛かりながら、年の離れた若妻、お波《なみ》も酔った口調で言った。

「筍《たけのこ》と椎茸《しいたけ》の旨煮《うまに》なんて、お酒が進んで仕方がないわ。椎茸は柔らかくて、筍は歯ごたえがあって、どちらも今が旬《しゅん》。味もしっかり沁《し》みてて、さやえんどうも彩《いろど》り添えて、もう、憎いったら！」

「あら、憎いのは、八兵衛さんとお波さんの仲じゃありませんこと？　そういや歳を重ねて柔和《にゅうわ》な八兵衛さんは椎茸の如《ごと》く。八兵衛さんより三十と六つもお若いお波さんは、しゃきしゃきと筍の如し。まろやかだけれど、味付けは濃いめの旨煮御夫婦、ごちそうさまです」

お園がそう返すと、店の中が穏やかな笑いに包まれた。

この店が繁盛している訳は、料理や酒が美味《おい》しいということはもちろん、女将であるお園の魅力も大きかった。店を始めて二年と少し、客足が途絶えたことはない。

「女将、熱燗《あつかん》もう一本つけて！　俺は、この鰹《かつお》がたまんねえや。いや、酒が進む、進む」

瓦版屋《かわらばん》の文太《ぶんた》が、顔を火照《ほて》らせて叫ぶ。もう既《すで》に〝出来上がっている〟ようだ。

初物の時季が過ぎ、鰹もだいぶ安く食べられるようになっていた。江戸では鰹はたたきではなく、刺身にして、辛子醤油《からしじょうゆ》で食べる。薬味は辛子だけでもじゅうぶんだが、お園は大葉と茗荷《みようが》も散らした。

「はい！　ちょっとお待ちくださいね」

お園は威勢良く返し、たすき掛けに前掛けの姿で、忙《せわ》しなく立ち働く。

この店は土間に床几《しようぎ》が置いてあり、そこでお客たちは呑み食いするが、座敷に上がってゆっくりくつろぐことも出来る。土間で草履《ぞうり》を脱《ぬ》ぎ、上がり框《かまち》を踏むと畳敷きになっているのだ。今宵《こよい》、座敷は八兵衛たちが、土間は品川《しながわ》沖で漁師をしている三人連れが陣取っている。十五人ほど入れる、小ぢんまりとした店だ。板場には調理に使う竈《かまど》や流しがあり、お園はそこで奮闘していた。板場の中は見え、お園は料理をしながらお客たちと触れ合うことも出来た。

すると戸が開き、また客が入って来た。常連の一人である、易者《えきしや》の竹仙《ちくせん》だ。

「おっ、皆さん、居ますねえ」

「あたぼうよ。食って呑むなら、〈福寿〉ってな」

文太が空の徳利《とつくり》を掲げる。文太も竹仙も三十を過ぎているが男やもめの気儘《きまま》な暮らしで、この店でへべれけになるまで呑むこともしばしばだ。

竹仙が座敷に上がると、「ま、一杯」と八兵衛が 盃《さかずき》 を差し出し、ちろりを傾け酒を注ぐ。いつもの仲間、気さくなものだ。

八兵衛夫婦は日本橋は横山町《よこやまちょう》の三丁目、なかなかの広さの仕舞屋《しもたや》で、のんびり暮らしている。今は隠居している八兵衛であるが、長年左官屋の棟梁《とうりょう》として働いていたので、しっかり溜《た》め込んでいたのであろう。ちなみに三十六歳下の妻との馴《な》れ初《そ》めは、八兵衛の一目惚《ひとめぼ》れだったそうな。八兵衛は六十、お波は二十四の、歳の差夫婦である。

八兵衛夫婦を始め皆、お園の料理と美味しい酒に相好《そうごう》を崩している。土間の漁師たちは、しらすとワカメが入った出汁《だし》巻き卵に箸が止まらない。

「まったく絶妙だぜ。しかし、なんだな。ふわふわのちょっぴり甘い卵焼きを食ってるだけで、どうしてこんなに幸せな気分になるんだろうな。たかが卵焼き、されど卵焼きよ。不思議なもんだ」

「いいじゃねえか、卵焼きで夢見られてよ。それも女将のおかげだ。感謝しな」

八兵衛が意見すると、漁師たちは素直に頷《うなず》いた。

「なるほど、女将が作るから一味違うんだな。いつも旨いもんありがとよ、女将」

「どういたしまして。卵焼きでよければ、いつでも作りますからね」

八兵衛は、女将と漁師たちのやり取りを微笑《ほほえ》ましく眺めつつ、ちろりを手に取り声を上げた。

「あれ？　あ、ちろりがいつのまにか空に！　このお、遠慮せずに呑みやがったな」

八兵衛は一滴もなくなったちろりを摑《つか》み、竹仙を睨《にら》んだ。竹仙は坊主頭をますます染めながら、何食わぬ顔で箸を動かしている。

「これ旨いですねえ。いや、女将の料理のおかげで、すっかり酒も進んでしまいました。ははは」

竹仙は、お園の出したお通しに舌鼓《したつづみ》を打っていた。油揚げと薇《ぜんまい》を胡麻《ごま》油でさっと炒《いた》め、七味唐辛子をふったものだ。

「あら。お褒《ほ》めくださるのは有難《ありがた》いけれど、簡単なのよ、それ作るの」

お園が言うと、すかさず竹仙が返す。

「いやあ、そうなのかもしれませんけれどね。どうしてこの店で食べると、こんなさりげないものまで旨く感じるのでしょうかね。まことに不思議です」

するとお園は、茶目っ気たっぷりに目配せして、言い放った。

「それは、私の〝心〟が込められてるからですよ。お客様たちへの愛情たっぷりの真心がね」

土間の漁師たちが盃を掲げ、声を上げた。

「ちげえねえ！　この店の料理が旨《う》めえのは、女将の心がこもってるからよ。別嬪《べっぴん》女将の、別嬪な心がよ！」

すかさず文太が、火照った顔をさらに赤らめ、畳に立ち上がって威勢良く放つ。

「別嬪なうえに優しくて、しっかり者だが男運はイマイチ！　そんな女将の作る料理は、舌は蕩《とろ》けても胃にはもたれぬ男前、ってな！」

どっと笑いが起き、いっそう活気づく。男運がイマイチと指摘され、お園は一瞬ぷうっと膨《ふく》れたが、いつの間にかお客たちと一緒に笑っている。苦笑いではあるが。

卯の花月夜、今宵も〈福寿〉はほっこり温かだ。どこかで不如帰《ほととぎす》が鳴いている。


暖簾《のれん》を下ろして店を閉め、お園は酒を持って二階へ上がった。二階には小さな部屋が二つあり、一つは滅多《めった》に使わないがお客用の座敷にして、もう一つを自分の住まいにしている。

行燈《あんどん》が仄かに灯《とも》る薄暗い部屋の中で、お園は手酌《てじゃく》で酒を呑む。少し開けた障子窓から吹き込む夜風が、ほんのり心地良い。

——男運はイマイチ、か。本当のことだけれど、言われると、なんだかズキッとくるな……いまだにね。

お園は二十歳《はたち》の時に嫁にいったが、三年も経《た》たずして、亭主だった清次《せいじ》が失踪《しっそう》してしまったのだ。

清次とは、お園が浅草寺《せんそうじ》近くの料理茶屋に奉公していた時に、仕事が縁で知り合った。四つ年上の清次は腕の良い料理人で、蕎麦《そば》職人の娘であるお園は、そのようなところにも惹《ひ》かれたのだ。

見てくれは特に二枚目というわけではなかったが、清次は心持ちが男前だった。根っからの職人気質《かたぎ》で、自分が納得いくまで、夜遅くまで時間を掛けてでも料理を追い求めた。料理に懸命に打ち込んでいる清次は、お園にとっては最高にいい男であった。

ひたむきに働くお園を、清次も憎からず思っていたのだろう、何かと気に掛けてくれるようになった。清次はお園に、料理を教えてくれた。清次と一緒に料理に向かい合う時、お園はそれは幸せだった。二人は惹かれ合い、やがて所帯を持ち、花川戸《はなかわど》町《ちょう》の長屋で暮らし始めた。

料理を通して結びついた二人には、自分たちの店を構えたいという夢があった。そして二人は、その夢に向かって、それは懸命に働いた。お園は所帯を持った後も、亭主とは別の料理屋へと働きに出掛けた。

——清《せい》さんと、小さくてもいいから店を始めるんだ。

躰が少々きつい時でも、そう思うと、やり遂《と》げることが出来た。

清次には親兄弟がいなかった。武州《ぶしゅう》の生まれで、五つの頃に母親を病《やまい》で亡くし、八つの頃に行商人だった父親が旅先で他界、その後親戚を頼って江戸に出て来たという。料理屋に丁稚《でっち》奉公し、働き続けた清次は、しっかりしていながらもどこか寂《さび》しげで、お園の心は掻《か》き立てられた。清次の孤独を、癒《いや》してあげたいと思った。

お園も清次と同じく、既に両親を亡くしていた。十二歳の時に父親が流行《はやり》病で亡くなると、母親が蕎麦屋を切り盛りし、お園も手伝った。母親はいつも笑顔で頑張っていたが、心身ともに疲弊《ひへい》していたのだろう、二年後の或《あ》る日に突然倒れ、帰らぬ人となった。

十四歳だったお園は蕎麦屋をまだ継ぐことも出来ず、店を仕舞って、料理屋へ奉公に出た。親戚の家に厄介《やっかい》になるのも心苦しかったからだ。暫《しばら》く住み込みで奉公していたが、十七歳になると長屋に移り、別の料理屋で働くようになった。そこで清次と知り合ったのだ。清次と惹かれ合ったのも、互いに同じく孤独の身であったということも大きいだろう。多くを喋《しゃべ》らなくても、通じ合うものがあり、互いのことがよく分かったのだ。そしていつの間にか二人は、寄り添うようになっていた。

清次は年上でも、お園に甘えてくるようなところがあった。お園の膝枕《ひざまくら》で眠るのを好み、膝枕をしてあげていると、清次はいつも「なんだか懐《なつ》かしいなあ」と呟《つぶや》き、心地良さそうに目を細めた。

——もしかして、おっ母さんのことを思い出しているのかな。

そう思うと、お園の母性が掻き立てられ、清次を包み込んであげたくなる。お園は亭主に膝枕しながら、よく耳掻きをしてやった。

清次がいなくなってしまったのは、二人で必死に働いて、ようやく金が貯まり、料理屋を始めようと店を探していた矢先だった。亭主が初めて家に帰って来なかった夜、五つ（午後八時）を過ぎた頃からお園は何か異様な胸騒ぎがして、居ても立ってもいられなくなった。

——あの人のことだ、新しい料理に取り組んで遅くなっているのだろう。

そう思っても、動悸《どうき》が治まらない。

——今朝だって、変わらなかったじゃない。笑顔で『行ってくる』と言って、いつものように出掛けたじゃない。……それなのに、どうしてこんなに、嫌な感じがするのだろう。

お園は外に出て、急ぎ足で清次の職場へと行ってみたが、「とっくに帰りましたよ」

と言われた。

お園の胸騒ぎはいっそう激しくなり、つんのめりそうになりながら、町を捜し回った。清次が顔を出しそうな、居酒屋、飯屋、仕入れ先などだ。

息を切らし、汗を滲《にじ》ませて駆け回ったが、清次はどこにも見当たらなかった。途中で雨が降ってきて、ずぶ濡《ぬ》れになって、お園は長屋に戻った。

指を銜えて土間に蹲《うずくま》り、「清さん、早く帰って来て……」と呟いた。


その夜、お園は一睡も出来なかった。翌朝、目を腫《は》らして再び町を捜し歩いたが、清次はどこにも居なかった。

お園は長屋に戻らず、働きにも行かず、下谷《したや》のほうまで捜しに行ったが、やはり見当たらない。

――何かの事件に巻き込まれたのだろうか。……まさか。

真実を知れば、卒倒するかもしれない。しかし、お園は腹を括《くく》って奉行所にまで足を運び、昨日から今日に掛けてあがった死体を見せてもらった。しかし、その中に清次はいなかった。

お園は少々安堵《あんど》したが、それでも胸に渦《うず》巻《ま》く不安は掻き消すことが出来ない。お園はもう一度清次の職場へと赴《おもむ》き、昨日の亭主の様子を訊《き》き出したが、皆、「別に変わった様子はなかった。いつもと同じだった」と口々に言った。清次はいなくなったその日も、熱心に仕事をして、定時に帰ったという。

「誰か、夫の御贔屓筋《ごひいきすじ》の人が食べに来たりはしませんでしたか？　もしかしたら、その人と、仕事の帰りに待ち合わせの約束をしていたとか」

お園が訊《たず》ねると、皆、首を捻《ひね》ったが、板場の親方は怪訝《けげん》な顔でこんなことを話した。

「そういや昼の刻に、清次を贔屓にしている客が来ましたがね。呉服問屋の桔梗屋《ききょうや》さんです。でも、清次は忙しくて、挨拶《あいさつ》にも出られなかったと記憶しています。だから言葉を交《か》わす暇《ひま》もなかったと思いますよ」

親方の答えに、お園は「そうですか……」と肩を落とした。〈桔梗屋〉の大旦那のことはお園も知っており、もう高齢であるし、清次を危ない目に遭わせるような者ではないと分かっていた。

清次の生家を訪れてみようかとも思ったが、武州と聞いただけで、詳しい場所は知らない。清次は、生まれ故郷のことを話すのを、好まなかった。それゆえ、お園も無理に聞こうとはしなかったのだ。

——武州といっても広過ぎて、捜す当てもない。でも……清さんは故郷には帰らないだろう。両親を早くに亡くしているから、故郷にはあまり良い思い出がなかったみたいだし。ああ、それでも詳しく聞いておけばよかった。

考えを巡らせるうちに、お園は或ることに気づいて、愕然《がくぜん》とした。

——私は清さんのことをすべて知っていると思っていたけれど、まったく何も知らなかったのではないか。

お園は清次に、「兄弟はいなかったの？」と訊ねたことがあった。すると「いない」との答えで、お園は意外に思った。清次という名前から、次男坊のような気がしていたからだ。しかしそのようなことで清次が嘘《うそ》をつくはずもないと、少しも疑わなかった。……だが、今にして思うと、嘘か真《まこと》か分からないような気もする。

お園は考えを巡らせながら、飲まず食わずで捜し回った。それでも何も手掛かりを摑めず、夜、長屋へ戻って来た時にはげっそりと頰《ほお》が瘦《こ》け、一回りほど小さくなってしまっていた。

次の日、お園は職場へ無断で休んでしまったことを謝りに行き、その訳を話した。お園の窶《やつ》れた様子からただごとではないと思ったのだろう、職場の人たちはお園を責めず、「今日はもう帰って、奉行所にもちゃんと届けを出したほうがいい」と勧《すす》めてくれた。

お園は奉行所へ、大家とともに夫が行方《ゆくえ》知れずになった旨《むね》の届けを出しに行き、とぼとぼと長屋へ戻った。

井戸の周りで賑やかに話していたおかみさんたちが、お園を見ると一瞬、口を噤《つぐ》んだ。お園は皆に頭を下げ、ほつれ毛を直しながら家の中に入ろうとした。すると、おかみさんたちが声を掛けてきた。

「何かあったのかい？」、と。

皆、薄々勘づいてはいるだろうと、お園は亭主がいなくなったことを正直に話した。おかみさんたちは「それはたいへんだ」と、皆で手分けして町を捜し始めた。お園は「すみません、ありがとうございます」と恐縮しながら礼を言った。皆の親切が、痛《いた》んだ胸に沁《し》み入った。

それでも、清次は見つからなかった。

お園は毎日、あがった死体の確認に行った。

——悪いやつらに捕まって、どこかに閉じ込められてでもいるのだろうか。店を開くために貯めたお金のことを知っていた、誰かに。

お園は考えを巡らせた。しかし、清次は賭《か》け事にもまったく手を出さず、呑み屋に入り浸《びた》ることもなく、そのような悪事を働くような者たちと知り合う機会はなかったように思えた。

――それに、もしお金が目当てだったら、『お前の亭主の命と引き換えに、金を出せ』と私を脅《おど》してくるだろう。だが、十日経《た》っても、誰も何も言ってこない。ということは、拐《かど》かしという訳ではなさそうだ。

あがった死体を確認しに、十四日目に奉行所を訪れた時、お役人に言われた。

「これは自分から姿を晦《くら》ましたと考えるのが妥当《だとう》だろうな。恐らく、もう江戸にはいないだろう」、と。

お園は打ちひしがれた思いで、長屋に戻った。涙も涸《か》れ果てていた。

――どうして……どうしてなの。どうして、消えてしまったの。

やりきれぬ思いで、お園は自分の頭を叩《たた》いた。

――ようやく夢が叶うところだったのに。一緒に店をやっていけるところだったのに。二人で店を始めよう、って約束したのに。どうして……どうして……。

お園は布団に潜《もぐ》り込み、声を押し殺して泣いた。

暫《しばら》くは清次を捜すことに懸命だったが、冷静さが少し戻ってくると、お園は今度は自分を責め始めた。

――私の何が悪かったのだろうか。

清次は口数が多いほうではなく、料理に関すること以外は、あまり自分の意見を述べない気質《たち》であった。仮にお園に文句があっても、口には出さなかっただろう。お園はもともと男に無邪気に甘えたり感情を露《あら》わにする女ではなかったため、清次はもしかしたら物足りなかったのかもしれない。

――私に女として不満があったのかな、清さん。何も言わなかったけれど……。私は甘えるより、甘えられるほうが良かったんだ。清さんを包み込んで、癒してあげたかったんだ。

やりきれなさが増し、お園は涙をはらはらと零《こぼ》しながら、ふと思い当たった。

――もしかしたら清さん、ほかにいい女《ひと》が……。

最も考えたくないことが頭に浮かんできて、お園は青ざめた。

しかし、清次は武骨とも言うべき男で、お園とほかの誰かと同時に付き合えるような人間ではない。今の今《ま》まで、お園は、女がらみで亭主に不信を抱いたことなどなかった。清次は仕事先から真っ直《す》ぐに帰って来て、休みの時だっていつもお園と一緒だったのだ。

――そんな生活を送っていた清さんが、浮気など出来るわけがないではないか。

お園は暫し、清次に関わりのある女たちを次々に思い浮かべていった。しかし、職場で一緒に働いていた者たちぐらいしか考えつかない。

清次が働いていた料理屋へと赴き、色々訊ねてみた時、仲間の料理人たちが「何か気づいたら直ぐに連絡しますので」と言ってくれたが、その後音沙汰《おとさた》はなかった。

——ということは、一緒に働いていた女の誰かと逃げたってこともないだろう。

お園は爪を嚙みつつ、ふと思い出した。〈春乃屋《はるのや》〉という大店の内儀が、清次の作る料理をとても贔屓にしてくれ、なにかにつけ店をよく使っていたということを。

〈春乃屋〉は、紅や白粉《おしろい》などを扱っている、老舗《しにせ》である。

お園は一度その内儀を見たことがあったが、なかなか艶《つや》っぽく、三十半ばとは思えぬほどみずみずしい肌だった。その時、お園は「このような内儀さんが、うちの人の料理を好んでくださるんだ」と嬉しく思いながらも、何か心に引っ掛かりを抱いたことは確かであった。その引っ掛かりはきっと、梢《こずえ》という名のその内儀が、女として優《すぐ》れているからであろうことは、お園も分かっていた。

しかし、清次の気質を知っているお園は、いくら梢が女としての魅力に溢《あふ》れていても、間違いなど起こるはずはないと高を括《くく》っていた。

ところが、こんな事態になってしまうと、疑いが湧《わ》き起こり、それはやがて大きな染みのようにどす黒く広がり始めた。

――まさか、あの内儀さんと……ううん、そんなことあるわけない。あるわけがないよね。

そう自分に言い聞かせつつも、お園はまたも一睡も出来ぬ夜を過ごし、翌日、鉛《なまり》のような躰を引きずって、〈春乃屋〉へと赴いた。

戸を開けて入って来たお園を見て、〈春乃屋〉の者たちはぎょっとしたような顔をした。その時、お園は正気を失い掛けていたのだろう。お園は中を見渡し、低い声で、「御内儀様はいらっしゃいますか」と呟いた。ただごとではない気配を感じた番頭が、「あの、どのような御用件で」とお園に訊ねた。

お園は「御内儀様にお伺いしたいことがあるのですが」と返した。

手代の一人が奥へと行き、「店に危なげな客が訪れた」とでも伝えたのだろう、若旦那とともに梢が現れた。お園は据わった目で、梢に訊ねた。

「御内儀様が御贔屓にしてくださっていた、料理人の清次の妻、園でございます。本日は、その清次の行方が分からなくなってしまった由、何かご存じのことがございましたらと、お伺いいたしました。御無礼、何卒《なにとぞ》お許しくださいますよう」

頭を深々と下げるお園に、梢は溜息《ためいき》混じりで「まあ……」と呟いた。

真摯《しんし》な態度に、先方もほだされたのであろう。お園は追い払われることもなく、奥に上げられ、梢と話をすることが出来た。

梢がこうして居るということは、仮に男と女の関係であったとしても、清次と一緒に駆け落ちしたのではないということは確かである。若旦那は同席せず、お園は梢と、一対一で向かい合った。梢は凜として、語った。

「私は清次さんを料理人として買っておりました。料理だけでなく、何事にも生真面目《きまじめ》なところも。貴女《あなた》に一途《いちず》であったことも伺っており、微笑《ほほえ》ましく思っておりました」

梢は背筋が伸び、たおやかでそれは美しく、お園は自分がやけにみすぼらしく思え、涙が滲《にじ》んできそうであった。

梢は続けた。

「貴女は、もしや清次さんと私との仲を疑っていらっしゃるのかもしれませんが、そのようなことは、まったくございません。天地神明に懸けて誓います。あくまで、料理人と客の間柄《あいだがら》でございます。……それゆえ、清次さんの行方は、私にも分かろうはずがないのです。何か思い当たるふしがあればよろしいのでしょうが、私は本当に清次さんとそれほど親しい訳でもありませんでしたので。お力になれず、申し訳ありません」

梢は丁寧《ていねい》に頭を下げた。

梢の態度や表情から、嘘をついてはいないと、お園は読み取った。

「そうですか……。動転しておりましたもので、こちらこそ突然押し掛けまして、失礼いたしました。でも、御内儀様のお話を伺えて、はっきりしましたので、気持ちがすっといたしました。ありがとうございました。そして、たいへん申し訳ありませんでした」

お園も、畳に頭を擦《す》りつけるほど、深く詫《わ》びた。帰り際、梢は言った。

「清次さん、心配ですね。もし、何か手掛かりになるようなことを得ましたら、必ずお伝えいたします」

「ありがとうございます。どうぞよろしくお願いいたします」

お園はもう一度深く礼をし、〈春乃屋〉を後にした。

思いつく限りのことはすべてしたが、清次の行方は一向に摑めなかった。

もはやお園は、清次が帰って来ることを、ただ待ち続けるしかなかった。一箇月《ひとつき》が過ぎる頃には、お園の気持ちも徐々に落ち着いてきた。いや、落ち着いたというより、絶望の淵《ふち》に居ることを自覚したのである。もうこれ以上、何も悪くならない。何をやっても酷《ひど》くはならないと。

清次のことがいつも気掛かりで、ずっと待ってはいる。しかし、日々の生活というものだってあるのだ。仕事もずいぶん休んでしまったし、長屋の皆にも気を遣わせてしまった。

お園は、日々の暮らしに戻るよう、努《つと》め始めた。待ち続けながらも、清次のことを忘れたいかのように、必死で働いた。元々ふっくらとしていたお園は、すっかり痩《や》せてしまい、それからなかなか太れなくなった。清次を失った哀《かな》しみが、躰にも刻みつけられてしまったかのように。

――私の何がいけなかったのだろう。何が清さんを、追い詰めたのだろう。

理由がはっきり分かれば、気持ちをどうにか整えることが出来る。事件に巻き込まれた、江戸を出てどこかで倒れて亡くなってしまった、女と一緒に逃げた……などだ。そうすれば、清次、或《あ》るいは不運を憎みながらも、まだすっぱりと諦《あきら》めきれる。

しかし、理由が何か、どこに行ってしまったのか、さっぱり何も分からないのだ。これでは、誰をも何をも責められず、清次を憎むことすら出来ないではないか。

やり場のない思いは、自分を責めることになる。

そんな日々が続いていたが、或る日、お園は遂に躰を壊して道端に倒れてしまった。心労と厳しい寒さが祟《たた》ったのだろう。

もう、このまま死んでしまってもいいとさえ思ったが、その時、通りすがりの見知らぬ老婆がお園を抱き起こして、助けてくれた。老婆は「今夜はいっそう冷えるからね」と、お園の躰を優しく撫《な》でて温めた。そしてお園が落ち着いてくると、夜鳴き蕎麦を御馳走《ごちそう》してくれたのだ。その一杯の蕎麦は、お園の心に沁み入った。涙が出るほどに美味しくて、お園はその老婆が神様のように思えた。

老婆は小太りで白髪だらけで、前歯が欠けていたけれど、とても穏やかで、どことなく品があった。蕎麦を食べながらぐすぐすと泣いたお園の背中をさすりつつ、老婆は言った。

「若い頃の苦労ってのはね、必ず報《むく》われるもんだ。だから、頑張るんだよ」、と。

お園は涙を零しながらただ頷くばかりで、自分のことを話すことも出来なかった。何か言葉を発すれば、噎《むせ》び泣いてしまいそうだったからだ。老婆も何も訊かなかった。

実家が蕎麦屋で、幼い頃から蕎麦を食べていたお園であったが、これほど美味しい蕎麦を食べたのは初めてであった。お園はこの時、身に沁みて分かった。寒い時に温かなものを口にすると、頭のてっぺんから爪先まで、じんわりと芯《しん》から温まっていくものなのだと。

　別れ際、老婆はお園の手を取り、握り締めた。

「ごめんね。蕎麦しか奢《おご》ってあげられなくて」

　そう言う老婆に、お園は「とんでもないです。本当にごちそうさまでした。ありがとうございました」と掠《かす》れる小さな声で返した。温かな蕎麦がお腹に入り、ようやく声が出たかのようだった。

　老婆は名前も告《つ》げずに去っていったが、温かな手は忘れたことがない。

　そして、老婆に御馳走になった一杯の蕎麦が、お園を変え、力をくれた。

　――食べ物は、ただお腹を満たすだけのものではない。心に力を与えることだって出来るんだ。私は、あの蕎麦に力をもらった。世の中には心ない人たちだけでなく、あのお婆さんのような人だっているんだ。お婆さんは言っていた。苦労は必ず報われる、って。だから私も頑張ろう。

　お園はどうしても気に掛かり、その後、老婆を捜してみたが、残念なことに分からずじまいだった。でも、あの夜の出来事は、お園に大きな変化を与えた。

　清次が失踪して一年が経った頃、お金もだいぶ貯まったので、お園は引っ越すことにした。

清次がふいに戻って来るかもしれないと、この長屋に居続けたのだが、もうここには帰って来ないと、ようやく踏ん切りがついたのだ。

——新しい土地で、新しい人生を始めよう。そして、私のように傷ついた人に、少しでも力を与えられる料理を出そう。

そして、日本橋へとやって来たのである。

お園は日本橋へ来て、仕舞屋を借り受け、店を始めた。小さくとも、憧れだった自分の店である。お園は心も新たに、懸命に働いた。

安くて旨いものを食わせてくれる店と徐々に評判が伝わり、女将も美人で気だてが良いと噂《うわさ》になり、〈福寿〉は常連の客たちも摑んで、今では客足が途絶えることがない。お園独りで、立派に繁盛させているのだ。

静寂《しじま》が、湿り気のある夜を震わせる。正直、清次のことは、もう諦めてはいる。仕事が忙しい時などは、忘れてしまってもいる。去られてから三年と少し経っているので、傷はだいぶ癒《い》えてきてはいるが、女独りのこんな夜、ふと侘《わ》びしさが頭をもたげることもあった。

お園は店を構えてから、暫くは清次のことを誰にも話さなかった。いや、傷が疼《うず》いて、話せなかったのだ。しかし、一年を過ぎた頃から、常連客になった八兵衛たちには話すことが出来るようになった。自分の気持ちを、誰かに聞いてもらいたかったのかもしれない。

皆、「清次ってやつが悪い」と口々に言った。「そんなやつ、早く忘れちまいな」、「女将にはもっといい男がいるよ」、と。

——励ましてもらえるのは嬉しいけれど、駄目なんだよねえ。まだ、すっかり振り切ることが出来ないんだ、あの人のことを。

今宵は、やけに清次の姿が浮かんで来てしまう。包丁を手に、真剣な眼差しでまな板に向かっている、あの姿が。

お園は口笛を吹いてみた。

清次のどこか寂しげな笑顔も思い出された。左目の下にあった、泣きぼくろも。清次はよく口笛を吹いていた。

——どうして人生ってのは、こう上手《うま》くいかないんだろうね。……清さんが傍に居てくれたら、今頃どんな暮らしをしていたのだろう。一緒に小さな店をやって、子供も出来て幸せに暮らしていたのかな。私は贅沢《ぜいたく》なんて、これっぽっちも望んでやしなかった。慎《つつ》ましやかでも、皆仲の良い幸せな家族、それが私の夢だったんだ。清さんと料理のことも語り合って。

不意に目頭が熱くなり、お園は指で拭《ぬぐ》った。早くに両親を喪《うしな》ってしまったお園は、家族というものへの思いが強い。今は常連客の皆や、支えてくれる町の人たちと家族のような付き合いをしているので、いつもは孤独を感じることはないが、清次を思い出すと無性に寂しくなることもある。お園は清次と、家族を作りたかったのだ。もともと奥手なお園は痛手を受け、いっそう臆病になり、それから男に惚《ほ》れるなどという気持ちも忘れてしまっている。

――おかげで、ますます不器用になってしまった。清さん、本当にどこに行ってしまったんだろう。私を置いて……私を捨てて、さ。

お園は酒をまた一口啜《すす》り、溜息をついた。


お園の店はだいたい四つ半（午前十一時）頃に始まる。昼餉《ひるげ》を求めてやって来るお客たちで次第《しだい》に店は埋め尽くされ、それが八つ（午後二時）頃まで続く。そしていったん店を閉め、一刻（二時間）ほど休みを取り、その間に足りない食材を調達したり、夕餉の仕込みに掛かった。

小雨が降る朝、お園は外に出ようとしていた。お園はいつも店を始める前に湯屋に行くことにしている。それから市場に出向いて、活《い》きの良い食材を探すのだ。

——今日は安くていい春告魚《めばる》があったらいいな。煮付けにするか、はたまた塩焼きか、刺身か。

そう思いながら戸を開け、お園は思わず声を上げた。

「きゃああっ」

店の前に、人が倒れていたからだ。薄桜色の小紋を纏《まと》った女……というよりは娘である。うつ伏せで、びくともしないその姿に、お園の心ノ臓は激しく鼓動した。

——ま、まさか、死んではいないよね。

傘を傾けて恐る恐る娘に近寄り、顔を覗《のぞ》き込む。雨のせいで、娘の愛らしい顔も着物も、泥にまみれてしまっていた。お園は娘の肩をそっとさすった。

「大丈夫？」

顔を近づけると、息遣いを感じた。お園はひとまず安堵し、娘の手にも触れてみた。冷えきっている手を優しく握ると、微《かす》かな反応を示した。

「疲れているのね。休んでいく？」

お園が再び問い掛けると、娘は目を一瞬開いたが、また直ぐに閉じてしまった。

「どこか痛かったり、苦しかったりする？　お医者さんを呼びましょうか？」

お園の問い掛けに娘は首を微かに横に振り、口を動かした。言葉ははっきり聞こえなかったが、お園は娘が「大丈夫です」と言ったように思えた。

誰かを呼ぼうとして、お園は思いとどまった。明け方に若い娘がこんな場所に倒れているなんて、何かよほどの訳があるに違いない。それも夜通し遊び回っているようなお俠《きやん》な娘ではなく、真面目そうな堅気《かたぎ》の娘である。へタに騒ぎになって、娘を傷つけてしまうことになったら、気の毒だ。ここはひとまず、娘が落ち着くまで静かにしようと、お園は考えた。

「ほら、私に摑まって」

お園は娘を抱き起こした。娘は華奢《きやしや》で、お園でも支えることが出来る。お園は気合を入れて娘を抱きかかえると、店の中へと運んだ。

普段お客が使う小上がりに寝かせ、布巾《ふきん》で顔や着物についた泥を拭《ぬぐ》ってやる。よほど疲れているのだろう、娘はぐったりとしたまま眠り込んでしまった。

お園は娘の傍についていたかったので、市場と湯屋へ行くのは取りやめ、仕込みを始めた。食材は、昨日の残りでどうにかなる。出汁《だし》を取り、野菜を刻《きざ》み、米を磨《と》いだ。お園の店は昼餉も出すので、朝からやることは色々ある。立ち働きながらも、お園は娘から目を離さない。娘は静かに、ひたすら眠っていた。

半刻（一時間）ほど経った頃であろうか、娘が目を開けた。店の中を見回し、――ここはどこ？――というような顔をしている。

「目が覚《さ》めた？　どこか具合悪いところはない？」

お園は明るい声で話し掛けた。娘は「大丈夫です」というように首を振り、ゆっくりと身を起こした。お園は水瓶から水を汲《く》み、娘に与えた。

「蒸し暑いから、喉が渇いたでしょう」

娘はお園から茶碗を受け取り、大きく瞬《まばた》きをして、頭を下げた。

「ありがとう、ございます」

消え入りそうな声で娘は礼を言い、茶碗を両手で持って、そろそろと口に運んだ。

娘はゆっくりと飲み干し、茶碗をお園に返した。その手はまだ冷たく、顔も青白いが、疲れきっているだけで病を患《わずら》っているようには見えなかった。

娘は素直な心が表れているような、愛らしい目をしている。小動物のようにいじらしく、そしてどこか怯《おび》えを孕《はら》んだ目だ。娘の様子を窺《うかが》いながら、お園は思った。

――この娘は、悪い人間ではない。放ってはおけない。私もこんな時、人に助けられたから、今があるんだ。

お園は娘の肩を、そっとさすった。

「ねえ、こんなとこでいいなら、躰が良くなるまで居てもいいわよ。二階の部屋が一つ空いているの。店の中じゃ落ち着かないだろうから、そこで暫く休んでなさい」

お園は、まだ少し躊躇《ためら》いがちな娘を立たせ、背中を押して二階へと上がらせた。そして浴衣《ゆかた》に着替えさせると、「ちょっと待ってて」と階段を駆け下り、急いで膳《ぜん》を持って来た。

「こんなもので悪いけれど、食べてね。お腹、空《す》いてるでしょう」

にこりと笑って、お園は娘に差し出した。銘々《めいめい》膳の上には、御飯、蕪《かぶ》の味噌汁、蕪の葉を刻んで梅干しとおかかで和《あ》えたもの、胡瓜《きゆうり》の浅漬けが並んでいる。娘は目を見開き、肩を竦《すく》めた。

「こんなことまで……申し訳ないです」

恐れ入りつつも、娘の腹がぐうっと鳴る。頬を染めて羞《は》じらう娘に、お園は微笑んだ。

「お腹が空いてるって、貴女《あなた》の躰が言っているわ。元気になって来た証拠ね。良かった」

娘は小さく頷き、素直に食べ始めた。よほど空腹だったのだろう、娘は無我夢中で、口いっぱいに御飯を頬張る。その姿を見ながら、お園は——この娘はもしかしたら数日の間何も食べていなかったのかもしれない——と思った。

「美味しかったです。とっても。ごちそうさまでした」

食べ終わると、娘は丁寧に礼を述べ、頭を下げた。声に張りが出て来たようで、お園は少し安堵した。

「店の準備があるから、私は下へ行くね。昼餉をまた持って来るから、それまでゆっくり寝ていなさい」

お園は娘に言いきかせ、膳を持って下へとおりた。

お園は午過《ひるす》ぎの休憩の時に、再び娘の様子を見に行った。娘は布団の中で微かな寝息を立てていた。顔色もだいぶ良くなったように見えるが、湯屋に連れて行くにはまだ早いと思った。お園が声を掛けると、娘は目を開けた。

「店のあまりもので悪いけど、持って来たわ。一緒に食べましょう」

二人は向かい合って、少し遅い昼餉を摂《と》った。御飯、蕗《ふき》と豆腐の味噌汁、鰯《いわし》と人参《にんじん》と椎茸《しいたけ》の煮物、蕪の漬け物だ。娘は味が沁みた煮物を口にし、顔をほころばせた。

「美味しい」という言葉を聞く度、お園は嬉しく、胸がほっこり温かくなる。倒れていた時は青白かった娘の頰に、ほんのり血の気が差している。娘の笑顔はとても愛らしくて、お園は癒された。

――私の料理が、この娘さんを笑顔に出来るんだ。寂しげな顔より微笑んでいるほうが、やはりずっと可愛い。美味しいものをもっと作ってあげて、この娘さんの笑顔をもっと見たいな。

娘はすべて平《たい》らげ、煮花《にばな》を啜った。娘の様子を見ながら、お園は、さりげなく切り出した。

「まだ名前も言ってなかったわね。私は園。歳は二十六で、下の店をやってるの。貴女、名前は?」

すると娘は一瞬目を泳がせ、小さな声で答えた。

「さ……里《さと》……です」

「ふうん、お里ちゃんか。可愛い名だね。歳はいくつ?」

そう訊ねると、お里はうつむき、口を結んでしまった。はっきりと答えないお里を不審に思いつつ、お園は言った。

「……見たところ、十七ぐらいね」

するとお里は、「ええ……そのぐらい」と呟き、言葉を濁《にご》す。

気まずい空気が流れる。お里は自分のことを訊かれるのを好んではいないと、お園は察した。

お園はそれでも、お里に気になることを訊ねてみた。住んでいる処や、普段はどんな暮らしをしているのか、明け方まで何をしていたのか、など。しかし、お里の答えは、一貫してこうだった。

「よく覚えていないんです」

お園はお里を見つめ、首を捻《ひね》った。

——この娘、もしや憶《おぼ》えが曖昧《あいまい》になってしまっているのだろうか。

お里はバツの悪そうな顔をしながら、こう語った。

「ここのお店の前で倒れたというのは覚えているんです。でもその前のことは……本当に思い出せなくて……どうやってここに辿《たど》り着いたのかも……。自分のことが、よく分からないんです。ああ、頭が痛い……」

こめかみを押さえるお里に、お園は心配が募《つの》る。

「大丈夫？　やっぱりお医者さんに診《み》てもらったほうがいいかもしれないわね」

するとお里は頑《かたく》なに拒《こば》んだ。

「大丈夫です。きっと一時のもので、直ぐに治ると思います」

「自分がお里という名であることは分かるのね」

「はい……それは、ぼんやりと憶えがあるのです。お里ちゃん、って呼ばれていたような」

お里は神妙な顔で、口を閉ざす。お園は思った。

――もしや、この娘は、覚えていないふりでもしているのだろうか。……本当に覚えていないにしろ、いずれにせよ何か訳があるのは間違いない。

本当に憶えが失われてしまっているのだとしたら、やはり一度、ちゃんと医者に診てもらったほうがよいだろう。しかし、お里が言うように、少し経てば自然に思い出すかもしれない。

――お里ちゃんを無理に問い詰めて、ここから出て行かれたりしたら、まずい。今のままの状態で町を彷徨《さまよ》えば、最悪の場合、命に関わるかもしれない。自害する可能性もあるだろうし、或いは悪い奴らの餌食《えじき》にだってなりかねない。

恐ろしい考えが浮かび、お里にはまだきつく問い質《ただ》すことはやめておこうと決めた。

お園はお里をじっと見つめた。

「もしなんだったら、色んな事がはっきり思い出せるまで、ここに居る?」

「え……でも……」

「そんなに何もかもが思い出せなくて、じゃあ、これからどうするの?」

何も答えられずに、お里はうつむいた。

「ほら、自分でもどうしていいか分からないんでしょう？　それなら暫くここに居なさい。そうね、もちろんただでとは言わないわ。掃除や洗濯《せんたく》なんかも、ちゃんと手伝ってもらいますから」

お園はお里に、にっこりと微笑む。お里は黒目がちの眸《ひとみ》を微かに潤《うる》ませ、掠《かす》れる声で返した。

「でも……御迷惑をお掛けしてしまいますから……」

「そんなこと心配しなくていいの！　こちらが置いてあげるって言っているのだから。ね、人の親切には素直に従うものよ」

お園はお里の肩にそっと手を置いた。お里は無言のままうつむき、手で目を拭う。

「ほら、決まった！　お里ちゃんみたいな可愛い娘さんが居てくれると、家が華《はな》やぐわ。よろしくね」

お園はそう言って、お里の細い肩を優しく撫《な》でた。

お園は、八兵衛にはお里について正直に話した。八兵衛は店を開いた時からの馴染《なじ》みのお客で、お園も信頼を置いているからだ。

「なるほどね。まあ、娘さんの気持ちを逆撫《さか》でしないように、様子を見るんだな。そのうち、娘さんのほうから何か言ってくるかもしれねえし」

「でもね、気掛かりなの。親御さんたちが心配して探索願いを出しているかもしれない、って」

「そういう話はまだ耳には入って来てねえだろ」

「うん。文ちゃんにそれとなく訊いてみたけれど、『どこかの娘が行方知れずになって周りが騒いでいるなんて話は、このところ聞かねえな』って言ってたわ」

「それだったら、もう少し様子を見て、それから考えたほうがいいかもしれねえ」

お里のことは決して他言はしないと、八兵衛夫婦は約束した。


お園は店を切り盛りしつつ、お里の面倒を見るつもりでいた。しかしお里は、お園のもとで厄介《やっかい》になることが、やはり心苦しいようであった。

お園はお里を食べさせるだけでなく、湯屋にも連れて行き、服なども貸し与えてやったのだが、そうした気遣いも負担に感じるのだろう。

「御迷惑お掛けしてばかりで、本当に申し訳ありません。これ以上ここに居させていただいて、本当によろしいのでしょうか」

お里は畏縮《いしゅく》し、揺らいでいるようだった。

お園はそのようなお里を慮《おもんぱか》り、店を終えた後、或る料理を出した。仄かな明かりが灯る中、お里は皿を覗《のぞ》き、呟いた。

「これは、いとこ煮。小豆《あずき》、南瓜《かぼちゃ》のほか、人参に花麩《はなふ》も入っていますね。……彩《いろど》りが綺麗」

お園はにっこり笑って、頷いた。

「ねえ、お里ちゃん。どうして小豆と南瓜なんかを煮付けたものを〝いとこ煮〟って言うか、知ってる？」

お里は首を傾げた。

「今まで、考えたことがありませんでした。そういえば、どうしてそう言うのでしょう。小豆と南瓜って、近い品種とも思えませんし」

「まったくの他人よ、小豆と南瓜は。親戚なんかじゃないの。〝いとこ煮〟ってのはね、小豆と南瓜を煮たものだけを言うんじゃなくてね、このように人参、そのほか里芋や牛蒡《ごぼう》や大根なんかが入ることもあるの。豆腐や油揚げなんかもね。それで、堅くて煮えにくいものから、順々に煮ていく。『追い追い煮る』ってことで、そこから『追い追い』と『甥甥《おいおい》』を掛けて〝いとこ煮〟って呼ばれるようになったの。ほかにも『銘々に煮る』ってことで、『姪姪《めいめい》』とも掛けられてるって説もあるわ。つまりは洒落《しゃれ》というか、掛け言葉なの」

お里は箸を伸ばし、小豆が掛かった南瓜を、一口食べた。嚙み締め、吞み込み、ほうっと息をつく。

「とっても優しい味わい。甘くて、柔らかくて。……心まで、ほっこりと温まります。私、女将さんが作ったお料理をいただくと、心が温まるんです」

「心が温まるなんて言ってくれると、嬉しいわ。躰が温まるとはよく言われるけれど。ね、この料理も、家族のように優しい味わいでしょう」

お園の言葉に、お里はいったん箸を止め、手に取った皿をもう一度よく眺めた。そして、「私、いとこ煮、好きなんです」と小さな声で呟き、再び食べ始めた。お園は、お里の楚々《そそ》とした横顔を見つめる。

「お里ちゃんは小豆、私は南瓜って感じね。あ、お里ちゃんは花麩かな、人参も合ってるね。まあ、私は南瓜ってところかしら」

「そんな……女将さんこそ花麩でいらっしゃいます」

お園は笑って返した。

「そう言ってくれるのは嬉しいけれど、そんな気遣いなんていらないわ！　なんだか、お里ちゃんを見てると、血が繋《つな》がってなくても、妹か姪っ子のように思えるの。だからお里ちゃん、ここではまったく遠慮なく、くつろいでね。私のことを、本当の家族か親戚と思って。そうすれば、心も躰も休まって、必ず元気になるわ」

お里はうつむき、睫毛《まつげ》を震わせて暫く考えていたが、顔を上げて皿を一度置くと、お園に真っ直ぐ向かい合った。

「そこまで仰《おつしや》ってくださるのでしたら……御厚意に、甘えさせていただきます。お手伝いも頑張りますので、どうぞよろしくお願いいたします」

お里は礼儀正しく手をついて、お園に深々と頭を下げた。

「やだ、遠慮はいらないって言ったでしょう。そういうよそよそしいのは、よして。ほら、料理が冷めてしまうわ。温かいうちに食べてね」

「はい……ありがとうございます」

お里は顔を上げ、再び皿を持つと、箸を動かし始めた。仄明かりの中、黒目がちの眸は潤んでいるように見える。

お園は心の中で呟いた。

――お里ちゃん、さっき私が『家族』と言った時、顔つきが少し変わった。やはりこの娘は家に何か問題があるのかもしれない。だから家に帰らず、夜明けの町を彷徨っていたのだろう。……それに、私の料理を食べると心が温まるって言ってくれたけれど、そんなふうに思うのは、心が冷えていたからなのでは。

お里は黙々といとこ煮を頬張る。箸を持つ指は白く、か細く、お園は胸が締め付けられるようだった。

——小豆は煮えるのに時間が掛かる。お里ちゃんの心も、時間を掛けてでも、ゆっくりとほぐしてあげよう。

お里を見つめるお園の目は、慈《いつく》しみに満ちていた。

お園はこうして、お里と共に暮らすことになった。

一品目　謎の料理走り書き

一

お里は掃除や洗濯、簡単な料理の手伝いなどは懸命にしたが、酷《ひど》く人見知りをするので、店には出ようとしなかった。

それは暫く経っても変わらなかったが、八兵衛たちには気を許しはじめているようで、ほかのお客がいない時には夫婦にお茶を運んだり、料理を出したりした。

馴染み客の八兵衛たちは、昼餉の刻が過ぎて、休み刻にもふらりと現れたりするので、お里も顔を合わせることが多く、少しずつ慣れていったのだろう。

今日も昼餉の刻が終わる頃にやって来た八兵衛夫婦だったが、お梅《うめ》という連れがいた。

お梅は八兵衛宅の近くの長屋に住んでおり、居酒屋で働いているという、二十歳の女だ。大きく抜いた襟《えり》、濃いめの紅からも、婀娜《あだ》っぽさが漂っている。

お梅がこの店に来たのは二度目であったが、お里が会うのは初めてだった。

「どうぞ」

緊張したのだろう、お梅にお茶を出すお里の手が少し震える。

「ありがと」

お梅はそんなお里に、微笑み掛けた。

「なに、お里ちゃん、怖がることなんかねえよ。こいつは見た目はお俠《きゃん》だが、根は一途でバカ正直な女だからさ」

「あら、お爺《じい》さんったら。どうせなら、根は一途で可愛い女って言ってよお」

お梅は頰を膨らませてお茶を啜《すす》る。

「お梅ちゃんは、確かに一途よね。惚れっぽくて、そこが可愛い。まあ、危なっかしくて、見ていてヒヤヒヤする時もあるけどね」

「ふん、なによ、御夫婦で好き勝手言って。私が幸せなのが羨《うらや》ましいんでしょう？　ふふ。お二人とも、もう、お熱いときは薄れてきているでしょうから」

「女将、これだよ。こいつ、また新しい男を見つけて、惚気《のろけ》てばかりなんだ。たまったもんじゃやねえ」

「あら、お梅さんが夢中になっているのは、今度はどんな人なのでしょう？」

小鉢を運びつつ、お園が訊ねた。

「ふふ、もちろん二枚目でね、スラッとしてて、丈も高くてさ。それでいて面白いところもあって、おまけにとっても優しいんだ。もう、抜群よお」

顔をほころばせながらお梅は答え、小鉢をつつく。お浸《ひた》しを頬張り、声を上げた。

「あら、しゃきしゃきして、いいお味！　しらすも贅沢に乗っかって、おかかも利《き》いてて。ええと、これは小松菜《こまつな》じゃなくて」

「嫁菜《よめな》ですよ」

お園が笑顔で答える。お梅は頬を赤らめた。

「嫁菜！　嫁菜ですって！　いやだ、女将さんったら、私のために作ってくれたみたいじゃない」

本気で照れるお梅の横で、八兵衛は鼻白んでいる。だがお園は、無邪気なお梅が微笑ましかった。

「今お付き合いなさっている方と御一緒になれたらよろしいですね」

「まあ、上手くいけばね。ああ、なんだか暑くなって来ちゃった。こんなお通し出されると、お酒がほしくなるね。女将さん、一本ちょうだい」

「おいおい、昼間から酒かい？　お前さん、仕事があるんだろ」

「だって仕事は夜からだもん。いいのよ、少しぐらい呑んだって。嫁菜か、ホントに美味しいわ」

「嫁菜って、お嫁さんのように可愛い花が咲くからその名前になったっていうよね。

野菊に似た、白くて小さい花。お梅ちゃんも早く綿帽子被りたいんだね」

「そりゃ女だからねえ。まあ、今の人は……手応えはあるけれどね。一緒になりたいみたいなこと、仄《ほの》めかすんだ」

「その優しいってのが、初めのうちだけじゃねえとよいがな」

小鉢をさっさと空にし、八兵衛が唸《うな》る。

「あら、失礼ね。その人はホントにいい人よ」

「お前さんはなんだかんだ言って、結局は見てくれで男を選ぶじゃねえか。それでいつも痛い目に遭ってるくせに、分かんねえんだよな。まったく、いつになったら気づくんだか」

「ふん、お説教かい。大きなお世話だよ」

「まあ、二枚目に惹《ひ》かれるってのも分かるけれどさ、お梅ちゃん、やっぱり男は心だからさ、相手のことよく見定めたほうがいいよ」

八兵衛夫婦の忠告も、お梅にとっては馬の耳に念仏のようだ。

「はいはい、お波さんは、〝男は心〟の考えで八兵衛さんを選んだのよね。私とお波さんは、男の取り合いで揉《も》めるなんてことは決してないわね。だって趣味がまるきり違うから」

お梅はそう言って一人クスクスと笑い、八兵衛とお波は揃ってムッとした顔になる。

お園は酒を運び、次の料理も出した。

「まあまあ、趣味は人それぞれですから、いいじゃないですか、御自分が幸せならば。八兵衛さんも、水差すようなことを言ったら野暮《やぼ》ですよ。お梅さんの恋を応援してあげないと」

お梅は酒をきゅっと啜り、早速また箸を伸ばす。

「さすが女将さん、いいこと仰る。お料理も本当に美味しい。舌が蕩《とろ》けちゃいそう。これは、梅味噌？」

「そうです。鰆《さわら》の梅味噌焼きです」

種を取った梅干しを潰《つぶ》し、味噌、味醂《みりん》、酒と合わせ、それを鰆に塗って焼いたものだ。

「さっぱりと優しい味わいで、こりゃいけるな」

八兵衛も先ほどまでの苦々しい顔はどこへやら、嬉しそうに箸を動かす。

「うん、お酒にも合うけれど、御飯もほしくなっちゃうね」

お波も箸を舐《な》め、うっとりと目を細めた。

「今度は梅味噌焼きなんて、女将さん、さりげなく私を喜ばせてくれてるみたい。もう、憎いなあ」

お梅は酒を啜り、満足げに吐息を漏らす。

「喜んでいただけたなら、嬉しいです。たっぷり召し上がってくださいね」

お園は笑顔で、前掛けを直しながら再び板場へと戻った。

すると、手伝ってくれていたお里が神妙な顔をしている。お梅の明け透《す》けな話を耳にして、複雑な思いだったのだろう。そんな、まだあどけなさの残るお里が、お園は可愛かった。

「そろそろ茹《ゆ》であがるでしょ。今度はお里ちゃんが出してね」

「あ、はい」

お里は頷き、皿の用意を始めた。

お里は鯵《あじ》の刺身と、鯵のつみれ汁を三人に出した。

「やだ、お刺身もいいけれど、つみれ汁、最高。生姜《しょうが》が利いてて、鯵のつみれがふんわりして、いくらでも食べられそう」

「まったく小骨が無くて、生臭くもねえな。ホント、もっともっと食いたくなるぜ」

豆腐と葱《ねぎ》も入ったつみれ汁に、皆、舌鼓を打つ。お梅は味わいながら、ぽつりと言った。

「やっぱり女将さんって、腕がいいんだね。魚をこんなに上手に捌《さば》いたり、骨抜きしたり、細かくして丸めたりなんて難しいこと、私には出来ないもん」

「あら、そんなことないですよ。何事も慣れですからね。よろしければ今度お教えしますよ、捌き方」

お園が板場から答えると、お梅は手を振った。

「どうせ上手に出来ないから、いいの」

「でもよ、お前さん、料理は色々覚えておいたほうがいいぜ。惚れた男を繋ぎ止めておくにはよ。それに、こないだ言ってたじゃねえか。どこかの料理屋から、今度うちで働いてみないか、って誘われてるって。そこでは料理が出来るかもしれねえって喜んでいただろ」

「その店の看板料理とか言ってたよね」

「ああ、でもそれは魚の捌きなんかしなくていいからさ。気楽なんだよ」

皆、つみれ汁のお代わりを頼み、今度はお園がお椀を運んだ。

「いいお話じゃないですか、お梅さん。乗ってらっしゃいますね」

「まあね。恋も仕事も、今度こそ上手くいくといいけどね」

お梅はまんざらでもない様子で、つみれを口に放り込んだ。

二

それから七日ほど経った頃、八兵衛がまたも昼の休み刻に現れ、苦々しい顔でお園に告げた。

「まずいことになった。お梅のやつ、いなくなっちまった。行方が分からなくなっちまったんだよ」

お園とお里は、思わず顔を見合わせた。

「行方が……って、どういうこと？」

「どういうもこういうも、そういうことだ。もう五日も家に帰って来ない。近所の者たちで手分けして捜しているが一向に見つからないから、そろそろ探索願いを出そうかと相談しているところよ」

「じゃあ、この前惚気てた男のところに居るんじゃないの？　その男と一緒に、突然どこかに行ってしまったとか」

八兵衛は少し考え、答えた。

「いや、それにしては変だ。お梅の家を覗いてみたら、着るものなど何も持ち出されてなかった。男と一緒に暮らすとなったら、いくらなんでもそれぐらい持っていくだろう。それに、部屋も乱雑だった。新しい暮らしを始めるなら、部屋ぐらい片付けて行くんじゃねえかな。とにかく、俺の勘働きでいうなら、何か変なんだ。それは俺だけでなく、皆思っていることで、だから探索願いを出そうって話になっているんだ」

「じゃあ、誰かに連れ去られたってこと？」

「うむ。だが、長屋の住人で、お梅の叫び声や争う物音を聞いたって者はいねえから、連れ去られたとしたら外でだろうな。或いは……」

「或いは？」

お園は喉《のど》をごくりと鳴らした。

「男に騙《だま》されて危ない目に、ってことよ」

八兵衛は顔を顰《しか》めた。

「だったらその、お梅さんが付き合っていたっていう男を当たってみれば？」

「それが、お梅のやつ、さんざん惚気てたくせに、どこの誰かははっきり言わなかったんだ。恐らく……そいつに『俺のことはあまり言うな』って口止めされていたんじゃねえかな。まあ、俺もお波もあまりしつこく訊くのは性分に合わねえから、お梅が自《おの》ずと話すまで待っていようと思ってたのよ。ただ」

八兵衛は太い眉毛《まゆげ》を蠢《うごめ》かし、低い声を響かせた。

「俺は、飴《あめ》売りの音弥《おとや》って男が怪しいと睨《にら》んでいるんだ」

「どんな男なの」

お園は思わず身を乗り出す。

「いかにも女たらしよ。黒い着流しに、赤い腹切り帯を締めて、黒塗り笠を被って、草履《ぞうり》は赤い鼻緒。おまけに紅まで差してるってのは、いただけねえ。飴売りだから派《は》手《で》な恰好《かっこう》ってのは仕方がねえが、ふざけた野郎だぜ」

「飴売りは奇抜な恰好で行商をするから見てくれは仕方ないとしても、加えて女たらしっていうのはタチが悪いわね」

「音弥はよく近所に飴を売りに来ていたし、お梅が嬉々《きき》として買っていたところも何度か見たことがあるんだ。音弥が朝早くアクビをしながら近くを歩いているところも、見たことがある。あれはきっと、お梅の家から帰るところだったんじゃねえかな。でもよ、俺が音弥にお梅のことをさりげなく訊ねても、『知らぬ存ぜぬ』といった体《てい》なんだ」

お園は八兵衛の話を聞きながら、複雑な思いだった。お梅の失踪に、清次のことを重ね合わせてしまい、身につまされたのだ。もし、お梅がそのろくでなしの音弥という男に騙されたというなら、同じ女としていっそう放っておけないような気がした。

「心配ね、お梅さん。何か手掛かりがあればいいのだけれど」

「俺も出来る限り、音弥を張ってみることにするよ。そうだ、女将、協力してくれるなら、一度お梅の部屋を見てみてくれないか？　同じ女の勘ってのが、何か働くかもしれねえからさ」

お園は腕組みをし、頷いた。

「そうね、見させてもらうわ。私でよければ、協力します」

「じゃあ、早速だが一緒に来てもらえねえか。小雨の中、悪いけれどよ」

お園は受け合い、お里に留守番と昼餉の片付けを頼んだ。

「お梅さん、御無事だとよろしいですね」

お里もお梅のことが心配のようだった。お梅が根は悪い女ではないと、分かるのだろう。

「困っている人がいると、放っておけないお人好しなの。自分でも損な性分だって分かってるのよ。お里ちゃんにも色々お願いしちゃって、ごめんね」

「とんでもありません。女将さんは、皆さんから頼りにされているのだと思います。

お気をつけて、行ってらしてください」

「ありがとね、お里ちゃん」

お里に見送られ、お園は傘を差し、八兵衛とともに歩を進めた。


横山町の八兵衛宅の近くに、お梅が住む長屋があった。部屋に入り、見回してみて、お園は八兵衛たちの勘働きは間違っていないように思えた。

部屋は散らかっていて、カビ臭く、何か良からぬ空気が立ち込めている。

「これは……お梅さん、やはり何かに巻き込まれてしまったのかもしれないわね」

お園は湿気《しっけ》た畳の上を歩きながら、何か手掛かりになるものはないか、探した。しかしそう簡単に見つかるものでもなく、八兵衛とともに溜息をついた。

「ねえ、お梅さん、料理屋に誘われてるって言ってたんでしょう？　それって、どこの店だったのかしら。そのこととは、関わりはないのかな」

「さて、どうだろう。店の名前なんかは、聞いてなかったな。しまった、厚かましくても、色々訊いときゃ良かったぜ」

八兵衛は手で額をぴしゃりと叩き、どんぐり眼《まなこ》を瞬かせた。

箪笥《たんす》の引き出しの中を見るのはさすがに躊躇《ためら》ったが、行方知れずとなれば仕方がない。しかし、覗いてはみたものの、入っていたのは衣服や薬箱など日頃使うものばかりで、収穫はなかった。

諦めて帰ろうとした時、お園は、竈《かまど》の下辺りに、何か紙切れが落ちているのに気づいた。それを拾い、二人は覗き込んだ。

お園は紙切れをじっくりと見た。それには下手な字で、「とうふ　ごまあぶら　あおな　ねぎ」などと書かれてあったが、長雨の時季、雨漏りでもしたのだろう、滲んでいて見づらいところもあった。最後の食材は、滲み過ぎて、「つ」の一文字しか判らなくなっている。

「これ、もしかして、誘われていた店から、『覚えておいて』と言われた料理なのかしら」

「そうかもしれねえ。お梅のやつ、『今度の店では料理が出来る』なんて張りきってたからな」

「お梅さん、そういえば、『その店の看板の料理を作る』ようなことを言ってたわね。〝つ〟がつく食材か。みつば、さつまいも、なつとう……。胡麻油ってことは、炒めるのね。さて、お梅さん、どんな料理を作ろうと張りきっていたのかしら」

お園は腕を組み、睨むように紙切れを見つめる。

「この走り書きから何か手掛かりが摑めるかもしれないわね。よし、この料理が何か、考えてみましょうか」

「女将、申し訳ねえなあ。店があるのに、こんなことまで頼んじまって」

八兵衛が慇懃《いんぎん》に頭を下げる。お園は「やめてよ」と苦笑いをし、一息ついた。

「お梅さんのこと、なんだか他人事《ひとごと》とは思えないの。私も、ほら、色々あったから。お梅さんが居なくなったことに男の人が絡《から》んでいるとしたら、ますます放ってはおけないわ」

「女将は本当に思いやりがあるなあ。お梅みたいな浅はかな女にも、情けを掛けてくれてなあ」

「浅はかだなんて、思ってないわ。私ね、実はお梅さんのこと、ちょっと羨ましいの。あんなに素直に男の人のことを好きになって、明け透けに惚気て。女って、そういうほうが、やっぱり可愛いじゃない。……私も、お梅さんみたいに、男の人に甘えられればよかったんだろうけれど、出来なかったから」

八兵衛は優しい笑みを浮かべ、お園の肩を叩いた。

「何が可愛いと思うかなんて、人それぞれだ。俺から見れば、そんな不器用な女将のほうがずっと可愛いがな」

「お心遣い、有難く頂戴《ちょうだい》します。でも、やっぱり可愛いのはお梅さんよ。私ね、お梅さんのような、女のどうしようもない気持ちってのも分かるの。八兵衛さんからすれば浅はかに見えるだろうけれど、自分では必死なのよ、きっと。精一杯、懸命に、男を好きになっているのね」

「なるほどな。そういうことってのは、人が忠告しても駄目なのかもしれねえな。自分ではっきり気がつかねえと。痛い目に遭っても、繰り返しちまうんだろう」

八兵衛の溜息を聞きながら、お園は紙切れをもう一度じっくりと眺めた。お梅を助けたいという思いはもちろんだが、謎めいた走り書きに、料理人としての興が湧くのだった。

「お梅さん、早く連れ戻して、料理を作らせてあげたいな。この料理、私もどうしても知りたいから、突き止めてみるわ」

「女将、ありがとうよ。恩に着るぜ」

八兵衛はお園に、再び頭を下げた。

お園は店に戻ると、紙切れをお里にも見せ、〝つ〟のつく食材を二人で考えた。

「お梅さん、早く帰って来てほしいですね」

お里もお梅のことが気掛かりのようで、真剣に紙切れを眺めている。

お園は、お里に訊きたいことがあったが、黙っていた。

「お里ちゃんも人を好きになったことがあるの？」、そう問いたかったのだ。

お園は、お里の憶えは曖昧になどなっておらず確かであると、もう気づいていた。自分がどこの誰かも、過去に何があったかも、すべて覚えているに違いないと。

しかし、決して問い詰めたりせず、お里から話すまで黙っているつもりであった。

お里はだいぶ落ち着いて来ている。それなのにあれこれ問い掛けをして、刺激してしまうのは、愚《おろ》かなことと思われた。

──もしや、この娘も恋に破れて彷徨《さまよ》っていたのではないだろうか。……ううん、こんなに清らかで純なお里ちゃん相手に、早合点はやめておこう。

儚《はかな》い美しさを湛《たた》えたお里を見ていると、お園は守ってやりたい気持ちでいっぱいになるのだった。

お園は、お里の面倒を見るうちに、時折頭をもたげていた孤独が静まるようになっていた。お里の物静かで優しい笑顔に、癒されているのだろう。

三

翌日の昼の休み刻、八兵衛は再びお園の店を訪れた。

「〝つ〟のつく食材で、このようなものが思いついたの。三つ葉、納豆、土筆《つくし》、薩摩《さつま》芋《いも》、鰹節《かつおぶし》。でも、薩摩芋ってのは、ピンと来ないのよね。豆腐、胡麻油、青菜、葱などと一緒に、さてどうするか」

「それらの食材に、芋ってのは確かに合わせにくいかもしれねえな」

腕を組むお園に、八兵衛が相槌《あいづち》を打つ。

「鰹、ってのもあるけれど、お梅さんに鯵の料理を出した時、こんなことを言っていたでしょう。『魚の捌きなんかしなくていい』って。だから、魚ではないと思ったの」

「なるほど、それは間違ってはいないだろう。魚を使わない、その店の人気料理ってわけだ」

「果たしてこれらで、呼び物になるような料理が出来るかどうかね。まあ、どうにか作ってみましょうか。八兵衛さん、お味見お願いします」

「おう、任せておけ。不味《まず》い時は不味いって、容赦《ようしゃ》なく言うからな」

からからと笑う八兵衛にお園も笑みを返し、お里にも手伝ってもらって手際良く作り始める。華奢な手で包丁を握り、アク抜きをした薩摩芋を細かく刻んでゆく。お園の細い腕は、意外にも力強い。包丁がまな板を打つ音が、店に響いた。

「俺はこの音が好きなんだ。背筋が伸びるようだぜ」

八兵衛はそう言って、身を正す。お園は刻んだ薩摩芋を胡麻油でじっくりと炒めてゆく。味醂と酒を入れ、少し柔らかくなってくる頃、醬油《しょうゆ》を掛ける。思わず唾を呑み込みたくなるような旨そうな匂いが、漂い始める。

「お里ちゃん、ほら、葱を切ってね」

お園に言われ、お里は包丁を持ち、葱を刻み始める。料理を手伝うお里の手つきはおぼつかないが、丁寧だ。その様子を見ながら、お園は思っていた。

――この娘は、やはり町娘ではない。端女《はしため》がいるような家で育ったに違いない。

お里は、その言葉遣いや所作などからも、武家の娘、或いは大店の娘、名主の娘のようにも見受けられた。それゆえお園は家の人が心配しているのではないかと、よけいに気に掛かっていたのだ。八兵衛もお茶を啜りつつ、さりげなくお里の様子を窺っていた。

薩摩芋が柔らかくなってくると、お園は刻んだ青菜と葱を鍋に入れ、軽く混ぜ合わせながら炒めた。青菜には小松菜を使う。芳《こう》ばしい匂いに、八兵衛も板場に近づき、鍋《なべ》を覗き込む。お園は炒め合わせたものを豆腐に掛け、八兵衛に出した。

「こりゃ、なかなか旨そうだな。いただくとするか」

八兵衛は箸を持ち、早速食べ始める。「ふむ」と言いながら食す八兵衛を、お園もお里も神妙な面持ちで見つめた。齢《とし》のわりに健啖《けんたん》家の八兵衛はあっという間に食べ終え、楊枝を嚙みつつ感想を述べた。

「不味くはない。旨いんだよ、芋も、青菜も葱も、豆腐も。でも、なんだか味がバラバラなんだ。それぞれ食べれば、どれも旨い。でも味に調和が取れてない。残念だけど、〝つ〟のつく食材ってのは、薩摩芋ではなかったようだな」

「そう。……そうじゃないかと思ったのよね、作りながらも」

お園は溜息をつき、肩を落とした。

「まあ、気落ちしないでおくれよ、女将。薩摩芋を胡麻油で炒めたのなんかは、これだけで旨いから、店で出したら売れるぜ、きっと」

「……私も、そう思います。芳ばしくて、とても美味しいです」

味見をしつつ、お里も同意する。お園は笑みを取り戻し、威勢良く言った。

「七転び八起きね。よし、今度は三つ葉を使ってみましょう。お里ちゃん、お手伝いお願いね！」

お園は再び腕を捲《まく》る。お里は八兵衛のお茶を取り替えると、急いで葱をまた刻み始めた。次は「三つ葉」を使い、青菜、葱とともに、今度は豆腐も一緒に炒めてみる。

「お里ちゃん、お皿取ってくれる？」

声を掛けても返事がないので、お園はお里にふと目をやった。お里は虚ろな目で、ぼんやりと火を見ていた。

「お里ちゃん？　どうかしたの？」

お園が声を強めると、お里は我に返ったように背筋を正した。

「あ、ごめんなさい」

「お皿、お願いね。八兵衛さんが舌舐《したなめず》りして待ってるから」

お園はお里に優しく微笑み掛けた。

三つ葉を使った料理を味見し、八兵衛は首を傾げた。

「これも不味くはねえけど、三つ葉ってのは青菜と被っちまって、味も弱いし、なくてもよい気がするなあ。でも、豆腐も一緒に炒め合わせるってのはいいね。胡麻油が滲んで、実に旨い」

お園とお里は顔を見合わせ、溜息をついたが、また直ぐに次の料理に取り掛かった。

納豆は豆腐と混ぜ合わせ、それに炒めた青菜と葱を掛けてみた。八兵衛は二口ほど食べると、箸を置いた。

「味はまあまあだけれど、取り立てて言うほどのものでもねえなあ。納豆と豆腐は同じ大豆から出来てるだろ？　だからか、混ぜ合わせるとちょっとクドいな。豆好きの人にはいいかもしれねえけど、これなら混ぜずに、納豆、豆腐、それぞれに炒めた青菜と葱を掛けたほうが旨いと思うぜ」

お園も味見をし、言った。

「八兵衛さんの意見、なかなか手厳しいけれど、的を射てるわ。納豆、豆腐それぞれに青菜と葱を掛けて、今夜にでも店で出してみましょう」

「品書きが増えてよかったじゃねえか」

八兵衛は大口を開け、欠けた歯を覗かせて、からからと笑った。

土筆は、青菜、葱、豆腐すべてと混ぜ合わせ、醬油と味醂で味付けして炒め煮をしてみた。それを一口食べ、八兵衛は「うむ」と唸った。

「なんともちぐはぐな味だなあ。これは旨いとは言い難い。これなら土筆だけで炒め煮したほうがずっと旨いんじゃねえかな。見た目もあまり良くねえし」

お園も一口食べ、顔を少し顰めた。土筆の味がぼやけていて、それを食材として用いる意味がなくなってしまっているように思えた。

「土筆でもないようね……ああ、残念」

お園は肩を落としつつも、最後に鰹節を使って挑んでみた。青菜と豆腐を胡麻油で炒め、それに刻んだ葱と鰹節を振り掛け、醬油を垂らした。

八兵衛は口に含み、嚙み締め、頷いた。

「これは、店で出すといいと思うぜ。旨い。だが……」

次の言葉を待ち、お園は少し緊張する。

「普通過ぎるような気がしねえでもないな。店の看板料理になるようなものかな」

「確かに。お通しで出すようなものだもの。特徴はないわね。八兵衛さんが言うように、極、普通。それに作っていて思ったけれど、これには厚揚げを使ったほうが合うかも。今度、厚揚げで作って、店で出してみるわ」

お園は再び溜息をつき、腕組みした。

「今日は、これぐらいにしとこう。仕込みもあるだろうし、お園ちゃんたちも少し休んだほうがいいからな。面倒くさいことを頼んじまって、すまねえなあ。まあ、懲《こ》りずにやる気を見せてくれるなら、またちょっと考えてみておくれな」

八兵衛が殊勝に頭を下げる。お園は笑顔で返した。

「任せておいて、乗りかかった船だもの。お梅さんの手掛かりを摑みたいし、それに料理人として、この謎を解いてみたいの。なんか、こう、すっきりしないのよ。この料理が何か分からないとね」

「おう、期待してるぜ。それでこそ名物女将のお園ちゃんだ」

お里は二人にお茶を出し、皿を片づけてゆく。ぎこちなくも丁寧に後片付けをするお里を、お園も八兵衛も温かな目で見守っていた。

四

小雨降る午過ぎ、お園は謎の料理についてまたも試行錯誤していた。

「うーん、〝つ〟のつく食べ物ってほかに何かあるかなあ」

お梅が残した走り書きを睨み、お園は腕を組む。紙切れを覗き込み、お里も首を傾げた。すると戸の開く音がして、八兵衛が中に入って来た。

「あら八兵衛さん、濡れちゃってるじゃない。お里ちゃん、手ぬぐいお願いね」

「はい」

お里は直ぐに手ぬぐいを八兵衛に渡した。

「途中で降ってきちまったんだ。朝はお天気良かったから傘を持たずに出たのよ。あーあ、せっかく買った瓦版も滲んじまったぜ。懐に仕舞っておいたのにな」

八兵衛は苦笑いで着物を拭い、「でも読めなくはねえかな」と瓦版をお里に渡した。瓦版を広げるお里を眺めながら、お園はふと気づき、お梅の残した走り書きを目を凝《こ》らして見て、「ああっ！」と声を上げた。

「どうした？」

八兵衛とお里が驚いた顔で、お園を見る。お園は大きな目をさらに丸くし、叫んだ。

「この字、雨で滲んで判別がつかなくなっていた文字って、もしや〝つ〟ではなく、〝う〟なのかも？　そうよ、きっと。よく見ると、〝つ〟にしては形が歪《いびつ》だし、ちょうど文字の上のほうが酷く滲んで黒くなっている。ここに点〝〟があったとも考えられるわ」

八兵衛とお里が駆け寄り、走り書きを覗き込む。

「そう言われてみれば、〝う〟かもしれねえな。気づかなかったぜ。さすがは女将だ」

「八兵衛さんがびしょ濡れで来てくれたおかげよ。滲んだ瓦版を見て、思いついたの」

「私も〝う〟のような気がします。で、〝う〟として、その食べ物って何でしょうか」

三人は顔を見合わせる。少しの沈黙の後、お園が言った。

「私の勘では、麺《めん》類ね。〝うどん〟とか〝そうめん〟とか」

「麺か……なるほど」

八兵衛は顎《あご》をさすり、大きく頷いた。お園は徐々に思い出す。

「そういえば、豆腐と青菜を炒めたものに麺を絡めるって、確か『豆腐百珍』にも、そのような料理が書かれてあったわ」

今度は手応えを感じたのだろう、三人とも頷き合う。

「ほかに〝う〟のつく食べ物って、何があるかな。〝ごぼう〟だろ、〝うど〟だろ。〝うのはな〟もそうか」

「〝しょうが〟とか〝うなぎ〟もありますね」

「どれもしっくり来ねえな。〝うなぎ〟は旨そうだけれど、ありきたりな感じがするし、捌きが必要な魚だ。よし、女将の勘を信じて、麺でいってみよう」

「そうしましょう！　それで、〝うどん〟よりは〝そうめん〟のほうが、炒め合わせたものをより絡ませることが出来ると思うの。麺が細いから。それに……」

「それに？」

お園は息をつき、微かな笑みを浮かべた。

「素麺《そうめん》を使えば、料理の修業をしていなくても、簡単に見映《みば》えの良い料理を作れるもの。魚を捌いたり、煮物みたいに出汁に拘《こだわ》ったりしないぶん、お梅さんも、これなら出来ると考えたんじゃないかしら。……面で男を選ぶお梅さんは、見た目だけ良ければいい〝めん〟の料理は自分に合っているって思ったのよ、きっと」

「なるほど、うどんより素麺のほうが、細くてしなやか、より見映えが良いからな。まったく面食いのお梅らしいぜ」

鼻白む八兵衛に、お園は苦笑を漏らした。

「素麺、ちょっと買って来るわね」

「あ、私が行って来ます」

志願するお里を見て、ずいぶん元気になったとお園は嬉しい。お里はお園から金を受け取り、店を出る。小雨は止み、雲の合間から微かに晴れ間が覗いていた。

お里を待っている間、八兵衛が言った。

「あの娘、少しずつ明るくなって来たじゃねえか。挨拶もきちんとするようになったしな。いくらか馴染んで来たようだ」

「ねえ、本当に善《よ》い娘さんね」

お園も笑顔で応える。

「不器用でもけなげにやっている人ってのは、応援したくなるもんだ。暗い顔してやる気があるんだかないんだか分からないようだと、こっちも顰め面になっちまうけどさ、あの娘みたいにああやって少しでも朗《ほが》らかにしようと努めてると、こちらも顔がほころんじまうってわけよ」

「なるほど。相手の態度によって、自分の態度も変わるってことね」

「そうよ。俺はこの店が始まった頃からの客だけれどさ、女将だって来て初めはなんだか頼りなくて、おどおどしてたもんだ。でも懸命さってのが伝わって来て、それは味にも出ていた。それで俺は通うことにしたんだよ。応援の意味も兼ねてね」

「そうだったの……。ありがとね、八兵衛さん」

八兵衛の言葉が、お園の胸に沁み入ってゆく。必死だった自分を、静かに見つめ続けていてくれたのだと、改めて常連のお客に対する有難味を感じた。

「まあ、今ではいっぱしの女将だけれどな。日増しに貫禄がついてゆくわ」

「店を切り盛りしていくには、逞《たくま》しくならなくちゃね！」

明かりが差し込み始めた店に、笑い声が響いた。

お里が素麵を買って来ると、お園は豆腐や青菜などと一緒に早速料理した。豆腐、青菜を胡麻油で炒め合わせ、酒、味醂、醬油で味付けし、そこに茹でた素麵を入れて混ぜてみたのだ。

――麵の料理ならば、葱は薬味に使うのかもしれない。

お園はそう思い、皿に盛りつけた後、刻んだ葱を振り掛けてみた。出来上がったものを味見して、お園は「うん！」と頷いた。これだと確信しつつ、八兵衛に出してみる。八兵衛は生唾を吞み込みながら、料理をつついた。

「旨い！　食材、味、すべてが調和し、しっくり来る」

一口食べ、八兵衛は唸った。その言葉を聞き、お園は胸を撫で下ろした。料理をようやく突き止めたような思いで、緊張が解けてゆく。八兵衛は箸が止まらぬようで、たちまち平らげてしまった。

「女将、これに違《ち》げえねえよ。調和が取れてるから、するすると胃に入っちまうんだ。素麵に胡麻油は合うな。脂っこさも程々で、年寄りの俺でも満足の一品だった。ごちそうさん」

「ああ、よかった。八兵衛さんにそう言ってもらえて、安心したわ。そうだ、ちょっとひとっ走り行って来ます」

お園は二人に留守番を頼み、今度は自分が本屋へと走った。息を切らしつつ、天明《てんめい》二（一七八二）年に刊行された『豆腐百珍』を手に取る。お園の勘が当たったようで、素麺を使った豆腐料理がそこに書かれてあった。

「七十四・菽乳麪《とうふめん》　かみなり豆腐の下に出たる碎豆腐《くだきとうふ》の如くし青菜の微塵刻《みじんきざ》みと豆腐と等分に油而炒つけたるをみづを入れ烹て、索麪《そうめん》を少しこはめに（ゆでゝ）よく洗ひをきたるをうちこみ醬油の和調（かげん）する也」、とある。つまりは、碎豆腐に素麺を混ぜ合わせたものであり、お園の作り方と、ほぼ同じであった。

お園は何故手元に置いておかなかったのか、料理人として失格だと恥じつつ、『豆腐百珍』を買って帰り、八兵衛たちに見せた。

「謎の料理走り書きってのは、この『菽乳麪』だったんだな。よし、突き止めたぜ」

八兵衛はにやりと笑った。

『菽乳麪』を売りにしている店は、直ぐに見つかった。お園が知り合いの豆腐屋に訊ね、情報を仕入れたのだ。日本橋から少し離れた礫川牛込《こいしかわうしごめ》の〈琴葉屋《ことはや》〉という料理茶屋だった。

八兵衛はその店を張ってみた。小半刻（三十分）で出て来る客もいれば、一人で訪れて一刻経っても出て来ない客もいる。長い間店に留まり、ようやく出て来た男客のにやついた顔を見て、八兵衛はやはりと思った。

――二階に女を置いて、客を取らせているようだな。もしやお梅も……。

八兵衛は小柄な躰を物陰に潜ませ、見張り続けた。店は繁盛しており、主人もいかにも善人そうな笑みを浮かべて接客している。しかしその笑顔がなんとも胡散臭《うさんくさ》く、八兵衛は様子がおかしいことを嗅《か》ぎ取っていた。

二階を見上げて八兵衛がお梅は部屋にいるのだろうか、どうやって助け出そうかと考えを巡らせていると、笠を被った男がやって来て、そそくさと店の中に入っていった。その男は、音弥に違いなかった。

八兵衛は〈琴葉屋〉の一件を、お園に告げた。

「よし、私、一肌脱《ぬ》ぐわ！　お梅さんのこと、同じ女として放っておけないもの」

「ありがてえ。女将、恩に着るぜ」

とことん協力してくれるお園に、八兵衛は頭を深々と下げた。

二人は示し合わせ、旧知の仲である岡っ引きの辰五郎《たつごろう》親分にも頼んで、一計を案じることにした。辰五郎は五十歳を過ぎているが、なかなか若々しい、鯔背《いなせ》な男だ。普段は女房と一緒に荒物屋をやっており、小舟町辺りでは「泣く子も黙る」と言われる強面《こわもて》の辰五郎だが、実は酷く涙もろいということは、女房のみが知っている。

お園が辰五郎と親しくしているのは、女一人で店をやっているため、いざという時に力になってもらえるようにだ。しっかり者のお園を、辰五郎もよく思っており、何かにつけて気に掛けてくれていた。

お梅を助け出すため、お園と八兵衛は連れ合いのふりをして〈琴葉屋〉へ行き、二階の座敷へ上がった。その間、親分には外で待機してもらう。

二階には座敷が四部屋あり、いずれも塞《ふさ》がっているようだった。注文を取りに来た店の者に、二人は酒と、件《くだん》の菽乳麵を頼んだ。

二人は部屋を見回しながら、耳を澄《す》ます。声や気配で、隣の部屋で女が客を取っていることが分かった。八兵衛は息を殺し、壁に耳を押しつける。暫しの後、八兵衛は壁から離れ、神妙な面持ちでお園に耳打ちした。

「違《ち》げえねえ。隣に居るのはお梅だ」

二人は顔を見合わせ、頷き合った。しかし、乗り込むにはまだ早い。客が帰って、お梅が一人になってからのほうがよいだろうと判じた。

料理と酒が運ばれ、二人は味わった。蕎乳麵を食べてみて、お園は不味くはないが、何か一味足りないと思った。先だって、手探りで自分で作ったもののほうが美味しかったのだ。

蕎乳麵の作り方は、『豆腐百珍』にも書いてあるように、「水切りした豆腐を手で崩して油で炒め、微塵《みじん》切りの青菜も入れて混ぜる。そこに、硬めに茹でた素麵を入れて、よく混ぜて醬油で味をつける」。今で言う「豆腐チャンプルー」のようなものである。

お園は思った。

——この店の蕎乳麵は、豆腐をよく水切りしていないようだ。全体的にベチャッとしていて、醬油の味が薄れてしまっている。素麵も、なんとも味気ない。もしや炒める時、素麵は混ぜ合わせていないのかも。茹でた素麵に、炒めた豆腐と青菜を掛けて、軽く混ぜただけなのかもしれない。

この料理の一味足りなさを、お園はそう考えた。

素麵を炒めなければ、そのほうが少量の油で済むし、素麵に色がつかずに白いままなので、確かに全体の見映えは良いのだ。全部を混ぜ合わせて炒めると、素麵にも醬油が滲んで、全体が茶色っぽくなってしまう。

〈琴葉屋〉の菽乳麵は、一見美味しそうだが、実は麵に旨みが沁み通っておらず、それゆえ物足りない味というわけだ。看板料理などと謳《うた》ってはいるが、一時の話題作りであろうと思える品であった。

――お梅さん、この料理なら自分でも作れると思ったのね。見映えだけの、中身のない料理……。

お園は一皿食べきることが出来ず、残してしまった。健啖家の八兵衛ですら、やはり残した。

「なんだか水っぽくって、薄味だな。この前女将が作ってくれたほうが、断然旨かったぜ」

八兵衛は爪楊枝を動かしながら、ぼやいた。この店の菽乳麵は、濃い味付けを好む江戸っ子を満足させるような料理ではなかった。

隣の部屋で動きがあった。客の男の「またな」という声、襖《ふすま》を開ける音も聞こえた。

客が帰った後、二人は「今だ」と隣の部屋に踏み込んだ。察したとおり、そこに居たのは、髪と襦袢《じゅばん》を乱したお梅だった。

「お爺さん……どうして？」

八兵衛を見て、お梅は目を皿にした。

「おめえ、しっかりしねえか！」

八兵衛はお梅の肩を揺さぶり、どやしつけた。お梅は八兵衛とお園に抱えられ、下へとおりた。寝乱れた女の姿に、お客たちは騒然となる。

「困りますねえ」

作り笑顔の主人がドスの利いた声を聞かせた時、辰五郎親分が乗り込んで来た。

「なに言ってやがんだ！　ちゃらちゃらした男に女をたらし込ませて、躰売らせて商売しようなんて、料理屋がやることじゃねえだろ。聞いて呆れるぜ、この下衆《げす》野郎！」

親分の気迫に、主人は一瞬たじろいだが、言い返した。

「でも、お梅さんは、自ら『好きな男のためなら、どんなことでもする』って言ったのですからねえ」

「なんだとお！」

ますます激昂《げっこう》する親分を遮《さえぎ》り、お園も主人をきっと睨んで、言い放った。

「さっき料理を食べた時、何か一味足りないって思ったの。それはつまり、お客様をもてなす心が足りてないってことよ。料理の見映えを良くしようという気持ちはいいけれど、そのため味をなおざりにするってのはあまりに莫迦《ばか》げていない？　あんな薄味じゃ、江戸っ子は満足しないわ。しっかり味付けして、かつ全体の彩りも工夫すればいいじゃない。料理は疎《おろそ》かに、女を嵌《は》めて金を稼ごうなんて、そんな卑《いや》しい心づもりじゃ、そのうち商売あがったりになるわ。もっと正々堂々と、本道の料理でお客たちを惹きつけてごらんなさいよ！」

店が静まりかえる。凛と美しいお園に、誰しも圧倒されてしまっていた。主人も苦虫を嚙み潰したような顔で、黙り込む。

そこへ音弥がふらりと入って来た。辰五郎は音弥を見るなり、胸倉を摑んで殴り掛かった。

「女を店に売って、お前も上前を撥《は》ねていやがったんだろう。この下衆が！」

辰五郎に顔を殴られ、音弥は倒れて転がった。辰五郎は容赦《ようしゃ》なく、今度は音弥を思いきり足蹴にした。

「うわあっ！　いてえっ！」

音弥は頭を抱え、助けてくれぇと転げ回る。蹴飛ばし続ける辰五郎に、お梅がしがみついた。

「やめて！　私が望んでしたことだったの。この人は本当に悪くないの。ね、お願い。これ以上、騒ぎを大きくしないで」

涙を零《こぼ》して懇願《こんがん》するお梅に憐憫《れんびん》の情が湧いたのだろう、辰五郎は荒らげた息を抑え、音弥を睨みつけた。

「よし、今回はお梅さんに免じて許してやる。でもな、もう二度とお梅さんに近づくんじゃねえぞ！　それと、女を誑《たぶら》かして店に売るようなことも、もうするんじゃねえ。もし、また莫迦な真似《まね》をしたら、その時はお縄だからな。覚えてやがれ！」

音弥は目の周りを腫《は》らし、悔しそうな面持《おもも》ちで、切れて血の滲《にじ》んだ口元を腕で拭う。

お梅は音弥に何か言いたげだったが、八兵衛と辰五郎が抱えるようにして連れ出した。

数日後、八兵衛とお波が〈福寿〉を訪れ、お梅の様子について報告した。

「もとの暮らしに戻ったものの、あいつ、まだ音弥に未練があるようだ。しょげかえって、『音さん……』ってぐすぐす泣いてらあ。吹っ切れずにまた音弥を追い掛け回したりしたら、再び苦界に沈められて、今度は無事ではいられねえだろうよ。まったく困ったもんだ」

苦々しい顔で酒を啜る八兵衛に、お園は告げた。

「また、お梅さんをここに連れて来て。美味しいもの作りますから」

お園はお梅を放っておけなかった。女たらしの男に酷い目に遭わされたお梅が、心底惚れていた亭主に失踪された自分に重なって見えるから、尚更だ。女ゆえの悲しみが、お園には痛いほど分かるのだった。

——他人が言い聞かせてどうにかなるわけじゃないだろうけれど、傷ついたお梅さんの心を、少しでも癒してあげたい。

そんなふうに、お園は思っていた。

五

八兵衛夫婦に連れられ、お梅が〈福寿〉へやって来た。浮かない顔で伏し目がちのお梅は、確かに沈んでいるように見える。前に来た時とは打って変わって投げやりな態度は、失恋の痛手のせいだろう。お梅はお園に挨拶もせず、気怠《けだる》そうに座敷に上がった。

そんなお梅に、お園は笑顔で料理を出した。お梅は、前に置かれた三つの膳を見て、目を丸くした。いずれも同じような料理なのだが、微妙に異なっている。お園が出したのは、三種類の〈菽乳麵〉だった。

「お梅さんが作ろうと張りきってらした菽乳麵です。味付けを少々変えて、三種作ってみました。右の膳から順番に召し上がってみてください」

醬油と胡麻油の芳ばしい香りが、鼻孔を刺激するのだろう、お梅は思わず唾を吞み込んだ。

お園が出した菽乳麵は、このように違っていた。

一皿目は、茹でた素麵に、炒めた豆腐と青菜を掛けて軽く混ぜ合わせ、刻み葱を散らしたもの。味付けは醬油のみ。〈琴葉屋〉で出していたのと同じものだ。

二皿目は、豆腐と青菜と素麵を混ぜ合わせながら炒め、刻み葱を散らしたもの。味付けは醬油、味醂、酒。隠し味に、すり下ろし生姜を使っている。

三皿目は、豆腐と青菜と素麵を混ぜ合わせながら炒めたものに、特製の大根おろしを掛け、刻み葱を散らしたもの。味付けは二皿目と一緒だが、特製の大根おろしは薄紅色なので、彩りも豊かだ。

お梅は、順番に少しずつ食べていった。一皿目は「まあまあ」というような顔をしていたが、二皿目を口にした時、「味が……全然違う」とポツリと言った。そして三皿目を食べた時、目を見張り、「美味しい」と感嘆の声を上げた。無表情だった顔に、ぱっと生気が宿る。

八兵衛たちも三皿目を眺め、「見るからに旨そうだものなあ」と、ゴクリと喉を鳴らした。

お園は言った。

「なかなかの味でしょう？　でも、どれも基本の食材は同じなんですよ。味付けと工夫が違うだけでね」

そして一皿ずつ指さしながら、続けた。

「一皿目は、見映えは良いけれど、味が足りないでしょう。二皿目は、見映えはグチャッとしているけれど、味はしっかりついていると思います。三皿目は、見映えも味も良かったのではないでしょうか。『美味しい』って言ってくださったもの。……ねえ、お梅さん。見映えが良くても、味も良いとは限りませんよね。二皿目のように、多少見映えが悪くても、味は良かったりする。人間も、そうなのではないかしら。見た目だけで騙されてはいけませんよ」

お梅はハッとしたように目を見開いた。

お園は三皿目を指し、こうも言った。

「これは二皿目のものに、特製の大根おろしを掛けただけなのです。この工夫だけで、彩りが変わりましたでしょう？　見映えがイマイチのものを、少しの工夫で、見た目を良くすることも、味をさらに良くすることも出来るんです。……ねえ、お梅さん。そんなに二枚目がお好きなら、こうするのもいいかもしれません。見映えがそれほど良くなくても、中身が良い男《ひと》を見つけて、お梅さんの腕で、見てくれはもちろん中身もさらに良くしてあげるのです。つまりは男を料理する、ってこと。ね、それも楽しいと思いませんか？　そりゃ生まれつきの顔をどうにかするってことは出来ないでしょうが、身なりに気を遣ってあげるだけでも、野暮天だったのが粋な男に変わるかもしれませんよ。料理は料理人の腕次第、男も女の腕次第で、変えることは出来ますよ、きっと。お梅さんの腕の見せ所です」

　お園はお梅を見つめ、にっこり微笑んだ。お梅は睫毛を震わせ、大きく瞬きをする。

　八兵衛が口を挟んだ。

「女次第で男が変わる、か。なるほど、素直で優しい男なら、惚れた女のために少しでもいい男になろうと思うわな。性根の腐ったような野郎は、そんな殊勝なこと思わねえだろうけどよ」

　お波が八兵衛に凭れ掛かりながら、相槌を打つ。

「まことのことだねえ。だってこの人だって、あたしと出会ってずいぶん変わったもん」

「おお、そうよ！　『身も心もツヤツヤと若返りなさった』って誰からも言われるぜ！」

八兵衛はからからと笑った。仲睦《なかむつ》まじい二人に当てられたように、お梅は肩を竦める。お園は言った。

「そのまた逆もありますよね。男次第で女が変わる。ちょいと野暮天でも心の温かな男と付き合えば、お梅さんも変わるかもしれませんよ」

お梅は「料理次第……女次第、男次第、か」と呟きながら、特製の大根おろしを絡めつつ、莜乳麵を嚙み締めた。刻み葱が芳ばしさをいっそう引き立て、特製の大根おろしの甘辛いような酸っぱさと蕩け合う。口の中、尾を引く旨さだ。

「この特製の大根おろしってのは、どうやって作ったんだい？」

八兵衛に訊ねられ、お園は答えた。

「これはね、大根おろしと人参おろしを混ぜたものに、お酢を少々垂らしてみたの。大根と唐辛子を一緒に摺《す》り下ろしても出来ますけれど。この料理には大根と人参のほうが合うと思ったの」

「なるほど、大根の辛味と人参の甘みに酸っぱさが混じり合って絶妙なんだな。恐れ入った」

お園が作ったものは、今で言う〝紅葉《もみじ》おろし〟である。ちょっとした工夫をすることが、お園は好きであった。

お園は三人に、「よかったら、これも」と四皿目の菽乳麺を出した。お波が「あら、なんだか独得な匂い」と鼻を蠢かす。四皿目の菽乳麺には、新たに韮《にら》が使われていた。韮入りの菽乳麺に、皆、舌鼓を打つ。

「いやだあ、お腹いっぱいでも入っちゃう」

お波はせっせと箸を動かし、お梅も黙々と頬張る。韮入りの菽乳麺は、淡黄色の皿に盛られており、全体の彩りもさらに鮮やかでいっそう美味に感じるのだろう。皆完食してしまい、八兵衛は腹をさすりながら言った。

「女将は料理がよっぽど好きなんだな。色々よく考えるもんだ」

「それが私の取り柄ですもの。皆様が『美味しい』って仰って食べてくださることが、私の生き甲斐なんです」

お園は満足げに微笑んだ。

料理を心ゆくまで味わうと、お梅はお園に深く頭を下げ、「ありがとうございます」

と丁寧に礼を言った。腹が満たされ、殊勝さも戻ったようだ。そんなお梅を、お園は優しい目で見つめた。

「私も偉そうなことを言えた義理ではないんですけれどね。……男で苦労したのは、お梅さんと一緒です。でも、どうにか立ち直って、今はこうして料理の道を歩んでいます。だからこそお梅さんのことが気掛かりで、元気を取り戻してほしかったんです。お節介なようですが、同じ女として」

お梅もお園をじっと見つめ返し、肩を少し震わせ、再び頭を下げた。

お梅は八兵衛とお波に連れられて帰って行った。険のあったお梅の顔が和らいだだけでも、お園は嬉しかった。

六

幾日か経って、店が閉まる頃、八兵衛夫婦がお梅を伴って再び呑みに来た。お客は皆帰った後で、貸し切りのようになる。

お梅はどうやら落ち着いたらしく、明るさが戻っていた。お園の料理に励まされ、諭《さと》されたのだろう。

「あら、お里ちゃん、ちょうどよかった。お手伝いお願いします」

　お園は、片付けに下りて来たお里に声を掛け、お通しを運んでもらった。おこぜの皮の湯引きに、梅味噌を和《あ》えたものだ。ぷりぷりと歯ごたえのある美味しさに、皆、目を細める。夕餉におこぜのあら汁を出したので、お園はそのあまりを使った。おこぜはこの時代下魚と言われたが、皮も肝《きも》も、いい味なのだ。

　次におこぜの衣かけを出すと、八兵衛が「待ってました」と声を上げた。衣かけとは、現代でいうところの唐揚げ。小麦粉をまぶして、揚げたものだ。

　湯気の立つ衣かけに、皆の顔がほころぶ。熱々のそれを、お梅は、はふはふと頰張った。

「おこぜってさ、見てくれは悪くても、ホントに美味しいね！　この衣かけも、かりっ、中の白身はふわっ！　頰っぺた落ちそう。やっぱり何でも見た目じゃ分からないわ。ね、女将さん」

　すっかり元気を取り戻した調子の良いお梅に、皆、思わず笑ってしまう。

「まあ、気がついて良かったよ。もう過《あや》ちを繰り返すんじゃねえぜ」

「うん、分かってる。いくら私が莫迦でも、さすがに懲りたよ、見てくれだけの変な男にはね」

ちろと舌を出すお梅の肩を、お波が優しくさする。

「お前さんも早く、おこぜみてえな男を料理出来るようにならなきゃな。おっと、今惚れてる男は、見てくれよりも中身の、おこぜ男だっけな。ちゃんと料理するんだぜ」

八兵衛は皺《しわ》の多い顔をくしゃっとさせ、お梅に燗酒を注ぐ。

「あら、失礼ね、お爺さん。今付き合ってるのは、熊男だよ！　おこぜまではいかないさ」

お梅は酒をきゅっと呑み干し、衣かけを再び勢い良く頰張って「熱っ、熱っ」と慌《あわ》てる。八兵衛は、からからと笑った。

「女将、聞いとくれよ。こいつ、もう新しい男と仲良くやってんだぜ。一緒に腕組んで歩いてるとこ見たけどさ、まあ、熊というかおこぜというか。おっと、男の趣味が変わったのはいいことか。惚れっぽいのは変わらずでもよ。これも女将に言われたことが効いたんだろうな」

「あら、お梅さんに言ったこと、自分に対する教訓でもあるんですよ。私も男では痛い目に遭いましたから。勉強になったというわけです」

微笑みつつも、お園は溜息をつく。

「いやいや、人生、何事も勉強よ。失敗しながら成長していくってもんだ」

「本当だねえ。あたしだって失敗を繰り返して、こんな素敵な人と一緒になれたんだもん」

お波は艶やかな笑みを浮かべ、八兵衛に凭れ掛かる。

「嗚呼《ああ》、熱い、熱い！　この二人には、まったく当てられちゃうわ。女将さん、私たちも負けじと頑張らないとね」

お梅は八兵衛夫婦を軽く睨み、お園にちろりを差し出す。お園はにっこり微笑んだ。

「じゃあ、遠慮なく。お里ちゃん、盃お願い」

板場に声を掛け、お里に持って来させると、お園はお梅に酒を注いでもらい、一息に呑み干した。

「いい呑みっぷりじゃねえか、女将」

「お梅さんに注いでいただいたのだから、美味しさもひとしおです」

そして今度はお園がお梅に酒を注いだ。

「お互い、今度こそ、良いことがありますように」

お園とお梅が盃を合わせる。八兵衛夫婦もお里も和やかな笑みを浮かべ、二人を見つめていた。

するとが開き、瓦版屋の文太が入って来た。

「おう、待ってたぜ」

「すまねえ、遅くなっちまった」

文太は頭を掻きながら、お梅の隣に座った。お里は燗酒と盃を運んだが、文太にはまだ慣れていないようで、挨拶だけすると、板場に引っ込み洗いものを始めた。

「なんだか疲れてるみたいね」

文太に酌をしつつ、お梅が訊ねる。

「まあな。ほら、一連の付け火のことで聞き込みしたりして、忙しいのよ。毎月どこかで付け火を起こすから、『ちゃんと調べてくれ』って要望が多いんだ。皆、不安なんだろうよ」

「もう皐月《さつき》だもんね。またどこかで付け火を起こすのかしら。怖いわよねえ。今のところ小火《ぼや》で済んでいるからいいけれど、大事になる前に捕まえてほしいわ」

お波は眉を顰《ひそ》める。文太も腕を組んだ。

「如月《きさらぎ》から連続して起きてるってのに、手掛かりがないんだもんなあ。火盗改方のヤツら、しっかりしろ、と言いたいぜ」

「ホントだよ。死人や怪我人が出ていない付け火なんかは、本気で調べてないのかな。困ったもんね」

　お梅も肩を竦めた。

　このところ江戸では付け火が三箇月《みつき》続けて起きている。如月は向嶋《むこうじま》の隅田村《すみだむら》で、弥生《やよい》は染井王子《そめいおうじ》で、卯月《うづき》には本所《ほんじょ》でだ。いずれも空き地に捨ててあった塵芥《ちりあくた》や、川沿いの納屋、空き小屋などに火をつけている。場所や時間はバラバラだが、遣《や》り口が似ているので同一の下手人の犯行と思われていた。すべて小火で済んでいるというこ とと、人気《ひとけ》がないところをわざわざ選んでいるというようなところが似通っている。

「今のところは冷やかしのようなもんで済んでいるけれど、段々と悪質になってきているのが気になるな。もし空き小屋の中に誰かいたら、死人が出るところだ」

　酒をきゅっと啜り、八兵衛も眉間《みけん》に皺《しわ》を寄せた。

「それがさ、先月のは、どうやら空き小屋に火をつけたっていうか、周りに咲いてたツツジに火をつけたようだぜ。ツツジに油を撒《ま》いて燃やした跡があったみたいだ。どうも、その火が小屋に燃え移ったらしい。〝花燃やし〟なんて言われてるぜ」

「なんだか気味が悪いわね、花を燃やすなんて。物騒な世の中ね」

　お園は「やだ、やだ」と呟きつつ、燗酒のお代わりを用意しに板場へと行った。

　するとお里が、皿を洗う手を止め、目も虚ろにぼんやりと立っていた。お園はその姿に不安を覚え、おずおずと問い掛けた。

「お里ちゃん、どうかしたの？」

お里は我に返ったように瞬きをし、か細い声で答えた。

「あ、なんでもありません。今夜は蒸し暑いからか、ちょっと気分が悪くなってしまって……すみません」

お里の顔色は青白くなっており、お園の心配は募《つの》った。

「疲れているのね。このところお里ちゃんにも色々頼み過ぎちゃったから。ごめんね。部屋に行って、早く寝なさい。もう遅いから」

お園はお里を二階に上がらせ、布団を敷いてやった。

お里が床に就《つ》くのを見守ってから、ゆっくりと一階に降りる。外は静かで、梅雨《つゆ》の匂いが少しずつ漂ってくるようだ。階下では、四人の賑やかな声が続いていた。

物騒な世の中でも、一途に生きる人はどうか報われてほしい。お里もお梅も、色も種も違う花だけれど、いずれもっと咲き誇る。それを、自分が、自分の料理が少しでも助けることが出来たら。そう願いながら、お園は一段一段、ゆっくりと踏みしめるのだった。

二品目　夏の虎、冬の虎

一

八つ少し前。昼餉の刻が終わってお客たちも帰っていき、お園は一息ついた。皿を片づけ、暖簾《のれん》をいったん仕舞おうと思っていると、男が店の中にふらりと入って来た。

「申し訳ありません、昼餉が終わって、そろそろお休みなん……」

お園はその男の顔を見て、目を見開いた。驚きのあまり、言葉を失ってしまう。もしや勘違いだろうかと思って、目を擦《こす》り、もう一度よく見てみる。しかし……勘違いではないようだった。思いがけぬ再会に、お園の心ノ臓が激しく打ち始める。

男は総髪で着流しを纏い、刀を差している。浪人ということは直ぐに見て取れた。

男は無精《ぶしょう》髭《ひげ》の生《は》えた顎をさすりながら、店の中を見回した。

「休みか。腹が減ってるんで、何でもいいから食わせてほしかったのだが。……では、また来よう」

出て行こうとする男を、お園は引き止めた。

「ま、待ってください！　何でもよろしいなら、ちょっとしたものなら、お出し出来

ろし、一杯やっている。
お園は板場で料理をしつつ、男の様子をちらちらと窺っていた。男は座敷に腰を下
男は振り返り、「それは有難い」と満足げな笑みを浮かべた。
ますけれど」

――やはり、間違いない。

お園は確信した。目の前にいるのは、幼馴染みの井々田吉之進《いいだきちのしん》だと。変わり果てた姿になってしまっているが、物心ついた時から懐いていた男を忘れるわけがなかった。あの精悍《せいかん》な横顔、大柄な躰、朴訥《ぼくとつ》な仕草は、確かに吉之進だ。

最後に会ったのは、もう十年ぐらいに前になるだろうか。十六だったお園は、その頃、料理屋に奉公していた。吉之進は十八で、親の跡を継いで見習い同心として南町《みなみまち》奉行所に勤めていた。

お園の生まれた家は、八丁堀《はっちょうぼり》近くの幸町《さいわいちょう》で蕎麦屋を営んでいた。お園の父母が作る蕎麦は旨いと評判で、八丁堀の役人たちも常連であり、その家族も来ていた。吉之進も父親と一緒によく訪れ、それでお園とも顔見知りだったというわけだ。

――小さい頃、よく食べに来てくれたのよね。町人の娘だった私のことも可愛がってくれた。あの頃もこんなふうに、盗み見してはときめいていたっけ。

吉之進の大きな背中に目をやりつつ、甘酸っぱい感傷が込み上げる。しかし、お園の心には不安な気持ちもあった。吉之進はどう見ても浪人の姿である。

――やっぱり、風の噂で聞いたことは本当だったんだな。奉行所を辞め、同心の地位を捨て、行方が分からなくなってしまったというのは。

吉之進に何があったのだろうかと思うと、お園の胸は痛んだ。行方知れずになった吉之進が、まさか店を訪れるなどとはつゆほども考えなかった。思いがけぬ再会に、お園は懐かしさを覚え、喜びが込み上げてくる。包丁を持つ手も、微かに震えてしまった。

――幼い頃は、優しくて大好きなお兄さんだった。店に来てくれたり、道端で会うだけで、嬉しかったっけ。

長い間忘れていたときめきのようなものが、頭をもたげてくる。お園ははやる思いを必死で抑え、料理を運んだ。

「桜煎《さくらいり》です。どうぞ」

お園が小鉢を出すと、吉之進は「蛸《たこ》か！」と目を輝かせた。桜煎とは蛸を小口切りにして調味液で煮たものだ。お園は、醬油、味醂、酒に塩麴《しおこうじ》を使った。塩麴は食べ物を柔らかくする働きがあるので、蛸などに使うと口当たりが良くなる。そうやって煮付けた蛸に、刻んだ葱《ねぎ》を散らした。赤い蛸と、緑の葱、彩りも鮮やかだ。

吉之進は頬張り、「旨い！」と唸った。お園はほっとしたような気持ちで、微笑みを浮かべた。

「蛸は旨いな、やはり。江戸の味だ。俺はずっと山の中に居たので、こういう料理に飢《う》えていたんだ。旨い、実に旨い」

夢中で食べる吉之進を見ながら、お園は嬉しい反面、少し悲しい。吉之進はお園のことに、まったく気づいていないからだ。十年も経てば、女は変わるだろう。化粧もするから、なおさらだ。でも自分は一目で気づいたのだから、吉之進にも気づいてほしいと淡い期待を揺らしたが、それは無理のようだった。空腹だったのだろう、吉之進はすっかり料理に気を取られていた。

「山の中にいらっしゃったんですか」

お園が問い掛けると、吉之進は蛸を噛み締めながら頷いた。

「ああ。信濃《しなの》の飯縄山《いいづなやま》だ。剣術の指導を受けつつ、山を駆けずり回っていた。放浪を続けていたので、江戸は久しぶりだ。五年ぶりぐらいだろうか。山の中で出会った、剣の師匠《ししょう》の使いで来たのだが」

「どのようなお使いで？」

「江戸に居る弟子に、文《ふみ》と木刀を渡してほしいと頼まれたのだ。しかし、困ったことになった。その弟子が居るはずの住処《すみか》へと行ってみたのだが、引っ越してしまっていたのだ。師匠には色々とお世話になったので、頼まれたことはどうしても果たしたい。そのような理由で、その弟子を捜しているところだ」

「それはお困りですねえ。見つかるとよろしいのですが」

その弟子という男を捜しているのなら、吉之進は暫く江戸に留まるだろうと、お園は思った。姉さん被りした手ぬぐいをさりげなく外し、吉之進に酌をする。

「江戸の味はお久しぶりなのですね。……では、蕎麦でも打ちましょうか。江戸の蕎麦は美味しいですから」

「いや、実は、江戸に戻ってから蕎麦ばかり食っていたんだ。確かに蕎麦は旨い。俺は幼少より蕎麦は」

そこまで言って、吉之進は「ん？」というようにお園を見つめた。お園はどきっとして、身を竦めた。吉之進は不躾《ぶしつけ》にお園を眺め回す。食い入るような視線に、お園は息苦しくなってきた。

「ああ、分かったぞ」

吉之進は大声を出した。

「どこかで見たことがあると思った。お栄《えい》ちゃんだろ？　あの、湯屋の娘さん！」

「……違います」

お園はがっくりと肩を落とし、溜息とともに返す。無性に虚しくなり、眩暈《めまい》さえ覚えた。

——人違いされるぐらいなら、何も思い出してくれないほうがよかった。幼馴染みの顔ぐらい、覚えていてくれてもいいのに。それに……誰よ、そのお栄ちゃんって。

お園が膨れっ面でいじけていると、吉之進は笑いながら言った。

「嘘だ、嘘。分かってるよ、お園ちゃんだろ。八丁堀近くの蕎麦屋の娘さん」

本当は気づいていてくれたことが、お園は嬉しくて、大きく頷いた。

「思い出してくれたのですね！　そう、お園です。私は一目で吉之進様って分かりましたけれど」

「懐かしいなあ」

「懐かしいですねえ」

二人は見つめ合い、微笑み合った。思いがけぬ再会を喜んだ後には、何とも言えぬ照れくささが生じて、今度は徐々に目を逸《そ》らし始める。ぎこちなく接しながらも、温かな空気が流れていることは、二人とも感じていた。

「そうですか……ずっとお蕎麦ばかり食べていらっしゃったのなら、別のもののほうがよろしいですね」

お園は照れを隠すように、話を戻した。

「うむ。そうだな。米が食いたいな。そのほうが腹に溜まる」

吉之進も気恥ずかしさを隠すように、淡々と答える。お園は「お任せください」と早速取り掛かった。お園が料理をする間、吉之進は江戸へ来た理由を再び詳しく語った。

吉之進は、山の中で出会った剣の師匠・磐田黒柾《いわたくろまさ》に、『江戸に居る弟子の鷲山庄蔵《わしやましょうぞう》に、文と木刀を届けてくれ』と頼まれ、預かって来たのだという。木刀は黒柾が庄蔵のために作ったものだ。

「黒柾殿とその庄蔵殿という男は何度か文の交換をしていたが、ある時から返事がパタリと来なくなり、連絡が取れなくなってしまったそうだ。庄蔵殿は目黒不動《めぐろふどう》の近くの長屋に住み、道場を開くために資金を稼いでいたという。黒柾殿は庄蔵殿の近況が気になるので、それも見て来てほしいと仰った。……だが、教えてもらった目黒の住処に行っても、庄蔵殿は姿を消してしまっていたというわけだ」

「周りの人たちに訊ねてみたりはしたのですか？」

お園は板場から問うた。

「うむ。長屋の住人たちに訊いてみたのだが、『急にいなくなってしまったから、行方が分からない』と。そこで庄蔵殿の居場所を捜すため、江戸に留まることになったのだ。寝泊まりは、黒柾殿の懇意《こんい》である上野《うえの》の寺に世話になり、そこの離れを使わせてもらっている。黒柾殿にはたいへんお世話になったから、御恩を返すためにも、どうしても庄蔵殿を見つけねばならんのだ。黒柾殿がお作りになった木刀を必ず渡さなければ。もちろん文も」

吉之進はそう言い、お園に「もし鷲山庄蔵という男に何か心当たりがあったら、教えてくれ」と頼んだ。

「私でよろしければお力になりますので、何でも仰ってくださいね」

お園は包丁を持つ手を休めず、そう答える。お客に出したあまりの御飯があるが、吉之進には新しく炊いてあげたく思い、土鍋に米を入れて水に浸ける。料理の合間に、吉之進の姿をちらちらと見ながら、お園は再び幼い頃を思い出していた。

――吉之進様は幼少より凛々しくて颯爽《さっそう》としていて、五月人形のようだった。優秀と評判なのに偉ぶったところが少しもなくて、道で会うと私みたいな町人の娘にも丁寧に挨拶してくれた。私のことを野犬から守ってくれたこともあったっけ。

吉之進が元服をして遠い人になってしまったと思った時、お園はやっと自分の淡い恋心に気づいたのだった。

――今にして思えば、初恋の人だったのよね、吉之進様は。

みずみずしい思いが蘇《よみがえ》る。いくら吉之進に憧れても、武士と町人の身分差というものは歴然としてあった。それゆえにお園は幼い頃から、自分の気持ちを無意識にも抑えつけていたのかもしれない。

――吉之進様が同心におなりになってからは、遠くから見ているだけで、じゅうぶんだったっけ。

思い出に耽《ふけ》っているうちに、飯が炊けた。飯を椀によそい、お園は運んだ。

「お待たせしました。桜飯です」

ほくほくと湯気の立つ仄かに桜色の御飯を見て、吉之進は喉を鳴らす。

「おお、旨そうだ！　蛸飯か」

桜飯とは、薄切りにして煮た蛸を、炊き上がる直前の飯に混ぜ込んで、汁を掛けたものだ。お園の場合、汁には、蛸の煮汁を使う。醤油、酒、生姜に蛸の出汁が溶け合い、コクのある旨みなのだ。それに刻んだ大葉を散らす。薄切りの蛸が桜の花びらのようにも見える、ほんのり桜色に染まった御飯の出来上がりだ。

吉之進は桜飯を頬張り、ゆっくりと嚙み締め、唸った。

「ううん、この蛸、もっちりと歯ごたえがあるのだが、柔らかく蕩けてしまう。味も、口に入れた時はあっさりしているようで、嚙むごとに濃厚な旨みが広がってゆく。実に旨い。一口食べると、直ぐにまた食べたくなる」

夢中で食べる吉之進を、お園は「よろしかったです」と微笑みながら見つめていた。

米粒一つ残さず食べ終え、お茶を飲み干すと、吉之進は飯代を置いて立ち上がった。

「休み刻というのに長居して申し訳なかった。邪魔をしてしまったようで心苦しいが、許してくれ」

「なにを仰っているのですか。水くさいじゃありませんか。これは受け取れません。吉之進様が久方ぶりにこの江戸に帰ってらしたのですもの。今日は奢《おご》らせてもらいます」

お園が飯代を返そうとすると、吉之進も押し返した。手が触れ、お園はふと頰を染めた。

「無理を言って食べさせてもらったんだ。道理は通させてくれ。俺は貧しそうに見えるかもしれないが、黒柾殿から旅費など持たせてもらったので、心配はない。大丈夫だ」

吉之進はそう言って、笑った。お園は言葉に詰まった。金を受け取りたくないところだが、頑なに拒むというのも、吉之進の沽券《こけん》を傷つけることになるかもしれない。

「分かりました。そう仰るなら、頂戴します。でも、貧しく見えるなんて……私、そんなこと……」

「ははは、いいんだ。実際そうだからな。驚いただろう? こんな姿になっていて」

お園は吉之進を見つめた。確かに昔よりはだいぶ砕けた風貌《ふうぼう》になってしまったが、それが逆にお園には嬉しかった。以前はあれほど感じていた身分の差というものが、ぐっと縮まったように思えたからだ。

吉之進は多くを語らず、お園も訊かない。訊かずとも、お園には吉之進の思いが、何とはなしに分かるのだった。吉之進は継ぎ当てのある着流しを纏っていたが、その目は以前にも増して澄《す》んでいた。

お園は吉之進に言葉を返した。

「それは幼馴染みが突然現れましたら、驚きますよ。……でも、御自分の思うがままに生きるというのが、一番だと思います」

にっこりと微笑むお園につられたかのように、吉之進も笑みを浮かべる。

「まことに旨かった。あんなに小さかったお園ちゃんが、今では女将として一軒の店を切り盛りしてるんだものな。まったく、たいしたものだ。また来よう」

お園は吉之進を外まで見送り、大きな背に声を掛けた。

「ありがとうございました。吉之進様、また必ずいらっしゃってくださいね」

すると吉之進は歩を止め、振り返った。

「そんなに畏《かしこ》まって呼ばなくても、これからは、俺のことは『吉《きち》』でよい。俺は、今やただの浪人であるからな」

そしてまた前を向き、飄《ひょう》々《ひょう》とした足取りで去って行く。お園は吉之進の姿が見えなくなるまで、ずっと見送っていた。

二

朝早くからお園はお里に手伝ってもらい、料理に取り組んでいた。店が始まる前、朝顔長屋の幸作《こうさく》に持っていくつもりだ。朝顔長屋とはこの近くにあり、住人の皆で色取り取りの朝顔を育てているので、そう呼ばれている。そこの長屋の皆も、お園の店によく食べに来てくれ、家族のような付き合いだった。

「ごめんなさい。切るのに時間が掛かってしまって」

包丁を懸命に動かしつつ、お里が申し訳なさそうに言う。お園は笑顔で返した。

「そんなことないわ。お里ちゃん、上手になってるもん。助かるわ、ありがとね」

お園のように素早くは出来ないが、人参を銀杏《いちょう》切りにするお里の包丁遣いは丁寧だった。

弁当を風呂敷に包んで出ようとするお園に、お里が声を掛けた。

「女将さん、なんだか近頃楽しそうですね」

「え、そう？」

「はい、一段と生き生きなさってます。何かいいことがあったのでしょうか」

お園は襟元を正し、こほんと咳払いをした。

「特に何かあったわけじゃないけれど。そんなふうに見えるのは嬉しいわ。じゃあ、お留守番頼んだわね」

「はい。お気をつけて」

店を出て、お園は吉之進を思い浮かべつつ、顔をほころばせた。

――こんなにほっこりした気持ち、どれぐらいぶりだろう。……やだ、私ったら小娘みたい。

幼馴染みの吉之進との再会が、お園の心に張りを持たせているのは明らかだった。

この頃の皐月といえば、梅雨の時季だ。午過ぎには崩れそうなぐずついた空の下だが、お園は風呂敷包みを大切に抱え、足取り軽く歩いて行く。長屋は亀井町《かめいちょう》にあり、それほど離れていないので、直ぐに着いた。

木戸を入ってゆくと、ちょうどおかみさん連中が洗いものをしながら井戸端会議の真っ最中だった。

「あら、お園ちゃん」

お民《たみ》が目を見開き、嬉々とした声を上げる。お民はお園より二つ上の肉置《ししお》きの良い女で、二人は懇意の間柄だ。お園はお民を「ねえさん」と呼んで慕っていた。

お園は皆に挨拶し、手で額を拭った。

「ああ、急いで来たから、汗掻いちゃった」

「なんだか蒸し暑いもんねえ。ま、休んでおいきよ。嬉しいねえ、遊びに来てくれるなんて。そうだ、美味しいぼた餅《もち》があるんだ！」

お民のふくよかな手で肩を抱かれ、お園は心がほんのり温まる。

「いいわね、ぼた餅！　でも、その前に、お爺さんのところに寄らないと。お弁当を持って来たの」

お園はそう言って、風呂敷包みをぽんと叩いた。お民はお園の艶やかな黒髪を撫でた。

「お園ちゃん特製の弁当かい！　幸作爺さん、喜ぶよ。この前も、『お園ちゃんの作った料理が食いてえなあ』って譫言《うわごと》みたいに言ってたからさ。早く持っていってあげな」

「うん」

お園はお民と一緒に、幸作の家へ入っていった。

「こんちは！　ちょいと上がるよ」

姦《かしま》しい声に、幸作は瞑《つむ》っていた目を開けた。床《とこ》に就《つ》いたまま目だけ動かし、お園に気づいて、皺だらけの顔をぱっと明るくさせる。

「お園ちゃん……来てくれたのかい」

嗄《しわが》れ声で言い、咳《せ》き込みながら布団から手を差し伸べる。お園は幸作の傍に座り、そっと手を握った。皺くちゃの手は冷たくて、お園は自分に流れる温かな血を幸作に分けてあげたいと思った。

「お弁当、持って来たの。食べてくれるわね？」

お園の言葉に、幸作は目を潤ませて頷く。二人を見つめながら、お民は洟《はな》をちょっと啜った。

「お園ちゃんの料理を食べたら、元気になるさ。情たっぷり、滋養たっぷりだもん」

お民の言葉に幸作は再び頷き、弁当を食べようと懸命に起き上がろうとする。お民が幸作を支え、お園が弁当を広げた。

弁当を覗き込み、幸作はごくりと唾を呑んだ。梅干しを散らした御飯、梅干しと韮《にら》を混ぜ込んだ卵焼き、おからとひじきと人参の煮物、焼き鮭《じゃけ》。彩りも豊かな弁当に、爺さんは細い目を何度も瞬かせた。

「早速いただくよ」

幸作は箸を持ち、まずは御飯を一口食べて、煮物を口に含んだ。嚙み締め、呑み込み、顔をぱっと明るくさせて、しみじみ呟く。

「旨い……本当に旨いねえ」

お園とお民は顔を見合わせ、微笑んだ。

幸作は一口一口ゆっくりと、大切そうに味わう。医者に診てもらっても、はっきりした病名は分からず、衰弱が原因とのことだ。お園は、痩せぎすの幸作の躰を心配し、どうにか元気にしてあげたいと願っていた。

お園は、躰を治すのに、食べ物は薬以上に大切であると思っている。躰に著《いちじる》しく作用し、躰を作るものだからだ。良薬は口に苦しというが、「良食は口に旨し」、美味しく食べて健《すこ》やかになろうというのが、お園の持論なのである。

幸作は弁当をぺろりと平らげ、お民が淹《い》れてくれたお茶を啜りながら、礼を言った。

「お園ちゃん、ありがとうよ。俺の躰のことを考えて作ってくれたんだね。弁当、極上の味だったよ」

極上の味と褒《ほ》められ、お園は照れてうつむく。お民が口を出した。

「爺さん、なんだか元気が出てきたみたいだね。やっぱり、しっかり食べなくちゃ駄目だ。まったく、お園ちゃんが作ったものはぺろりと食べちまうくせに、あたしたちが持って来たものはあまり食べないんだから。これからは無理やりでも食べさせるからね、爺さん！」

お民に発破《はっぱ》を掛けられ、幸作は「すまねえなあ」と項垂《うなだ》れる。

「食べてもらえて、こちらこそ嬉しかったわ。また必ず、作ってくるからね」

お園はそう言って、幸作の手を握った。

「そうだよ。お園ちゃんの料理をもっともっと食べるためにも、長生きしなくちゃね」

　お民に励まされ、幸作は「そうとも、そうともな」と自分に言いきかせるように繰り返す。お園は少し考え、言った。

「ねえ、お爺さん、そのうち獣肉《ししにく》を使った料理を持って来るわ。精がつくように。料理の仕方を勉強しないといけないから直ぐにとは言えないけれど、待ってて」

「し、獣肉？　そんなたいそうなもん、申し訳ねえよ」

「いいの！　私がお爺さんに食べさせてあげたいんだから。お爺さん、もっと太らないと駄目よ。肉食べて、精つけないと」

　お民も幸作の背をさすり、微笑む。

「厚意は有難く受け取っときなよ。色んな料理を作るのは、お園ちゃんの勉強にもなるんだから」

「すまねえなあ……。でも、決して無理はしないでおくれよ。俺は本当に、お園ちゃんが作ったものなら何でもいいんだ。煮物だけでもじゅうぶんだからさ」

　恐れ入る幸作に、お園は微笑み掛けた。

「ううん、無理なんかしてないわ。お爺さん、元気だった頃うちの店によく食べに来てくれて、ついでに包丁研《と》いでくれたり、鍋の修理だってしてくれたじゃない。有難かったの、本当に。だから今度は私に、お爺さんのために何かさせて。ね」

「有難《ありが》てえなあ。元気にならなくちゃなあ」

爺さんは目を真っ赤にし、洟《はな》を啜った。

幸作が再び床に伏せると、女二人は家を出た。相変わらずどんよりとした空模様だが、二人の心は晴れていた。

「ほんとによかったよ、お園ちゃんが来てくれて。爺さんのあんなに明るい顔、久しぶりに見たもん。お園ちゃん、ありがとね」

「私もお爺さんの顔が見られてよかった。いつも気になってはいるんだけれど、お店やってるから、ちょくちょく来るのは無理なのよね。もっと来たいと思ってるんだけど」

お園は草履の鼻緒に目をやりながら、うつむき加減で言う。

「そりゃしょうがないよ、仕事があるんだもん。いいよ、来られる時で。爺さんだって、たまにお園ちゃんの顔を見られれば、それだけでじゅうぶん嬉しいんだよ。……あ、お園ちゃん、時間あるようだったら、ちょいとうちに寄ってかない？」

「ねえさん、ごめん。そろそろ仕込みしないと、まずいの。またゆっくり来るわ」

お園は両の手を合わせて頭を下げ、お民に謝る。

「そうだよね。もう、こんな時間だもん。こちらこそ引き止めて悪かったよ。そうだ、ちょっと待ってて」

お民は家の中に駆け込み、包みを持って戻って来た。

「ぼた餅、持っていって！　長屋のみんなに配ろうと思って、たくさん作ったんだ。このぼた餅、頬っぺた落っこちそうなほど美味しい、って言われるんだよ。ま、お園ちゃんの料理には敵《かな》わないけどさ」

「わあ、ねえさん、ありがとう。遠慮しないでいただくわ。ねえさんのぼた餅、大好物なの」

お園は目尻を下げて包みを受け取る。するとお民の家から、小さい子が飛び出して来た。

「おばちゃん！」

「良太《りょうた》ちゃん！　またちょっと大きくなったわね。頬っぺた真っ赤で元気そう」

お民の息子の、数えで五つになる良太である。良太はとことこと駆けて来て、お園にしがみついた。

「おばちゃん、遊んで」

愛らしい声でねだられ、お園はたちまち相好《そうごう》を崩す。お園は良太の肩を優しく撫でた。

「遊びたいのは山々なんだけど、お店が始まるから、おばちゃん、そろそろ帰らなくちゃならないの。また来るから、その時ゆっくり遊ぼうね」

「そう……」

良太はしゅんとしたが、お園を見上げ、つぶらな目を輝かせて言った。

「うん、また来てね！　おいらも父ちゃんと母ちゃんと一緒に、またおばちゃんのとこに食べに行くよ」

「そうだね、近いうちにまたお邪魔するよ」

お民親子に、お園は笑顔で頷いた。良太はお園をじっと見つめ、にっこり笑った。

「おばちゃん、なんだか可愛くなったね」

幼い子にそんなことを言われ、お園はドキッとしてしまう。

「もう、なにマセたこと言ってるの」

お園は頰をほんのり紅潮させ、良太の額をつつく。お民も笑って追い打ちを掛けた。

「あら、あたしも思ったよ。お園ちゃん、なんだか明るくなったな、って。何かいいことでもあったのかい？」

「べ……別にないわ！　ほら、いつもは化粧っ気がないけれど、今日は紅を差しているからでしょ。血色良く見えるのよ、きっと」

お園はわざとサバサバした口調で返しつつ、心の中では女子供の勘は侮《あなど》れないとたじろぎながら、長屋を後にした。


その帰り、掘割に沿って歩きながら、お園は「おや？」と立ち止まった。汐見橋《しおみばし》近くの稲荷《いなり》の陰に、懐かしいような後ろ姿を見たからだ。

——あれは、清さん？

お園の胸が高鳴る。背丈も同じぐらいだし、首の長さ太さ、腰から尻に掛けての肉づきもよく似ている。着物も好んでいた藍鼠《あいねず》色だ。

ひゅうっ、と口笛が聞こえたような気がした。

お園は追い掛けようとして、よろけた。左足に履いた草履の鼻緒が、切れたのだ。

——そういや、緩んでいたのよね。

目を上げると、後ろ姿はもう見えなくなっていた。

——人違いよね。きっと。……でも。

狼狽《うろた》え、草履を脱いで稲荷のほうへ向かうか迷っていると、水の流れに乗って聞き慣れた声がした。

「おや、女将じゃねえか」

揃って八兵衛夫婦がやって来る。お園は襟を正し、一息ついて返した。

「あら、相変わらず仲がよろしいこと。どちらかにお出掛け？」

夫婦はいつもの如く暑苦しくなるほどの熱々ぶりで、二人の泰平な笑顔を見ると、緊迫していたお園もなんだか気が抜けてしまった。

「これから両国《りょうごく》に行って心太《ところてん》でも食おうと思ってね。そろそろ心太の屋台が出る時季《ころ》だろ。それで雨が降らなかったら谷中《やなか》まで足を延ばして、蛍《ほたる》を観ようと思ってな」

「蛍かあ、いいわねえ。なんとも風流ね。ゆっくり楽しんできて。雨、降らないといいわね」

「ありがとよ。でもよ、こいつ俺の頭を見て、『蛍みたいにぴかぴかね』なんて言いやがるんだ。参っちまうよな」

お園はつい噴き出しそうになり、手で口を押さえた。八兵衛は咳払いし、続ける。

「まあ降ったら降ったで、久方ぶりに〈いろは茶屋〉でも行ってみるか。こいつはどこぞに置き去りにしてな」

岡場所の名を口にして八兵衛がにやけると、お波は亭主の尻をつねって、口を尖らせた。

「あたしというものがありながら、何を言ってるのさ。寿老人《じゅろうじん》みたいな顔して」

「いてっ！　分かった、分かった。……寿老人か。それなら髭ももっと伸ばさなくちゃな」

八兵衛は白い髭が生えた顎をさすって、ついでに女房の背中も撫でた。寿老人とは七福神の一柱。谷中の七福神は、江戸最古のそれとしても有名だ。なんだかんだと言いながら、二人は惚気ているのだ。お園は呆れつつも、本音はちょっぴり羨ましい。

「お二人、熱くて、暑いわ！　ほら、さっさと心太食べに行きなさいって！」

「おう、そんじゃ行って来るわ。……と、その前に。女将、その草履どうした。鼻緒が切れたのかい？」

八兵衛がお園の足元を見やる。

「ああ、大丈夫よ。摺り足でどうにか帰るから」

「いやいや、俺に任せろってな。直ぐにすげてやるよ」

八兵衛は袂《たもと》から手ぬぐいを取り出してそれを裂き、「よいしょ」としゃがんで、お園の草履を直し始めた。そんな亭主の肩に手をつき、お波は紅を差した唇を震わせ、調子良く唄う。

〽はァ、切れてよいものォ　腐れの縁よォ　切れたら結んでェ　新たな契《ちぎ》りョ
〽てんつくてんつく、しゃんしゃんしゃん、とォ
八兵衛は合いの手を入れながら、たちまちすげてしまった。

「八兵衛さん、ありがとう！　助かったわ」

「なに、切れたらまた結べばいいってこった。ま、女将も早いとこ新しい縁を結ぶってことだな。俺たちに当てられっぱなしじゃ、悔しいだろうしよ」

「そういうこと。あたしたち応援するからさ、女将さんの新しい恋を！」

八兵衛夫婦に発破を掛けられ、お園はうつむいて苦笑いだ。夫婦は「じゃあ、また」と、再び寄り添い合って去って行く。艶めいた唄を掘割に残しつつ。

「へへ、恋かい」

「そうさ。〽恋もコイとてェ　口開けてェ　ぽかりとォ　するのはァ　池の鯉《こい》ィ」

「〽人も鯉もォ　恋の前ではァ　ぽっかり惚《ほう》けの顔になりィ」

「〽恋すりゃァ　鯉でもォ　頬染めてェ　躰も染めるよォ　赤い鯉ィ」

「〽あ、ちょいと、ちょいと」

二人の後ろ姿を見送りながら、お園は溜息をついた。

──あの二人には、心太も溶けちゃいそうだわ。

羨ましいような小憎《こにく》らしいような思いを抱きつつ、お園は再び稲荷のほうへ目をやった。人気《ひとけ》はなさそうだ。掘割の縁の柳が、そよそよと風に揺れる。

お園は店に戻った。八兵衛が直してくれた草履は、前より歩きやすかった。


店に着いた頃には、雲行きが怪しくなっていた。お里に手伝ってもらって仕込みをしていると、いきなり雷が落ちた。

「きゃあああっ」

お園は包丁を放し、耳を塞いで蹲《うずくま》った。動悸が激しくなり、息苦しくなる。清次の顔がぼんやりと浮かび上がり、頭を抱えた。額に脂汗《あぶらあせ》が滲んでくる。

「女将さん、大丈夫ですか？　どうしましたか？」

お里は驚いたような声を上げ、しゃがみ込んで、お園の背中をさすった。

稲妻が光り雷が再び鳴って、お園は「ひっ」とまた身を竦めた。強い雨が降ってきた。

お園は軽い眩暈を覚えたが、直ぐに止んだ。お里は土間から急いで床几《しょうぎ》を運んできて、お園を腰掛けさせた。お里はお園に手ぬぐいを渡し、水も出した。お園は汗を拭い、お里に礼を言った。

「ありがとね。私、雷、苦手なの。驚かせちゃって、ごめんね」

「そうだったのですか……」

お里はまだ心配そうにお園を見ている。

「そんなに、びっくりした？」

「いえ……。女将さんがお料理の途中で放ってしまうなんて、よほど苦手でいらっしゃるのかしらと思って……」

お園は苦い笑みを浮かべた。

「恥ずかしいところ、見せちゃったわね。でも、いつもはこんなもんじゃないの。もっと怖がってしまうんだけれど、お里ちゃんがいてくれたおかげで、今日は直ぐに落ち着いたわ。本当に、ありがとね」

「よかったです。でも、どうぞ御無理なさらないでください」

「もう、平気よ。……お客さんたちも知っているの、皆。私が雷に酷く弱いってこと。『女将が包丁を握っていられなくなるんだもんなあ』って、からかわれるわ。料理人として失格だと思うけれど、自分でもどうしようもないの」

お園は溜息をついた。雷がもともと怖いうえに、清次のことまで蘇るので、尚更なのだ。不器用なお園は亭主にさえ上手く甘えられなかったが、雷が落ちた時は悲鳴を上げて無邪気にしがみつくことが出来た。すると清次は「よしよし、雷ぐらいでそんなに怖がるな」と、お園の頭を撫でてくれた。だから、雷の音を聞くと、そのときの情景を思い出してしまうのだ。

しかし今日はいつもより早く落ち着いたというのは、確かであった。お里の心遣いが沁みたのだろうか、雷の衝撃も軽くて済み、清次の面影《おもかげ》も後を引かなかった。

「そうなのですか。でも、しっかり者の女将さんにも苦手なものがあるって分かって、なんだか親しみを覚えるといいますか。可愛らしいといいますか。……ごめんなさい、上手く言えなくて」

恐れ入るお里に、お園は微笑んだ。

「お里ちゃんに可愛らしいなんて言ってもらえて、光栄だわ。……さて、しっかり者に戻って、続きをしなくちゃ」

「もう少しお休みになったほうがよろしいのではありませんか」

「大丈夫。お里ちゃんに手伝ってもらうから」

お園は水を飲み干すと、立ち上がり、包丁を再び手に取ってまな板に向き合った。

「あの下手人、まだ捕まらないんでしょう？」

「困ったもんよ。毎月どこかに火をつけてやがる。今月もまたやるのかね」

「やるとしたら、どこでだろう」

お園の店で、常連客たちが今日も付け火の話題で盛り上がっていた。

土間の床几には、吉之進が座っている。あれから、たまに顔を見せるようになったのだ。吉之進は店に来ても、客たちと群れることなく、隅《すみ》で独りで呑み食いしていた。

三

その日、ほかのお客たちが帰った後、お園は吉之進に言った。

「少し早いけれど、お店、閉めるわね。そのほうが、ゆっくり呑めるでしょ」

吉之進は躊躇いつつも、「まあ、それもそうだが」と満更《まんざら》でもなさそうだ。お園は暖簾を仕舞い、吉之進をもてなした。

吉之進に酌を返され、お園も少し酒を呑む。再会した時のような気まずい照れくささはだいぶ薄れ、二人ともほろ酔い気分で心地良く話を交わす。

　すると、お里が片づけに下りて来た。店をもう閉めたとばかり思っていたのだろう。吉之進を目にして、人見知りするお里は顔を強張《こわば》らせた。お園は、二人にそれぞれ紹介した。

「住み込みで手伝ってもらってる、お里ちゃん。よく働いてくれるの。こちらは、吉之進さん。私の幼馴染みで、暫く江戸を離れていたのだけれど、訳あって戻っていらしたの」

　吉之進とお里は、挨拶を交わした。お里は努めて笑顔を見せていたが、二人の話には混ざれぬようであった。

「私、上で待っていますから、片付ける頃に呼んでください」

　小さな声でそう言うと、階段を上がっていってしまった。

　吉之進が帰ると、お園はお里に声を掛けた。お里は下りて来て、掃除を始めた。いつものように、土間に箒《ほうき》をかけたり、畳を熱心に乾拭きする。洗いものを終え、塵を捨てると、お園はお里に「お疲れさま」とお茶を出した。床几に座って、一緒に飲む。お園はふと気に掛かり、言った。

「火の元は注意しなくちゃね。お里ちゃんも知ってるでしょ？　このところ付け火がよく起きてるって。うちみたいな店には付けないとは思うけれど、こんなとこで火が起きたら、直ぐに燃え広がってしまう。やれやれ、下手人、早く捕まってほしいわね」

「え……ええ」

「うちの常連さんに易者がいるでしょう。その竹仙さんに『下手人ってどんなやつか分かる？』って皆で訊いたら、なんて答えたと思う？　『男にも視《み》えるし、女にも視える。物の怪《け》だ』って。なんか気持ち悪いわよね。半分男で半分女の妖怪かしらね」

お園はそう言ってくすくすと笑ったが、お里の顔色が青ざめていることに気づき、直ぐに真顔になった。

「どうしたの？　気分でも悪いの？」

「い、いいえ。大丈夫です。疲れているのかもしれません、ちょっと眩暈が……」

お里はこめかみを押さえる。お園は謝った。

「ごめんね、お里ちゃん。具合が悪いのに手伝わせてしまって。さ、上へ行きましょう。早く休まないと。歩ける？」

「はい、大丈夫です」

お里はふらつきながら立ち上がり、お園に支えられて階段を上がった。

店を閉める間際、吉之進が訪れた。ほかにお客はおらず、吉之進はお園にぽろりとこぼした。

「庄蔵殿の行方を追っているが、なかなか消息が摑めないのだ。黒柾殿には偽の名字を名乗っていたようであるし」

途方に暮れている吉之進に鯖《さば》の梅煮を出して、お園はねぎらった。鯖を、ちぎった梅干しでサッパリと煮たものだ。頭を抱えながらも、吉之進は鯖の旨みに抗《あらが》えず箸が止まらない。お園は、そんな吉之進が愛しかった。美味しい料理で胃も心も落ち着いたのだろう、吉之進は探索の経緯を淡々と語った。

「黒柾殿から、庄蔵殿は江戸名物の〝屋台の天麩羅《てんぷら》〟が好物で夢に見るほどだったと聞いていたので、目黒付近の屋台や料理屋は虱《しらみ》潰しに当たってみたんだ。それでも詳しいことが分からず困っている。庄蔵殿らしき者に心当たりがあるという人はいても、詳しい話は聞けなかった。庄蔵殿は昨年の春頃から屋台に姿を見せ始めて、夏にはよく来ていたが、秋になり寒さが増すに連れて、やがて現れなくなってしまったというのだ。庄蔵殿が世話になっていたという口入屋に聞き込みしたところ、用心棒などをやって稼いでいたということは分かったのだが」

「なるほどねえ。その庄蔵さんって人、山に居た時は天麩羅が食べられなくて無性に欲したけれど、江戸に戻っていつでも手に入るようになったら、食べ飽きちゃったのかしら。そんなものなのかも。吉さんも蕎麦のこと、そう言ってたでしょう？」

「ふむ、確かに。山奥で暮らしているうちに味覚が変わってしまって、久しぶりに天麩羅を食べたら、前ほど旨いと思わなくなってしまったのかもな」

「山ではどんなものを食べていたの？」

「黒柾殿は質素なるものを好む方でね。米、味噌汁、畑で採れた野菜が基本だった。鶏《にわとり》を飼っていたので卵もいただくことが出来たし、山菜を採りに行ったり、川で魚を捕まえたりもした。黒柾殿は『貧しきもので申し訳ない』などと仰っていたが、俺には、じゅうぶん過ぎるほどだった」

「採れたての卵、いいわねえ。鶏を食べたりはしなかったの？」

吉之進は頭を大きく振った。

「黒柾殿は、獣肉は決して口にはなさらぬ。猪《いのしし》も捕らえようとはしなかった。まあ、食が淡泊だったことは確かだな。だから、この鯖の旨いこと。噛むと、脂がじゅわっと口の中に広がる。梅と醤油の味と相俟《あいま》って、まことに堪らぬ」

お園は「よかった、お気に召してもらえて」と満面に笑みを浮かべた。

静かな夜、二人は淡々と黒柾の話をする。

「お師匠様はお独りで暮らしていらっしゃるの？」

「いや、黒鷹《くろたか》殿という御子息が御一緒だ。奥方は既に他界され、御息女もおられたようだが、数年前に災難で亡くされたとのことだ」

「災難で？　それはお辛かったでしょう」

「うむ。黒柾殿は多くは語られなかったが、身内の不幸が積み重なり、色々な思いを胸に抱えて江戸を離れたのではないかと、俺は思う。黒鷹殿も黒柾殿によく似ており、凜々しい男子でおられるよ」

「そんな息子さんがいらっしゃれば、お師匠様も心強いわね」

黒柾は風流な男で、和歌も嗜《たしな》み、月夜に吉之進と酒を啜りながら、酔いに任せて一句詠《よ》むこともあったという。

「そういえば、庄蔵殿も和歌のような川柳《せんりゅう》のようなものを詠んだことがあったそうだ。しかし、その歌の意味が、黒柾殿はどうも分からずじまいで、『喉に小骨が引っ掛かったままのような感じだ』などと仰っていたな」

鯖を食べ終わり、酒を啜りながら、吉之進はふっと笑みを浮かべた。

「庄蔵さんが詠んだのって、どんな歌なのでしょう。興味あるわ」

お園の料理と酒に心地良く酔い、吉之進は記憶を辿って、黒柾を悩ませたという庄蔵の歌を思い出した。

「確か、こんな歌だ。〈春さくら　夏はぼたんに　秋もみじ　江戸の笑いは　山には咲かぬ〉。首を捻る黒柾殿に、庄蔵殿は独りでにやけていたとか。そういうところが、クセのある男だと思う。桜も牡丹《ぼたん》も紅葉も、江戸以上に山にも美しく咲くのだが。いったい、どういった意味で、そんな歌を詠んだのだろうか」

お園は、庄蔵が詠んだという歌を、小声で口の中で繰り返した。さくら、ぼたん、もみじ……。笑い。

「なんだかよく分からない歌ね。和歌というより狂歌みたい」

「風流も何もない。ふざけてるな」

吉之進は酒をきゅっと呑み干す。その精悍《せいかん》な横顔を見ながら、お園は敢《あ》えて口に出さず、心の中で庄蔵の歌を捩《もじ》ったものを詠んだ。

——春さくら　夏はぼたんに　秋もみじ　江戸の男は　花にも勝る

酔って凭れたいのに凭れることが出来ぬ、もどかしさ。吉之進とのこの距離が、お園をいっそうときめかせるのだ。

もちろん、お園だって分かっている。吉之進と自分の間には、変わらず身分の壁というものがあることを。いくら同心の地位を捨て、浪人になったからと言っても、吉之進は武士である。町人のお園とは、やはり違うのだ。

──でも、いいの。こうして吉さんと触れ合えるだけで、私は満足なんだから。贅沢なことは望んじゃいない。

吉之進が傍にいるだけで、お園は温かな気持ちになるのだった。

四

お園は幸作のために獣肉を使った料理を学ぼうと、実際に味を確かめるべく、両国のももんじ屋に赴いた。店の中には噎《む》せ返るような獣肉の匂いが漂っていて、お園は思わず袂《たもと》で鼻口を覆った。

──私、獣肉はほとんど食べたことがないのよね。父さんが作ってくれた鴨南蛮《かもなんばん》ぐらい。でも脂っこくて苦手で、二、三回しか食べなかった。……獣肉の味もよく分からない私がそれを使った料理をしようだなんて、無茶な約束だったかも。

不安になりつつも、お園は兎《うさぎ》鍋を注文した。馬や猪よりは、兎のほうがまだ食べられるような気がしたのだ。午過ぎというのに、店はなかなか賑わっている。慣れて来ると、匂いも気にならなくなった。お園は鍋を待っている間、掲げられた品書きを眺めていた。

――猪は『山鯨《やまくじら》』っていうのよね。『ぼたん鍋』、『さくら鍋』か。洒落た名前をつけるなあ。

感心しつつ、お園は「ん？」と目を丸くした。品書きには、『ぼたん鍋』、『さくら鍋』のほか『もみじ鍋』というのまであった。お園は庄蔵が詠んだおかしな歌〈春さくら　夏はぼたんに　秋もみじ　江戸の笑いは　山には咲かぬ〉を思い出したのだ。

――もしかしたら、〝さくら〟、〝ぼたん〟、〝もみじ〟って、獣肉のこと？　さくらは馬肉、ぼたんは猪肉、もみじは鹿肉。じゃあ、〝笑い〟っていうのは……もしかして、〝クスリ〟？　つまりは薬ってことでは？　庄蔵さんは、『江戸の薬（獣肉）は、ここでは食べられない』と、質素を重んじるお師匠様に少し皮肉を込めて言ったのかもしれない。

この時代はまだ、獣肉を食べることを良しとしない風潮があり、表だって肉を食べることは一般に避けられていた。肉食は「薬喰い」として行われていて、それゆえ獣肉を提供する「ももんじ屋」も、あくまで「薬屋」の扱いであり、食べ物屋としては扱われなかったのだ。

またお園が、笑いの擬音「クスリ」と「薬」が掛けられていると考えたのは、この時代はこのような駄洒落というか言葉遊びが盛んだったからだ。たとえば……焼き芋のことを、「栗（九里）より（四里）旨い十三里」と言ったように。

――質素を重んじるお師匠様のもとでお世話になりながら、『天麩羅の夢を見た』などと話していた庄蔵さんはかなり食にこだわる性質だろう。やっぱり〝さくら〟も〝ぼたん〟も〝もみじ〟も、獣肉のことに違いない。

勘を働かせるお園のもとに、兎鍋が運ばれてくる。葱、青菜、焼き豆腐、白滝などと一緒にぐつぐつと煮立っているそれを、山椒《さんしよ》や唐辛子を振り掛けて食すのだ。

「さて、お味はどんなものかしら」

獣肉の脂が浮き出た鍋を、お園は恐る恐る覗き込む。兎の愛らしい姿を思い浮かべると、惨《むご》いことをするようで、胸が痛んだ。

――でも……食べなくちゃ味が分からないものね。それに獣肉を、今後、店で出すことになるかもしれないし。煮売酒屋だって、この頃では獣肉を出しているもの。

お園は覚悟を決め、「いただきます」と祈るように呟き、鍋をつついた。兎肉は柔らかく、癖《くせ》のない味で、するりと喉を通った。

肉汁の旨みが、ほかの食材にも染み渡っている。魚では出せないコクだ。なるほど、精力が湧いてくるのが分かる。

獣肉の力に感心しつつ、普段は野菜と魚の質素な食事のお園は、胃にもたれてしまって結局半分ほども食べられなかった。

――それでも躰がぽかぽかして、元気になったような気がする。少量でもじゅうぶんね。

お園は、兎肉を使った幸作のための料理を、早速考え始めていた。


お園は吉之進に、庄蔵の和歌について、ももんじ屋で思いついたことを話してみた。お園の勘働きに、吉之進は腕組みをして「なるほど」と唸った。

「確かに、庄蔵殿は食べることが好きなのだろう。剣術の腕を磨いたり、用心棒の仕事などをするのも、体力がいるからな」

「だから、ももんじ屋を当たってみるといいかもしれないわ。両国のほかにも北紺屋《きたこんや》町《ちょう》に評判の店があるの。庄蔵さん、天麩羅や獣肉など脂っこいものを食べて、精力をつけていたのかもしれないわ」

吉之進はお園を見つめ、頷いた。

数日後、吉之進がお園に礼を言いに来た。

「おかげさまで、無事、庄蔵殿の居場所を見つけることが出来た。向嶋は荒川《あらかわ》近くの四《よ》ツ木《ぎ》村で、道場を構えていた」

吉之進は丁寧にお園に頭を下げた。

「良かったわね、見つかって。これで一安心ね」

これで黒柾にも顔向け出来るだろうと、お園も我が事のように喜んだ。午過ぎの休み刻、お園は吉之進に豆腐の味噌田楽《でんがく》を出してねぎらった。

「教えてくれたように、ももんじ屋とその近辺を隈《くま》無く当たって、北紺屋町の傍、比《び》丘尼橋《くにばし》の近くの店に庄蔵殿が出没していたことを突き止めたんだ。庄蔵殿は下屋敷にも出入りしていたらしく、賭博もやって荒稼ぎし、道場を開くための資金などを貯めたようだ。どうやら江戸で無頼《ぶらい》の日々を送っていたのだろう」

甘辛い味噌田楽の味わいに目を細めつつ、吉之進は話した。

「そこからよく向嶋の居場所を見つけたわね」

「比丘尼橋には夜鷹《よたか》もよく出稼ぎに来ていて、庄蔵殿と知り合いだったという女から話を聞き出すことが出来たんだ。男と女の関係でもあったようで、頼むと用心棒を引き受けてくれたようだよ。その女に、居酒屋で馳走してやったら、色々話してくれた。どうやら庄蔵殿に本気で惚れていたらしく、『強くて、いい男だった』なんて言ってたな」

「なかなかもてるのね、庄蔵さん」

「うむ。その二人、けっこう楽しくやっていたようだが、庄蔵殿は或る日ふと姿を消してしまったそうだ。女は、その前の夜も一緒に呑んだと言っていた。しんしんと寒くて、吐く息が白く煙る時分だったと。『雪見酒、雪見蕎麦だった』って嘆いていたな」

「……切なかったでしょうね、その女《ひと》」

お園はふと身につまされた。しんしんと寒い時に好きな男に去って行かれるのは、辛いに違いない。しかし、亭主だった清次を思い出しても、もはやそれほど傷は疼《うず》かなかった。

「うむ。切なかっただろう。まだ未練があるようだったからな。その女は京橋《きょうばし》に住んでいるらしく、『一緒に暮らさない？』と庄蔵殿を誘ったことがあったらしいんだ。すると庄蔵殿は、『俺は長らく山奥にいたから賑やかなところは苦手だ。だから、のんびりしてる目黒の辺りに住んでるんだ』と言ったという。それで俺は、庄蔵殿の行方として、百姓《ひゃくしょう》地の多い青山《あおやま》・向嶋辺りに目をつけたんだ。目星をつけた辺りを徹底的に調べ、ついに居場所を見つけた。それが向嶋は荒川近くの四ツ木村だったというわけだ」

「見事ね。さすがの探索だわ」

お園に褒《ほ》められ、吉之進は苦笑した。

「いやいや、恐れ入ったのは俺のほうだ。同心だった俺よりも、鋭い勘働きをしてくれた。ももんじ屋周辺を当たって、正解だった。まことに恩に着る」

「たまたま思いついたことを言ったら、それが当たっただけよ。それからの探索は、吉さんの独壇場ね」

お園はにっこりと微笑んだ。吉之進は再びお園に頭を下げた。

「そこでまたお願いがある。向嶋の道場を訪ねたいのだが、肉好きの庄蔵殿のために、獣肉で何かこしらえてもらえないだろうか。土産《みやげ》にしたいのだ」

「そうね……」

お園は少し考え、答えた。

「鯨肉でもいい？　正直、私、獣肉で料理をしたことって、ほとんどないの。今、兎肉を使って練習しているところだけれど、まだ自信がなくて。でも鯨肉は使ったことがあって、料理の仕方は分かっているから、失敗はないと思うの」

「もちろん鯨肉でじゅうぶんだ。よろしく頼む」

繰り返し頭を下げる吉之進に、お園は「そんなに畏《かしこ》まらないで」と恐れ入る。吉之進の力になれるだけで、お園は嬉しかった。

お園は、鯨肉を二日ほど味噌につけ、薄く切り、焼いた。味噌の味が利いていて、冷めても旨い。それを手土産に持ち、吉之進は向嶋に向かった。

吉之進が訪ねた時、庄蔵は道場で稽古《けいこ》をつけていた。習いに来ていたのは一名であったが、閑古鳥《かんこどり》というわけではないようだ。掲げられた看板には、新陰流《しんかげ》と書かれてある。

庄蔵は吉之進よりも背が高く、痩せてはいるが筋肉に覆《おお》われており、眼光が鋭い男だった。吉之進は稽古が終わるまで、待たされた。

吉之進は名乗り、訪ねた理由を話して、黒柾から預かった木刀と文を渡した。すると肩の荷が下りたように、気持ちがすっと楽になった。庄蔵は感情がこもっていないような礼を言い、吉之進をじろじろと眺め回した。吉之進は言った。

「お元気なお姿を拝見し、安心しました。黒柾殿にも、お伝えいたします。では、私は、これで。……あ、それから」

吉之進は庄蔵に包みを差し出した。

「これ、味噌に漬けた鯨を焼いたものです。よろしければお召し上がりください」

庄蔵は包みを受け取り、立ち去ろうとする吉之進に声を掛けた。

「時間があるなら、一杯どうだ。遠いところわざわざ来たのだから、このまま帰るのも、なんだろう」


吉之進と庄蔵は、無骨な男同士、酒を酌《く》み交《か》わした。

庄蔵は料理をつつきながら言った。

「鯨はあまり好きではなかったが、これは旨いな」

「なぜ好きではなかったのですか」

「鯨とは、魚か獣か、よく分からぬからだ」

庄蔵はそう答え、薄笑みを浮かべる。庄蔵の笑い方はどこか人を莫迦《ばか》にしているようで、吉之進は快《こころよ》くは感じなかった。

庄蔵は酒を一口啜り、呟いた。

「広大な海に棲《す》む、巨大な獣。それが鯨か」

そしてまたにやりと笑って、続けた。

「この広い江戸にも、大きな獣が棲んでいるのかもな」

吉之進は「なるほど」と呟き、ふと付け火犯のことを頭に浮かべた。あの下手人も、広い江戸のどこかで息を潜めているのだろう、と。

庄蔵はあまり語らず、吉之進がさりげなく話をふっても皮肉めいた口調ではぐらかしてしまう。黒柾の話にも、庄蔵はただ黙って耳を傾けるばかりだったが、「お元気ならば良かった」とぽつりと言った。

二人は寡黙《かもく》に酒を酌み交わし、切りのよいところで、長居は無用と吉之進は腰を上げた。

帰り際、庄蔵は顎をさすりつつ、吉之進を再びじろじろと眺め回し、「ふうむ」と呟いた。

五

雨が降りしきる夜、店を閉める間際に、吉之進が土産物の酒を持ってやって来た。庄蔵のことで色々力になってもらったことへの礼だという。

「貧乏人ゆえ心ばかりのものであるが、受け取っていただきたい。礼を申し上げるのが遅くなってしまい、かたじけない」

吉之進はお園に頭を下げた。

「いやだ！　そんなに気を遣わないで」

お園は恐れ入りつつ、吉之進の心遣いが嬉しくて仕方がない。

店を閉め、伊丹《いたみ》の下り酒である花筏《はないかだ》を酌み交わした。吉之進と一緒に居られることが喜ばしく、酒も美味しく、お園はつい呑み過ぎて、すっかり酔ってしまった。吉之進はいつもと変わらず寡黙に呑み、時折ぽつぽつと話す。

「同じ梅雨でも、江戸と山奥ではやはり違うなあ。信州では雨が降った後は、草木の青々しい匂いが立ちこめるんだ。江戸もその匂いが漂うこともあるが、あれほど濃厚ではない」

お園は吉之進の横顔を見つめた。どうしても訊きたいことがある。ずっと気掛かりだったことだ。お園は、酒の勢いを借りた今でなければ、訊けないと思った。この機会を逃すと、訊けずじまいになるかもしれない、と。

さらに一杯酒をかっこみ、お園はひくっとしゃくりあげつつ、口火を切った。

「ねえ、吉さんは、どうして同心を辞めて、放浪をしていたの？」

酒を啜る吉之進の手が止まった。吉之進は瞬きもせず、一点を見つめる。

お園は重々分かっていた。このことを訊けば、気まずい雰囲気になることを。しかし、それでも訊かずにはいられなかったのだ。優秀な吉之進が突然役目を辞め、長らく放浪していたという裏には、何かよほどの理由があったに違いない。吉之進を思うお園であれば、心配して当然だった。

口を閉ざしてしまった吉之進を、お園は恐る恐る見る。

――怒らせちゃったかな。立ち上がって、出て行ってしまうかも。もしかしたら、もう、この店を訪れてくれないかもしれない。

お園の心に悔いが込み上げてくる。お園は慌てて、取り繕《つくろ》うように言った。

「ご、ごめんなさい。嫌なこと訊いてしまったわね。気を悪くしたら、謝ま……」

「俺が同心を辞めて、浪人となったのは、武士の世界がつくづく嫌になったからだ」

お園の言葉を遮《さえぎ》り、吉之進が話し始めた。お園は身を強張らせ、目を見張る。吉之進は一点を見つめたまま、独り言を呟くように、淡々と語った。

「俺は嫡男ゆえ、幼少の頃より親に期待されて育った。しかし、心のどこかで、絶えず、耐え難いような息苦しさを感じていたのも事実だ。俺は、町人というものに憧れていたのだよ」

「そんな……お武家さんが町人に？」

「ああ、まことのことだ。武士に憧れる町人も多いと聞くが、俺に言わせてもらえば町人のほうがずっと楽しく生きられるだろう。気儘《きまま》な暮らしが出来るではないか。好きな仕事をして、好きに遊んで、人を好きになるのだって、自由だ」

吉之進は息をつき、続けた。

「俺には好いた人がいたのだ。大切な女《ひと》だった。……でも、俺が同心であったがゆえ、死なせてしまったのだ」

雨の音が激しくなっている。外には重い闇が広がっているだろう。お園は何も言えずにいた。

「俺が武士に対して疑問を持っていたのは、幼少の頃からだった。嫡男という責任からどうにか親の言うことを聞いてはみ出さずに過ごしていたが、なんとも言えぬ窮屈《きゆうくつ》さには辟易《へきえき》していた。父親は町人には権高だったが、与力には頭が上がらない。同心がいくら手柄を立てても決して与力の身分になれないということも、幼心に納得がいかなかった。元服し、十六歳で同心見習いになると、周りの期待がいっそう高まった。俺は井々田家の名に恥じぬよう懸命に勤め、いわば『優秀な息子』を演じていたというわけだ。……今では、俺は廃嫡されているが。失踪した俺に、父上が激怒したからだ。まあ、弟が二人いたおかげで、跡継ぎ問題はどうにかなったが」

吉之進は自嘲《じちよう》めいた笑みを浮かべた。お園は少し掠《かす》れる声で返した。

「お父さんだって好きで廃嫡したわけではないでしょう。きっと心配なさってるわ」

「さて、どうだろうか。俺は同心の身分を捨て、家を出た時に、親とは縁を切ったつもりだ。相手も、そのつもりだろう。俺のことなど忘れているに違いない。親の顔に泥を塗った、莫迦息子だからな」

「自分のことをそんなふうに言わなくてもいいじゃない」

「本気で女に惚れたがゆえに、身分を捨ててしまった愚かな男なのだ、俺は。でも俺は、決して後悔していない。紗代《さよ》のことも、浪人となったことも」

お園は息を呑み、吉之進を見つめた。吉之進は酒を啜り、濡れた唇を少し舐め、続けた。

「二十歳になった頃、受け持った探索が縁で、紗代という一つ下の娘と知り合った。紗代は貧しい御家人の娘だったが、楚々《そそ》として美しく、何よりも思いやりがあって、俺は心を抑えることが出来なかった。人目を忍んで逢瀬を重ね、仕事が忙しい時でも紗代の笑顔を見ると疲れなど吹き飛んでしまった。俺の紗代への思いは一途だった」

吉之進の正直な吐露を聞きながら、お園の胸はずきずきと痛む。それでも耳を傾けずにいられなかった。

「紗代と心を通わす度に、俺にはこの人しかいないと思うようになった。三年の間、思いを育み合い、俺は紗代と一緒になろうと心に決めた。しかし、一緒になるには、親を説得しなければならなかった。紗代のほうはよいとして、問題は俺の家だ。俸禄二十石の家の娘では、おいそれと許すはずはないと思った。父親も母親も、渋るだろうと」

「武家の面倒なところね」

「うむ、そのとおりだ。そこで俺は考えたのだ。ここは奮起して大手柄を立て、無理やりでも両親を納得させてしまおうと。周りを唸らせた時に、『ここまで頑張れたのは紗代のおかげです』と言えば、親も文句はないだろうと。紗代を嫁にするため、俺はいっそう仕事に打ち込んだ。そんな折、廻船問屋の大旦那が阿片《あへん》密売に加担していると嗅ぎつけ、調べ上げて、与力と一緒に捕まえた。芋づる式に、蘭方医や薬種問屋の面々なども捕らえることも出来た。『よくやった』と、上役たちに褒めそやされた」

「凄いわね。本当に優秀だったのね」

「その時は必死だったし、若かったからな。俺をよく思わず、日頃嫌がらせをしていた古参たちが悔しそうにしているのも愉快で堪らなかった。両親にもそれは褒められたが、誰よりも真に喜んでくれたのは紗代だった。仕事の成功を二人で祝おうと、約束した。『三日後の五つ（八時）に、稲荷橋のたもとで』、と。そしてそれが、仇《あだ》になってしまった」

吉之進の瘦けた頰《こ》に、影が差す。お園は思わず拳を握った。

「紗代との約束の日、仕事が終わると、上役の与力たちから誘われた。手柄を祝ってくれると言って。俺は喜びながらも躊躇い、『有難いお申し出ですが、今日は用事がありまして』と言葉を濁した。すると与力の岡嶋《おかじま》という男が強い口調で言ったのだ。『せっかく筆頭与力の多賀《たが》様が祝ってくださると仰っているんだ！　なに、用事があるならば早めに切り上げるようにするから、せめて顔は見せておけ。御厚意は承《うけたまわ》るように』と。そこまで言われれば断るわけにはいかず、俺は承諾した。八丁堀近くの料亭で、豪勢な料理をふるまわれ、褒めそやされ、上役たちと酒を酌み交わせば、嬉しくないわけがなかった。酒が廻るに従って、いい気分になっていき、引き止められ、いつもは冷静な俺も愚かなことに虚栄心が膨れ上がっていった」

「大手柄だったのだもの、それは褒められるでしょう。少しぐらい調子に乗っても、仕方がないわ」

「ふふ……俺は大いに調子に乗ってしまったんだよ。座敷の隅では、日頃、俺をいびっていた古参らが苦々しい顔で酒を呷《あお》っていた。やつらを見下しながら呑む酒の旨いこと。いつの間にか、思い人との待ち合わせの時刻は過ぎていた。紗代のことを気に留めながらも、少しぐらい遅れて行っても怒りはしないだろう、おとなしく待っていてくれようと、俺は目の前の享楽《きょうらく》に束《つか》の間溺れたのだ。五つといえばもう暗く、遅い時刻であったのにな」

　酔っているのだろうか、胸の内をすべて吐き出してしまいたいのだろうか、今宵の吉之進は酷く饒舌《じょうぜつ》だ。吉之進は息をつくと、一点を見つめて言った。

「その時、紗代は命を失ってしまったのだ。稲荷橋のたもとで、俺を待ち侘《わ》びながら、辻斬りに遭ったのだ」

　雨の音が激しくなる。お園は海の底にいるような気分になった。

「俺の驕《おご》りと油断が、取り返しのつかぬことを生んでしまった。最も大切な紗代を喪った悲しみで、俺は打ちのめされた。どうして早く会いに行ってやらなかったのだろう。そうすれば、紗代はこのような目に遭わずに済んだのに……そう考えると、あまりにもやりきれなく、無念の思いをどこにぶつけてよいのか分からなかった。紗代を斬った男というのは、俺が以前に捕まえたやつだったのだ。木内《きうち》といった。旗本の嫡《ちゃく》男というのに、貧しかったゆえに強請《ゆすり》、たかりを繰り返していたのだ。俺に捕まえられて、家は取り潰しになり、やつは浪人になった。俺を恨んでいたのだろう。俺に復讐するつもりで、紗代を斬ったのだ。木内は俺への復讐を果たしたが、捕まるのは免《まぬか》れぬと思ったのだろう。紗代を斬って直《す》ぐ、自ら喉を突き刺して自害してしまったのだ」

お園は口を押さえた。どんな言葉を発してよいか、分からなかった。

「俺は木内を憎悪した。やつを捕らえて敵《かたき》を討ってやればまだ気は済んだだろうが、復讐すら果たせなかった。やり場のない憤怒が、俺を苛《さいな》んだ。俺は思い悩み、奉行所でも家でも、必要以外のことは話さなくなってしまった。表情を失い、目に精気がまったく宿らなくなっていたのだろう。そんな俺を、両親も心配した。大手柄はどこへやら、仕事でもしくじりが多くなり、見かねて父親が言った。『あの紗代という娘のことは、すっかり忘れてしまえ』、と。『もし生きていてお前が望んだとしても、貧乏侍の娘を嫁に迎えることは断じて出来ぬ。いずれにせよ、一緒になれぬ運命だったのだ』、と」

「そんな……酷い……」

「母親も言った。『父上の仰るとおりです。良い縁談があるの。紗代さんのことは、なかったことにしてしまいなさい』、と。父親もさらに追い打ちを掛けた。『良いところの娘をもらって箔《はく》をつけ、同心として立派にやっていってくれたまえ。この井々田家をますます繁栄させるためにな』、と。……俺は、両親の話を聞く間、顔を伏せ、叫びたい気持ちを懸命に堪えながら、膝に置いた拳を固く握り締めていた」

お園の目に涙が溜まってゆく。その時の吉之進の気持ちを思うと、やりきれなかった。

「両親の言葉が耳から離れず、俺の心を酷く蝕《むしば》んだ。どんなに窮屈でも家柄というものに耐えていたのは、自分を育ててくれた両親への敬意ゆえだった。しかし紗代への無神経極まりない言葉を聞きながら、親たちに対して、もはや侮蔑《ぶべつ》の念しか持てぬようになってしまった。父親と母親は、紗代をまるで人として見ていないかのような言い方をし、蔑《さげす》んだ。そのことが、いったいどれほど俺を深く傷つけただろう。紗代は、俺をいつも励まし、癒してくれた女だった。俺は、紗代にどれほど慰《なぐさ》められたことだろう。紗代の素朴《そぼく》で愛らしい笑顔を思い出す度、胸が締めつけられた。血が噴き出しそうなほどに」

吉之進は唇を嚙み締めた。お園はそっと目を擦る。

「武士の家に嫡男として生まれたからには、心任せの恋が出来ないというのは百も承知だった。しかし、じゅうぶん分かってはいるが、そんな理不尽さに、ついに怒りが堪えられなくなってしまった。家や親や武士に対する憤怒とともに、己の愚かな過ちも、俺を苛んだ。同心として尽力したものの、褒めそやされていい気になり、その驕りと虚栄心が仇となって悲劇が起きてしまった。己の醜《みにく》い心が、最も大切な紗代を死なせてしまったのだと、俺はひたすら自分を責めた。悔やんでも悔やんでも、悔やみきれず、己を周りを憎みながら、抜け殻のようになっていった」

「自分を責めるなんて……辛かったでしょうに」

お園は洟を啜る。吉之進の淡々とした口調は変わらなかった。

「俺は思ったのだ。自分の心も紗代と一緒に喪《うしな》われてしまったのだ、と。それならば、自分など消えてしまってもいいではないか。体裁だけを重んじて、己を騙しながらこの先を生きていくことなど、不器用な俺には出来るわけがない。色々な思いが交《こう》錯《さく》していた胸にも、静けさが戻りつつあった。……そしてそれから間もなく、俺は置き文を一つ残して、なけなしの銭を持って家を出たのだ。置き文には、『さらば。我が道を行く也。廃嫡を願い候』と書いた」

「廃嫡は、やっぱり自分で願ったのね」

「刀も売ってしまおうかとも考えたが、この先何があるか分からないので、身を守るためにもまだ携《たずさ》えておくことにした。深編笠に着流しの姿で、俺は江戸を去った。身分を捨てたら、覚悟がついた。浪人として全国を渡り歩き、『捕まったら捕まったでその時だ』の勢いで、裏街道抜けも関所破りも軽々とやってのけた。元同心が聞いて呆れる行状だ。……つまりは、俺は逃げ出したのだよ」

お園は暫く何も言えずにいたが、唇を嚙み締め、掠れる声を出した。

「ごめんなさい。辛かったこと、思い出させてしまって。でもね、吉さんは逃げたのではないわ。新しい人生を始めるために、古い世界を出て行ったの。悔やんではいないのでしょう？」

吉之進は頷き、はっきりと答えた。

「うむ。悔やんではいない。あのまま自分の心を押し殺して、親の決めた女と一緒になったところで、俺は幸せにはなれなかっただろう。それに……俺には、同心の仕事も合っていなかったのかもしれぬ」

「どうして……手柄を立てていたのに」

お園は吉之進を見つめる。吉之進はふっと微笑んだ。

「役人などしていると、どうしても世の中の悪い面や汚い面ばかり見てしまう。下手人を捕まえたはいいが取り調べるうちに無実なのではと思えても、上役が始末しろと言えば、それに従わなければならないこともある。綺麗事ばかりではいかぬ世界だ。そんな薄ら寒い世界にいた俺に、温もりを与えてくれたのが、紗代だったのだよ。……それなのに、その大切な思い人を仕事の犠牲にしてしまったのだからな」

吉之進も酔いが廻っているのだろう、切れ長の目は、濡れているように潤んでいた。

「笑ってやってくれ。俺は、前途が約束された人生よりも、明日はどうなっているか分からない人生を選んでしまった、愚かな男なのだ」

「そんな……私だって、この店に来るお客さんたちだって、皆、明日なんか分からない人生だわ。でもね、それでも皆、楽しくやってるの。好きなことして、好きなもの食べて。だから、だから吉さんも、思うがままに生きればいいのよ。……紗代さんだって、そう思っているわ」

吉之進はゆっくりと瞬きをした。

お園は紗代が羨ましかった。吉之進にそれほど思われたという紗代が。複雑な女心を揺らしながら、お園は自分の胸中を気取られまいと、努めて穏やかな声で話した。

「紗代さん、吉さんみたいな人に思われて、幸せだったのよ。だから、吉さん、自分を責めてはいけないわ。ね」

吉之進は無言のまま酒瓶を持ち、お園の椀に注いだ。お園は「ありがと」と、一気に流し込んだ。胸が灼《や》けるように熱くなり、やけにヒリヒリした。

「吉さんは優しいの。優し過ぎるのよ。私、今でも覚えてるわ。十歳ぐらいの頃だったかなあ。寺子屋から帰る途中、野原で野犬に襲われそうになった時、吉さんが助けてくれたの。その頃、吉さん脇差を差していたけれど、それを抜かずに、強い眼力と気合で犬を威嚇《いかく》し、追い払ってくれた。その勇《いさ》ましい姿、今でも鮮やかに目に浮かぶわ」

「ああ、そんなことあったたなあ」

「吉さんも覚えていてくれたのね。嬉しいわ。あの時、犬が去った後も、私は恐ろしくて泣きじゃくって、しゃがみ込んで身動き出来ずにいたの。足首に怪我もしていたわ。そしたら吉さん、私を負《お》ぶってくれたのよね」

「お園ちゃん、あの頃、小さかったもんなあ」

負ぶわれた時、恥ずかしいという気持ちと、申し訳ないという気持ちが相俟《あいま》って、お園は吉之進の背中で頬を真っ赤に染めた。しかし負ぶわれているうちに、お園は幼心ながらも吉之進への思いが込み上げて来て、切なくなった。如月のまだ寒い頃だったが、広い背中から吉之進の優しさが沁みてくるようで、お園は爪先まで温もっていた。

「あれから、ことあるごとに吉さんの背中を追っていた。吉さんは、商人や町人にも分け隔《へだ》てなく接して、とても立派な人だった。どんな時も努力を忘れない姿に、どれだけ力をもらったか分からないわ。今の私があるのは吉さんのお蔭だってくらい、深く感謝しているの。本当よ。……だから吉さん、お願いだから自分を悪く言わないで。ね、ね」

素面《しらふ》では照れてしまって言えないようなことも、お園も酔っているから、気持ちを抑えきれずにぶつけてしまう。吉之進は暫く静かに酒を啜り、ぽつりと口にした。

「あの庄蔵殿も浪人だと、黒柾殿から聞いていた。庄蔵殿がどのような経緯で身分を捨てたのか、黒柾殿も詳しいことは知らぬようであったがな」

「そうなんだ。誰しも、様々な思いを抱えているのね。……吉さんが武士の世を本当に嫌になったっていうの、分かるわ。だって昔は自分のこと〝某《それがし》〟って言ってたのに、今は〝俺〟って言ってるもの。でも〝俺〟って言う吉さんのほうが、なんだかいっそう優しく見えるわ」

二人は、ひたすら呑み続けた。二人とも、ただ酔いたかったのだろう。やがてお園は酔い潰れ、そのまま店の小上がりに突っ伏してしまった。

目覚めると、朝だった。傍らに吉之進はいなかった。いつの間にか、帰っていったのだろう。横たわったお園には、風呂敷が掛けられていた。吉之進が酒瓶を包んできたものだ。

雨があがっていた。

六

庄蔵と会ってからの吉之進は、何とはなしに気が晴れない様子だった。そんな吉之進を、お園は気に掛けていた。吉之進の事情を聞いてからは、尚更だった。

――庄蔵さんとの間に、何かわだかまりが出来てしまったのだろうか。どうやら庄蔵さんって、気難しい人みたいだからな。話が弾まなかったのかもしれない。吉さん、同じ浪人である庄蔵さんと、心を通わせたいだろうに。

お園は、吉之進の思いを汲み取っていた。

その夜も、店を閉める間際、吉之進はふらりと訪れた。浮かない顔をしている吉之進に、お園はある料理を出した。〈竹虎〉と〈雪虎〉だ。

厚揚げを焼き網《あみ》で焦げ目をつけて焼き、青葱をふり掛けたものが〈竹虎〉。大根おろしを掛けたものが〈雪虎〉である。お園は、竹虎は漆器の椀に盛り、雪虎は藍染の椀に盛った。器も違えて、〝夏の昼の竹虎〟と、〝冬の夜の雪虎〟を、お園なりにそれぞれ表してみたのだ。

お園は料理の名前について説明した。

「厚揚げの生地に、網でつけた焦げ目の縞模様が、まるで虎の模様に見えるでしょう。だから、このような名前なの。醬油を垂らして、召し上がれ」

「江戸の料理は、風流だな」

吉之進は、まずは竹虎に箸を伸ばす。お園は言った。

「雪虎が冬の虎ならば、竹虎は夏の虎という感じがしない？　夏の虎と冬の虎って、同じ虎なのに、正反対の趣《おもむき》があって面白いわ。……なんだか、吉さんと庄蔵さんみたいね。吉さんは、夏の竹虎。庄蔵さんは、冬の雪虎」

吉之進は箸を持つ手を止め、お園を見た。お園は続けた。

「竹虎も雪虎も、どちらも勇ましくて、男らしい。でも、孤独。冬の虎は、特に」

吉之進がふと目を逸《そ》らす。お園は優しい声で、語り掛けた。

「気になるんでしょう？　自分と正反対のようでいて、どこか似てもいる庄蔵さんのことが」

吉之進は押し黙ったまま、庄蔵のことを思った。自分と同じ、身分を捨てた者。それもあって吉之進はお園が言うように、確かに庄蔵のことが無性に気になるのだった。

吉之進は雪虎の大根おろしを箸でつつきながら、庄蔵の、冬の海のような暗く冷たい眼差《まなざ》しを思い出した。あの、深い翳《かげ》りのある目。

庄蔵への複雑な思いを吹っ切るように、吉之進は雪虎を口に放り込んだ。

「美味しい？　どちらがお好み？」

お園が問い掛ける。吉之進は噛み締め、呑み込み、静かに答えた。

「竹虎のほうが、好きかな。葱が芳ばしくて、酒に合う。でも……雪虎のほうが、深みがある。淡々としているのに、後を引く味だ。一口、二口食べると、さらに食べたくなる」

吉之進は、思った。もう少し、雪虎……あの男のことを知りたいと。

お園は、もう一品出した。

それは、厚揚げのみぞれ煮だった。厚揚げを出し汁、味醂、醬油で煮て、それに大根おろしを加えて一煮立ちさせ、葱を振り掛けたものだ。まるで、竹虎と雪虎が混ざり合ったような料理である。お園はそれを、くりぬいた南瓜《かぼちゃ》に詰めたのだ。

南瓜の器に、吉之進は目を見張った。

お園は微笑んだ。

「こうすると、色合いといい、秋の雰囲気になるでしょう？　秋はいいわね、暑くもなく、寒くもなく、穏やかで。夏の虎と冬の虎が混ざり合ったら、あんがい秋のような穏やかさが訪れるかもしれないわ。吉さんも、庄蔵さんと、心を打ち解け合うことが出来ればいいわね」

吉之進はみぞれ煮を暫し見つめていたが、箸を伸ばし、それを口に運んだ。嚙み締め、思わず「旨い」とこぼす。吉之進は呑み込み、言った。

「雪が融《と》けて、みぞれになったのか」

お園は頷き、答えた。

「そうね。冬の虎が夏の虎と混ざり合って、わだかまりが融けたのね」

吉之進はお園に感謝していたが、照れくさいがゆえ礼は言わずに、ただ料理を口に運ぶ。そして、ぽつりと呟いた。

「……温かな、みぞれだな」

お園は静かな笑みを浮かべ、黙って吉之進に酒を注いだ。お園はこの頃料理をする時、お里に言われたことを頭に置いている。「女将さんが作ったお料理をいただくと、心が温まります」、という言葉だ。吉之進の心をも少しでも温めたくて、誠意を込めて作ったのだった。

お園の情がこもった料理を味わいながら、吉之進は、江戸に暫く留まろうと心を決めた。庄蔵は自分のことを何とはなく避けているような気もしたが、もう少し傍で見ていて、どんな男なのか知りたかった。また、出来ることなら庄蔵の頑《かたく》なな心を融かし、黒枉に教えを受けた者同士、腹を割って語り合いたいとも思った。

お園の料理に背を押され、吉之進は再び庄蔵に会いに行った。

剣術を教えている庄蔵は、背筋がびしっと伸び、やけに大きく見える。剣の使い方も迷いがなく、力強くどんどん押してゆく。「剣を唸らせている」といったその姿は、吹雪《ふぶき》を斬る如くで、まさに冬の虎を感じさせた。

稽古が終わるのを待ち、吉之進は庄蔵に挨拶をした。庄蔵は相変わらず突《つ》っ慳貪《けんどん》ではあったが、追い返すようなことはしなかった。

二人はまた酒を酌み交わした。今日の手土産は、お園に作ってもらった生姜の鯨巻きだった。味噌をつけた谷中生姜を、薄く切った鯨肉で巻いて、塩を軽く振って焼いたものだ。

「汗を掻くから、塩っ気が強いものが旨いんだ」

庄蔵は鯨巻きを嚙み千切り、笑みを浮かべた。酒が進む味だった。庄蔵は「食え」と、吉之進に煎餅《せんべい》の包みを投げた。

「いつも、もらってばかりだからな」

庄蔵は唇の端を歪《ゆが》めて笑う。食べ物を放り投げられて良い気持ちはしなかったが、吉之進は煎餅を拾って「かたじけない」と礼を述べた。煎餅は、千草色の江戸小紋の千代紙《ちよがみ》で美しく包装されていた。

「これは……洒落ていますね。いただきます」

吉之進は包みを開け、煎餅を齧《かじ》った。煎餅は硬過ぎずサクサクとした歯触りで、塩気もちょうど良く、なかなか美味であった。

「包みだけでなく、中身ももちろん味がある。庄蔵殿、お目が高くていらっしゃる」

「俺の好物だからな、旨いに決まっている」

庄蔵も懐から煎餅を取り出し、包みを破って、大きな音を立てて齧った。暫し、煎餅を肴《さかな》に酒を呑み、また鯨巻きへと戻る。吉之進は背筋を伸ばし、味わった。

「先ほど拝見して、やはり黒柾殿の教えを受けていらっしゃると感心いたしました。とても力強い。さすがですね」

「力強いのは本当だが、黒柾殿と俺は、剣術に対する考え方は違う」

「違う、と仰いますと？」

「黒柾殿は、己を高めるために剣を磨け、という考え方だろう。俺はそんな尤《もっと》もらしいことは思わぬ」

「ほう。では、庄蔵殿は剣術についてどのようなお考えなのですか？」

庄蔵は酒をぐっと呑み干し、答えた。

「ただひたすら、勝つ、ということだ。無心に立ち向かい、勝つ。己が勝つと信じることだ」

庄蔵の鋭い目には、炎が灯っているように見える。吉之進は盃を持つ手を休めた。

「なるほど。確かに黒柾殿とは異なりますね。黒柾殿は、勝ち負けには拘《こだわ》らない御方ですから」

「おぬしはどう思っているのだ、剣術について」

庄蔵に問われ、吉之進は微かな笑みを浮かべた。剣術について庄蔵と話せることが嬉しかった。

「はい。無心で立ち向かうということは庄蔵殿と同じですが、私は負けても悔いがないよう、ひたすら全力で闘う、ということです」

吉之進の答えに、庄蔵は苦笑した。

「勝たなければ意味がないではないか」

「勝つことにも、あまり意味がないような気がします」

庄蔵は睨《ね》めるような目で、吉之進を見やった。

「真剣の勝負なら、殺《や》られてしまうではないか」

「全力で闘った後で命を散らすのも、また乙《おつ》なものかもしれません。相手より弱かった己を自嘲しながら果てて行くというのも、それもまた人生でしょう」

庄蔵は青白い頬にくっきりと薄笑みを浮かべ、忌々《いまいま》しそうにまた鯨巻きを口に放り込んだ。

「俺はそんなのは真っ平だ。負け犬は御免だ」

「この、生姜と鯨。巻いている鯨のほうが勝っているように見えて、巻かれている生姜だってピリリと味を利かせている。互いが互いの味を引き立てている。どちらも主役ということで、優劣などない。人も同じような気がします」

庄蔵はふっと鼻で笑い、

「味噌をつけた生姜だけなら、土産でもらう価値もあるまい」

と、指で鯨肉だけを剝《は》がして口に放り込み、生姜をぽいと投げ捨てた。

吉之進は転がった生姜に目をやり、溜息をついた。

「黒柾殿は生姜がお好きだった。私が風邪を引いた時、生姜湯を作って飲ませてくれた。すると直ぐに治った。小さくたって、生命力の宿る食べ物なのだ」

吉之進は生姜を拾い上げ、ゆっくりと齧った。

「粗末にしては罰が当たる。もったいない」と呟きながら。

鯨の脂にまみれた指を舐め、庄蔵はげっぷをした。

「面白い男だな、おぬしは」

「……面白いではなくて、愚かな男なのですよ、私は」

二人の視線がぶつかる。

「いつかおぬしと勝負をしてみたいな」

庄蔵は酒をまた一息に呑み、不敵な笑みを浮かべた。

その顔つきを見ながら、吉之進はふと思った。庄蔵は本当に黒柾を慕《した》っていたのだろうか、と。

――もしや……ただで寝床と食事にありつくために、黒柾殿を利用したのではないか。

そんな疑いが込み上げたが、抑えつけ、もちろん口には出さなかった。

三品目　月を食べる

一

梅雨も明け、暑さが極みを迎えようとしている或る日、易者の竹仙が、お園に相談を持ち掛けて来た。手相を見たことがきっかけで親しくなった貸本屋の利平《りへい》が、母親のことで困っているという。

「お母さんのお久《ひさ》さんは五十八歳で、昨年までは元気だったそうですが、今年になってから急に病がちになり、今では床に伏せったままで寝たきりとのことです。そして利平さんが何よりも辛いのは、お母さんが呆《ぼ》けてしまって、自分のことが息子だと分からなくなっていることだといいます」

「それは悲しいわね」

「ええ。利平さん、苦渋の面持《おもも》ちで、あたしに言うんです。『躰が動かないのは仕方がありません。私も妻も、精一杯手助けしましょう。でも……私のことも妻のことも、そして孫のことも誰か分からなくなっているのは、まったくもって、やりきれないのです』、と。なんでも、お久さんの具合が悪くなってきたのは、昨年の暮れ、近くの法恩寺橋《ほうおんじばし》のたもとで辻斬りがあってからだといいます。その犠牲となったのは、芝居の台本などを書いていた光彰《みつあき》さんって人でね。生前、利平さんが営《いとな》む貸本屋をよく訪れ、店を手伝っていたお久さんとも顔なじみだったそうなんです」

「それは驚いたでしょうね」

「お久さん、礼儀正しい好青年の光彰さんを、いつも目を細めて見ていたようです。心なしか、光彰さんと会った後のお久さんは、頰もほんのりと染まり、妙に女っぽかったと。利平さんはそんなお母さんのことを、『老いらくの恋かい』などと、からかうこともあったようです。すると或る時、お久さんは娘のように羞《は》じらいながら、利平さんに言ったそうですよ。『あの光彰さんって人、私の初恋の人に似ているんだよ。優しそうな笑顔が、特にね』、と」

「お久さん、光彰さんって人と本気で付き合いたいなどとは皆目《かいもく》思っていなかったでしょうが、遠い娘時代を思い出させてくれるような、仄かなときめきを感じていたのね」

「ええ、そのことは、利平さんも分かっていたでしょう。まあ、利平さん、内心複雑でもあったみたいですけれど。『お袋にも初恋などあったのだな。その相手は亡くなった親父とは違うのか……』、って」

「今頃になって、母親の秘密を知ってしまったってわけね。それは複雑ね」

二人は顔を見合わせて苦笑したが、竹仙は直ぐに真顔に戻った。

「その光彰さんが辻斬りに遭ってから急速に衰《おとろ》えていったそうです。光彰さんの死が、あまりに非業であったからでしょう。お久さんは日に日に枯れ果てていき、やがて呆けてしまったのです。特に心配なのは、食が細くなり、殆《ほとん》ど何も食べなくなってしまっているということです」

「それは躰に毒ね。治るものも治らないわ」

「そうなんです。病をはね除《の》けるにも、何も食べないのでは、躰に力が宿らないでしょう。……そこで女将にお願いなのです。お久さんが食べたくなるようなものを、何か作っていただけませんか？　御家族が作ったものは何も受けつけず、皆さんお手上げのようなのです。どうか一度お久さんに会っていただき、話を聞いてあげてほしいのです」

お園は腕を組み、首を傾げた。

「うーん、難しいな。……でも、分かったわ、私でいいなら力になります」

「ああ、さすがは女将だ！　ありがとうございます。これであたしも利平さんに顔が立ちます」

竹仙が深々と頭を下げる。

「初恋の人に似た人が亡くなって、自失してしまったなんて、気の毒だもの。同じ女として、励ましてあげたいわ」

そう言うお園の心には、吉之進が浮かんでいる。もしお園がお久の立場であったら、今ならば同じように正気ではいられなくなるかもしれない。竹仙はそんなお園を見つめ、にやりと笑った。

「女将はお久さんの気持ちが分かるのですね。いや、さすが別嬪女将は、料理だけでなく恋心にも長《た》けていらっしゃる」

「もう、からかわないで！」

お園が竹仙の坊主頭を軽くぶとうとした時、戸が開いて、八兵衛夫婦と文太が入って来た。文太は瓦版を掲げ、大声を出した。

「いやあ、付け火犯が捕まって盛り上がっております！　水無月《みなつき》初め、浅草《あさくさ》は大音寺《だいおんじ》近くの草むらで、なんと下手人は人気役者の菊水丸《きくすいまる》！　江戸の町には衝撃が走り、嗚《あ》呼《あ》、有難や、瓦版も飛ぶように売れてるぜえ！」

菊水丸は《白萩座《しろはぎざ》》の立女形《たておやま》で、もともとは各地を廻っている旅役者なのだが、江戸での評判が良く、かれこれ一年近く留まっていた。化粧映えする繊細《せんさい》な容姿に、えも言われぬ艶やかさ、女も顔負けの淑《しと》やかな所作。それで芝居も巧《うま》いとくれば、人気が出ないわけがない。菊水丸は江戸っ子たちを虜《とりこ》にし、小屋は連日大入りだったのだ。その男が捕まったといえば、騒動になってしかるべきである。

「しかし驚いたねえ！　如月から卯月まで三箇月続いて起きていた付け火も、先月の皐月は起きず、皆少々安心していたところに、菊水丸捕縛だ！　芝居のような展開で、こちとら商売繁盛だけどよ」

文太が作った瓦版には、《黒い着物に赤い帯のその姿。腹切り帯とは言ったものよ。花形女形の菊水丸、腹切り覚悟の乱心か？》などという見出しが躍っていた。

その瓦版を眺めつつ、竹仙がポツリと言った。

「黒い着物に赤い帯って、どこかで聞きましたね」

「そういや、お梅が一時のぼせた、あの飴売りの音弥ってのが、同じような恰好をしてたな」

「役者の真似《まね》をしてたってわけですか。女たらしがやりそうなことですな。それにしても、もてるためなら、人気の役者が普段どんな恰好をしているかも調べているのですねえ。いや、色男ってのは勉強家でいらっしゃいます。それともそんな恰好が流行《はや》ってるんですかね」

竹仙が嫌味っぽく言うと、文太が答えた。

「いや、あまり見かけねえし、流行ってるとも聞かないけどな。一部の通人に人気なのかもしれねえけど。あ、俺も真似してみっか」

「やめとけ、おめえさんがやったら、猿回しの猿になっちまう」、と八兵衛がからかう。

「あっ、酷いねえ」

文太が眉を吊り上げる。賑やかな男たちを尻目に、お波は気落ちしているようだ。

「信じられない。こんなの何かの間違いよ！　菊様が下手人なわけないわ。だって、動機がないじゃない。あの菊様が、何のために火を付けたってのよ」

どうやらお波は菊水丸を贔屓にしており、芝居も観に行っていたらしく、下手人とは信じたくないようだ。文太が瓦版を掲げて言った。

「明日のこれに載るけれど、お波さんのために教えちゃう！　菊水丸は草むらの中、一面に咲く白粉花に油を撒いて、火を付けた。そして燃え盛る白粉花を見ながら、黒い着流しに腹切り帯の姿で呆《ほう》けたように笑っているところを捕まった。『どうして火を付けたんだ』と問い詰められた菊水丸、こう答えたとさ。『だって、この白粉花、あたしより綺麗なんだもん。しゃくに障ったのよ』。嗚呼、哀れなり菊水丸、匂い立つ白粉花に嫉妬《しっと》して、正気失い乱心か！」

「いよっ、瓦版屋！」

調子良く声を掛ける竹仙を、お波はじろっと睨んだ。

「まあ、人気役者なんてのも、心の中は脆《もろ》いのかもしれねえな。舞台が多いほど、緊張が続いているだろうし。はたから見ているよりきつくて、鬱憤《うっぷん》晴らしのように、そんなことをやっちまったのかもしれねえ」

八兵衛はそう言って、若妻の背中をなだめるように優しく撫でた。お波はそれでも膨れっ面だ。

「でもさ、竹仙の旦那が言ってたこと、当たってたようにも思えるな。ほら、男とも女とも分からない物の怪、っての。花形女形の菊水丸にはピッタリだ」

「ええ、やはりあたしが視《み》たとおりですねえ」

文太の言葉に、竹仙がちょいと胸を張る。

「その菊水丸って役者、その時、酷く酔っぱらってでもいたんじゃないの？　それで、つい、とか」

お園が口を挟む。文太が鼻の頭を掻きつつ、答えた。

「酔ってはいなかったみたいだよ。それに菊水丸、自白したようだし。今回だけじゃなく、弥生からの一連の付け火、自分がやった、って」

一瞬、水を打ったようになり、誰もが顔を見合わせる。これは江戸っ子たちはますます騒ぎ立てるだろう。

店を終え、片づけをしながら、お園はお里に告げた。

「世知辛い世の中ねえ、あの付け火の下手人って、菊水丸っていう人気役者だったんだって。皆、大騒ぎしているわ」

するとお里は皿を持つ手を止め、明らかに狼狽《ろうばい》の色を見せて真っ青になった。そんなお里を見て、お園は不安になる。

「大丈夫？」

お里は皿を置き、胸を押さえ、消え入りそうな声で答えた。

「ちょっと気分が悪くて……」

「風邪かもしれない。あとは私がやるから、もういいわ。二階で休んでなさい」

お里は「すみません」と、お園と目を合わせぬようにそそくさと二階に上がっていった。

畳を乾拭きしながら、お園は思った。

——ここ数日、お里ちゃんの様子がおかしかったのよね。妙にビクビクしていたり、ぼうっとしていたり。それで注意はしていたんだけれど……。少し元気になってきていたのに、また鬱々とし始めてる。でも、どうしてお里ちゃんは付け火の話になると、おどおどして怯えたようになるのだろう？　それとも、お波さんのように、捕まった菊水丸を熱烈に御贔屓にしていて、それで衝撃を受けているとか？　まさか！お里ちゃんは役者にのぼせるような娘とは思えない。

お里を案じ、お園は溜息をついた。

二

昼の休み刻、お園はお久に会いに行った。お里のことが心配だったが、約束を守らぬわけにはいかない。お園はお里に、二階の二部屋の掃除と洗いものを言いつけ、八兵衛夫婦に見ていてもらうよう頼んだ。こうすれば、お里が無断でどこかに出掛けることはないだろう。

途中、文太が汗だくで口上し、瓦版を売っていた。

「菊水丸捕縛の第二弾だ！　花形女形、あるものに嫉妬して火を付けたとさ！　そのあるものとは、いったい何ぞや？　菊水丸の名台詞《せりふ》、知りたければ、さあ、買った、買った！」

人が押し掛け、皆、摑み取るように買っていて、人気役者の捕縛の衝撃を物語っていた。

「こんな様子じゃ、買うのも一苦労だわ」

お園が顰《しか》め面で佇《たたず》んでいると、文太が台の上から「あとで持ってくぜ」というように目配せをする。お園は文太に軽く手を振り、人の輪から抜けた。

法恩寺橋近くの利平の家へ行くと、お園を快く迎え入れてくれた。

「無理を言って申し訳ありません。竹仙さんから、女将さんは人を元気づける料理を作られるとお話を伺って、是非、お力になっていただきたくお願いしてしまいました」

利平はお園に何度も頭を下げる。お園は恐れ入りつつ、答えた。

「いえいえ、私に出来ることなら、何でもお申しつけください。お母様に早くお元気になっていただきたいですものね」

お園は部屋に通され、布団に伏せっているお久に会った。お久は白髪だらけだったが、透き通るほどに色白で、目鼻立ちもはっきりしており、若い頃はさぞ美しかったに違いないと思わせた。

お久は向嶋の渋江村《しぶえむら》の出身で、実家は西光寺《さいこうじ》近くで茶屋を営んでおり、若い頃はその看板娘だったという。

お園はお久の枕元に正座し、話し掛けた。

「お久さん、初めまして。園と申します。私は料理屋をやっている、食欲が無くなってしまったとお伺いしましたので、美味しいものを作って差し上げたく、参上いたしました。何かお召し上がりになりたいものはございますか」

お久は目を開け、お園を見つめるが、何も答えない。お久の皺が刻まれた手を、お園はそっとさすった。

「何も召し上がらないと、病も治らないですよ。利平さん……息子さんたちだって、御心配でしょう。滋養を摂《と》って、早くお元気になってほしいです」

「……私はもう駄目ですよ」

思ったより事態は深刻のようだ。お久は六十歳手前で美人ではあるが、遙《はる》かに老《ふ》けて見える。お久の声は酷く掠れており、顔には精気が無く、手首は折れそうに細くて、お園は不安になった。

「そんなこと仰らないでください。諦めては、元も子もありません」

「そう言われても、今のものはもう何も食べたくないんですよ。美味しくない、何も」

　顔を顰めるお久に、お園の胸が痛む。生きたいという思いを失ってしまっているようで、見ているほうも辛くなる。

「……でも、何か食べないと躰に……」

「放っておいてください。お願い、放っておいて」

　お久はお園の手を払いのけ、布団を頭から被ってしまう。見かねて、利平が言った。

「母さん！　お園さんにせっかく来ていただいたのに、失礼だろう」

「知らない……誰のことも何も知らないよ」

　布団にくるまりながら、お久は金切り声を上げた。

　お園は重苦しい気分で、利平の家を後にした。利平は何度も母親の非礼を詫《わ》びたが、お園が気になるのはお久の健康だった。

　――このままでは、呆けるだけでなく、本当に命を落としてしまうかもしれない。なんとかしなくては。

　お久の痩せ細った躰や、血が巡っていないような青白い顔を思い出すと、お園は居ても立ってもいられなくなった。

──でも……お久さん、『今のものは何も食べたくない』って仰ったんだ。『今のものは』って。ということは、昔のものなら食べたい何かがあるのだろうか。何か美味しいものがあったのだろうか。

帰り道、お園は考えつつ歩を進める。梅雨も明け、陽射しが眩しい。

──こんなにいいお天気なんだもの、布団に伏せってばかりじゃもったいない、お久さんをどうにか外に出してあげたいな。……我ながらお節介《せっかい》なのかもしれないけれど。

お園はお久を元気にしてあげたい思いでいっぱいだった。


「よう、お帰り」

「留守番、ありがとう。お里ちゃん、変わった様子はなかった？」

店に戻ると、お園は八兵衛に少し声を潜めて訊ねた。

「別にねえよ。まめまめしく掃除と洗いものをやってた。少し元気はなかったけれどな」

「そう……。まあ、躰を動かせるなら、大丈夫ね。お茶でも持っていってあげましょう」

お園はお茶と、利平から手土産に渡された金鍔《きんつば》を持って、二階へ上がった。お里がいる部屋の襖を開けようとして、僅《わず》かに隙間《すきま》が空いていることに気づく。お里の声が微かに聞こえ、お園はそっと覗いた。お里は心ここにあらずといった表情で、歌を口ずさんでいた。

「しづやしづ……しづのおだまき繰り返し」

お里の頰に涙がつたったのを、お園は見逃さなかった。躊躇《ためら》いつつも、お園は明るく声を掛けた。

「お留守番ありがとう。お茶とお菓子を持って来たわ。入るわね！」

襖を開けると、お里は急いで涙を拭った。

「しづやしづ……って、いい歌ね。ごめんなさい。お里ちゃんが歌ってたの、聞こえちゃった」

お里は無言のまま、うつむく。お園は、お里に優しく微笑んだ。

「おだまき、って、糸巻きのことでしょう？　お里ちゃんは裁縫も丁寧に手伝ってくれるものね。あ、お掃除もきちんとしてくれたのね。お部屋、綺麗になって見違えたわ。いつも本当にありがとう」

お里は目を伏せたまま、微かに頷く。顔を上げないのは、涙の跡を見せたくないからだろう。お里はまた少し痩せたように見える。お園はお里の躰が気掛かりだった。

「今晩は、お里ちゃんが好きな鯖と大根の煮物にするね。これは、おやつ。いただきものの金鍔、美味しそうでしょう。召し上がれ」

お里は頷き、うつむいたままお茶を一口啜った。

——涙を流すなんて、やはり重い事情を抱えているのね。

お園はお里を案じながら、躰が元気になれば、心も健《すこ》やかになり、隠していたことを少しずつでも話してくれるかもしれないと、そんな期待を抱いていた。


再び下へとおりると、八兵衛とお波は早速金鍔を頬張っていた。お波は茶を手にした後、溜息混じりで言った。

「お里ちゃんってあんなに可愛いのに、溌剌《はつらつ》としてなくて、なんだか可哀想だねえ。いい目してるのにね。そうそう、菊様もそういう目なんだよ。丸くて、黒目が大きいんだ。兎みたいな目」

「目千両の千両役者、だったのか。なるほどな」

八兵衛に続き、お園も相槌を打った。

「目千両か。お里ちゃんも確かにそうね。でも、兎というより子犬の目のように見えるなあ」

火を見ている時にどことなくお里の眼差しが定まっていないように思えるのも、もしかしたらその特徴のある目ゆえなのかもしれない。お園はふと、そう思った。

お園は少し考え、お波に訊ねた。

「菊水丸が居た《白萩座》っていうのは、もともとはどこの一座なの？」

「越後《えちご》よ。菊様の雪のように白い肌は雪国育ちゆえ、なんて言われてるわ」

「ふうん。目千両で、雪の肌なんて、まさに女顔負けね」

「それなのに阿呆《あほう》なことをしでかしちまうんだから、美し過ぎるってのも厄介なことなんだろうな」

八兵衛が同情するように言った。

三

「今のものは何も食べたくない」というお久の言葉が引っ掛かり、お園は昔のことを知るべく、お久が生まれ育った地を訪ねてみることにした。留守番は再び八兵衛夫婦に頼んだ。

「休みの間に戻れなければ、俺たちで店やっとくよ。なに、お波も俺も酒の肴《さかな》ぐらいは作れるぜ。客に適当に食わせて呑ませとくから、ゆっくり探って来な」

八兵衛はそう言って胸をどんと叩き、からからと笑った。お園はお里のことも心配だったので、それとなく告げた。

「お里ちゃんがなんだか不安定なんで、突然いなくなったりしないよう、注意しといて」

「必ず目を光らせておくから大丈夫だ。どこかへ出掛けたら、決して気づかれぬよう後を尾《つ》けてみる。だから安心して行って来な」

八兵衛の頼もしい言葉に背中を押され、お園は躊躇いなく向嶋へと向かうことが出来た。

大川を舟で渡り、吾妻橋《あずまばし》を過ぎると、緑豊かな長閑《のどか》な風景が広がり始める。向嶋といえば田畑や寺、豪商の隠居所や寮が多い、閑静《かんせい》な場所だ。

「良い眺めだねえ。私もこんなところに住んでみたいよ」

お園が呟くと、船頭は笑って答えた。

「皆さんそう言いますけど、実際に住んだら退屈かもしれませんよ」

「そうかねえ。じゃあ、もっと歳取ってからでいいかな」

陽の光が映え、川面が煌《きら》めく。ゆらゆら揺れる舟の上で、お園は大きく息を吸い込んだ。

合流点で荒川に入り、田畑の間を進んで行く。八幡社を通り過ぎ、渋江村は西光寺の近くでお園は舟を降りた。

お久が看板娘を務めていたという茶店〈うぐいす茶屋〉は、直ぐに見つかった。お久の弟夫婦が後を継ぎ、今はその息子夫婦、つまりはお久にとっては甥夫婦が店を営んでいると、利平から聞いていた。

雉鳩《きじばと》の鳴き声がどこからか聞こえ、合歓《ねむ》の木の甘やかな香りが漂ってくる。合歓の木は、葉の上に薄桃色の綿帽子がふわりと乗っているように見え、青空によく映えている。緑が広がる風景を眺めながら、お園は思った。

――お久さんは、ここで若い時分を過ごしたんだ。

空には、ところどころ繭雲《まゆぐも》が浮かんでいる。眩《まぶ》しさにお園は目を細め、再び周囲の田畑を見やった。

――きっとお久さんは、ここで採れた新鮮な野菜をたくさん食べていたのだろう。昔食べていたものというのは、野菜の何かだろうか。

勘が冴《さ》えてくる。ここまで来てよかったとお園が思っていると、お茶と菓子が運ばれて来た。

「ごゆっくり、どうぞ」

茶屋の女将は、お久の甥の女房だろう。色白でおっとりとしている。出された鶯《うぐいす》餅《もち》を眺め、お園は声を上げた。

「まあ、本当に鶯色。茶色がかった緑色で。これ、きな粉に何か混ぜているんですか？」

「是非お召し上がりになってみてください」

鶯餅とは餡《あん》を求肥《ぎゅうひ》で包んで鶯の形に作り、きな粉を振り掛けたものだ。お園はまずお茶を飲んで喉を潤し、鶯餅を楊枝で切って、口に運んだ。芳ばしいきな粉が舌の上で蕩け、嚙み締めるともっちりした求肥の中から、餡が溢れ出す。嚙むごとに、爽《さわ》やかな甘味が口の中に広がり、お園はうっとりとした。

「素敵なお味ですね。甘過ぎず、誰にでも好まれる味わいと思います。この緑色は、煎茶《せんちゃ》ですか？」

「はい、仰るとおり、煎茶を細かくしたものです。きな粉を軽くまぶした後に煎茶の粉をまぶし、またきな粉をまぶすんですよ。粉を二つ使って、鶯の色合いを表したんです」

女将は優しい笑顔で、惜《お》しげもなく色づけ法を教えてくれる。

「なるほど……工夫されていらっしゃるんですね。見習いたいわ」

「出来る限り美味しいものをお出しするのは、私たちの務めですから」

お園はまた一口含み、嚙み締め、呑み込んで、言った。

「私も縄のれんをやっているんですよ」

「まあ、そうなんですか。それならば、私たちよりお料理はお詳しいでしょう」

お園はお茶を啜り、苦笑いを浮かべた。

「それが、今、困ってしまっているんです。……ある人に美味しいものを食べさせてあげたいのですが、『今のものは何も食べたくない』と仰って。病に伏せってしまわれていて、日に日に痩せ細っていかれるので、心配なんです」

「まあ……それは。その方、何か召し上がりたいものはないのでしょうか」

「ええ、訊ねてみたのですが、『放っておいて』と仰るばかりで。でも、昔食べていらっしゃったものの中には、惹かれるものがあるのでは、と。それをどうしても知りたくて、何かお話を聴かせていただきたく、こちらにお伺いしました。……その頑な女性は、お久さんと仰るのですが」

女将は目を見開いた。

「では、あなたがお園さん？　これは失礼いたしました。話は聞いております」

「突然お伺いしてしまって、こちらこそ失礼しました。それで、教えていただきたいことがあるのです」

お園が切り出すと、女将は気を利かせた。

「ここではなんですから、中にお入りください。主人もおりますし、義父も」

女将は店を雇い人に任せ、お園を中に通した。

お久の甥は周平《しゅうへい》、女将である妻はキヨといい、周平の母親は他界していたが、父親の周造《しゅうぞう》はまだ元気だった。

「お久さんの元気を取り戻すためにも、口にしてくださる料理をどうしても作りたいのです。今のものは何も食べたくないと仰るなら、昔好んで召し上がっていらしたものは何か、ご存じのことならどんなことでも教えていただきたく思います。よろしくお願いいたします」

お園はキヨたちに丁寧に頭を下げ、もう一度姿勢を正し、続けた。

「そして……よろしければ、お久さんと初恋の人との経緯も教えていただけますでしょうか。お久さんの具合が悪くなったのは、初恋の人に似た方がお亡くなりになってからと伺いました。つまりはお久さんにとって、初恋の人とのことは忘れられないもの、とても大切なものであったに違いありません。だから、お久さんが今お召し上がりになりたいものは、もしかしたら初恋の人との思い出の味かもしれないとも思うのです。それゆえ、お久さんの初恋について、お話をお聴かせいただけましたら有難いのですが」

お園は再び、頭を深く下げた。キヨたち三人は顔を見合わせ、目配せする。真摯《しんし》な態度のお園を信頼したのだろう、お久の弟である周造が咳払いを一つし、淡々と語り始めた。

「仰ること、よく分かりました。姉の躰のことを心配してくださって、本当にありがとうございます。正直、私は姉が昔何を好んでいたかは、よく覚えてはいないのです。でも、まあ、貧しい日々でしたから、家の畑で穫れたものはよく食べていましたね。あと、鶉《うずら》も飼っていましたから、卵も。姉と私は八つ離れていますから、姉が恋をしていた頃は、私はまだ子供で色々なことに気づきませんでした。しかし、姉の悲恋の話は、後に母から聞きました。ちょうど大飢饉《だいききん》の頃で、それが二人の仲を引き裂いたのでしょう」

お園は胸が痛み、そっと目を伏せた。大飢饉といえば今から遡《さかのぼ》ること三十八年前、天明四（一七八四）年に起きた天明の大飢饉だ。

キヨが口を挟んだ。

「各地で大きな被害が出て、特に奥州《おうしゅう》は酷かったといいます」

「当時、姉はこの店の看板娘で、津軽《つがる》から江戸に出て来て大工をしている嘉助《かすけ》さんという男《ひと》とよい仲だったそうです。しかし、嘉助さんの故郷が大飢饉に見舞われ、御家族も困窮してしまったそうで、嘉助さんは江戸での稼ぎを持って、ひとまず故郷《くに》に帰ることを決意したといいます。百姓の三男坊だったと聞きました」

「御家族思いの、優しい方だったんですね」

お園は、お久がいまだに嘉助を思っている訳が、分かるような気がした。

「そのようですね。津軽が酷い状況だと知っていた姉は心配して、『行かないで』と嘉助さんを止めたといいます。でも嘉助さんの決意は固く、『必ず戻って来る』と約束して、江戸を離れたそうです。生来の優しさから、家族を救いたいという思いが強かったのでしょう」

周造はお茶を啜って一息つき、続けた。

「しかし、約束したにも拘《かか》わらず、嘉助さんは故郷に行ったっきりになってしまったといいます。津軽のほうは飢饉が酷く、餓死者も多かったゆえ、何かに巻き込まれてしまったのでしょう。或いは、御家族に引き留められて、江戸へは戻れなかったのかもしれません」

「お久さん、さぞお辛かったでしょうね」

愛する人の無事が分からなくなってしまったお久の気持ちを察すると、お園は胸が疼《うず》いた。

「姉は嘉助さんを待っていたけれど、心のどこかで、『もう会えないだろう』と諦めていたそうです。文を何度か送ったが、返事もなかったといいますから」

お園は、お久がどこか自分に似ている気がして、心が痛む。

「大飢饉という状態ならば、文がちゃんと相手に届いたかも怪しいですしね」

周造の倅《せがれ》、つまりはお久の甥である周平が口を挟んだ。利平とは従兄弟《いとこ》になるが、物静かな雰囲気がよく似ていた。

「女一人で向かうには、津軽はあまりにも遠過ぎます。姉は泣く泣く嘉助さんへの思いを断ち切るしかなかったのでしょう。そんな折、縁談の話が来て、周りの強い勧めもあり、姉は決めたといいます」

「そのお相手との間に生まれたのが、利平さんということですね」

「仰るとおりです。思うに、嘉助さんに対して抱いていたときめきのようなものは薄かったかもしれません。でも、姉は誠実なお義兄《にい》さんのことを大切にしておりました。夫婦の間は円満だったと、記憶しております」

「伯母《おば》さん、旦那の利蔵《としぞう》さんとは仲良かったですよ。遊びに行くと、二人揃って笑顔でもてなしてくれました。それなのに、初恋の男をいまだに忘れられないなんて……女ってのは怖いなあ」

周平が苦笑を漏らすと、キヨが気遣った。

「伯母様、具合が良くなくて、心も躰も弱っていらっしゃるから、遠い昔の悲しいことが浮かんで来てしまうんですよ。叶わなかった恋と、現実の夫婦の暮らしは、まったくの別物です。それに、初恋の切ない思い出は、女ならなかなか忘れることって出来ませんよね」

キヨはおっとりとお園に微笑み掛ける。ふと吉之進の顔が思い浮かんで、お園の頰にほんのりと血が昇った。

「そ、そうですよね。初めての恋で、しかも叶わぬものだったからこそ、忘れることが出来ないのだと思います」

お園は軽く咳払いをし、お茶を飲んだ。周造はそんなお園を見つめ、柔和な笑みを浮かべた。

「女の人の気持ちは、女の人にしか分からないのでしょうね。でも、失った恋を引きずってしまうのは、男も女も同じですよ」

「お義父《とう》さん、意外に繊細でいらっしゃるから」

キヨが口を挟むと、笑いが起きた。障子を開けているので、初夏の風が舞い込む。清々しい空気が心地良かった。

「それで、探していらっしゃるのは、姉が好んで食べていたものですよね。嘉助さんとの思い出の味。姉は料理が好きでしたから、嘉助さんに色々作ってあげていたでしょうね」

「伯母さんの好物って、なんだったかなあ」

「あ、姉は野菜をよく食べていましたよ。……まあ、あの頃、食べ物といえば自分の家で穫れる野菜ぐらいでしたからね。魚介などまったくの贅沢品で、我が家ではなかなか手に入りませんでしたよ。あ……そうだ」

周造が不意に口を噤《つぐ》み、額を押さえた。お園は思わず息を呑む。白髪混じりの眉を掻きながら、周造はぽつりと呟いた。

「〈昼の月〉、いや、〈真昼の月〉だ」

ほかの三人が顔を見合わせた。

「それはいったい何でしょう？　昼の月って珍しいですよね」

「姉が好物だったものですよ。確か、〈真昼の月〉というものをよく作っていました。おそらく嘉助さんと一緒に食べていたのでしょう。姉はよく〈真昼の月〉と言っていて、食べ物にしては面白い名前だから心のどこかに残っていたのでしょう、思い出しました」

「そ、それで、そのお料理は、どのようなものなのでしょう？　作り方を教えていただけますか？」

お園が膝を乗り出すと、周造は腕を組み、軽く唸った。

「いえ、それが……申し訳ありません。どのようなものかは、よく分からないんですよ。私に作ってくれたわけではありませんし、私はその頃は料理などにまったく興味がなくて、いつも日が暮れるまで外で遊び回っていましたからね。おそらく、それほど難しい料理ではないと思うのです。だいたいが家で穫れたもので作れるような、質素な料理なのではないかと」

周造の答えにお園は少々気落ちしつつ、訊ねてみた。

「〈真昼の月〉が正しいのですか？〈昼の月〉と、どちら？　月というと……月見蕎麦みたいに、卵を使うのでしょうか」

「ああ、そうかもしれません！　その頃は鶉も飼っていましたからね。それで、〈真昼の月〉が恐らく正しいです」

「〈昼の月〉と、どう違うのでしょうか。〈真昼の月〉のほうが、より明るい感じがしますけれど」

「一番明るい刻に浮かんでいるお月様、ですか。乙女の夢のようで、伯母様らしいわ」

キヨが淑やかに笑む。お園は目を瞬かせた。

「そう言えば……〈昼の月〉という名前の料理を出す居酒屋があると聞いたことがあります。〈真昼の月〉も、恐らくそう変わりはないでしょう」

「なるほど、〈昼の月〉という料理は本当にあるのですね。そうそう、思い出しました。姉は〈真昼の月〉を夏によく作って食べていましたよ」

「夏に、ですか？」

「ええ。『夏には〈真昼の月〉がよく見える』、なんて言っていたような憶えがあります。御参考になればと思います」

お園は背筋を正し、周造たちに再び頭を深く下げた。

「ありがとうございます！　教えていただいた〈真昼の月〉が、お久さんが欲していらっしゃる料理に違いありません。やはり、図々しくも、こちらにお伺いしてよかったです」

大きな収穫を得て、お園は満面に笑みを浮かべる。

「いえいえ、とんでもありません。こちらこそ、お越しくださって、ありがとうございました。お園さんの料理で、姉を元気にしてあげてください。姉を心配してくださって、私たちこそお園さんに感謝しております」

「伯母さん、早く元気になって、ここにも遊びに来てほしいからな」

「ねえ。どんなお医者様に診てもらうよりも、お園さんの心のこもったお料理のほうが、伯母様を助けてくださるでしょう。お園さん、お願いいたしますね」

今度は三人がお園に頭を深々と下げる。お園は「よしてください」と恐れ入り、首を竦《すく》めた。

四

お園はお久の生家を後にし、日本橋に戻ると居酒屋を軒並み当たり、〈昼の月〉という料理を探し当てた。

それは、「とろろを入れた小鉢の手前に青のりを加え、奥に鶉の卵をひとつ落とした料理」であった。青のりが緑の大地を、鶉の卵が月を表しているのだ。とろろが白いため、〈昼の月〉という呼び名になったという。

これに違いないとお園は思い、とろろは里芋から作ることにした。店に戻り、留守を頼んだ八兵衛に礼を述べ、早速腕まくりで作り始める。

「とろろってのは普通山芋を擂り下ろして作るけれど、里芋ってのもツウだな。まあ、今の時季は山芋はなかなか手に入らねえけどよ」

里芋を茹でるお園を眺めながら、八兵衛は昆布茶《こぶちゃ》を啜った。

「山芋の旬は冬だから」

お園は菜箸で転がして里芋の茹で加減を見つつ、八兵衛に返事をした。

「里芋は夏から秋が旬だからな。お久さんって人は、〈昼の月〉を、夏に食べたってんだろ？　それなら〈昼の月〉は、やっぱりすべて夏に穫れるもんで作っていたと考えるのが妥当だろうな。それが天明の飢饉の時であれば、尚更だ」

「ね、山芋より里芋のほうが相応《ふさわ》しいでしょ？　それに山芋を擂り下ろしたものだと、火を通さずに生のままで口に入るし、特有の刺激もあるから、病に伏せっているお久さんにはあまり良くないだろうって思ったの。茹でた里芋のほうが胃の腑にも優しいし、里芋のぬめりには呆けを防ぐ効き目もあるっていうから、お年寄りには適してるんじゃないかって」

八兵衛は茶碗から昆布を取り出し、くちゃくちゃと噛みながら、笑みを浮かべた。

「さすが女将、相手の躰のことまでちゃんと考えてるってわけだ。優しいねえ」

「というか、料理人としては当然よ。〝食〟って字は、〝人を良くする〟って書くでしょう。人の躰を良くすることが、料理人の務めですもの。だって食べたものが、人の躰を作るのだから」

お園は里芋の皮を剝きながら、八兵衛に笑みを返す。八兵衛は腕を組み、唸った。

「板場に立ってる女将は、ほんっとに生き生きしているぜ。女将の料理を食べ続ければ、俺も百いくつまで生きられるかもしれねえな。その頃にはかみさんも二人目、いや三人目になってたりしてな」

「……一言よけいよ、八兵衛さん」

剝いた里芋をすり潰しながら、お園は今度は老爺をじろっと睨んだ。粘《ねば》りが出るまですり潰せば、里芋とろろの出来上がりである。

お園は自信を持って〈昼の月〉を作り、竹仙と一緒にお久に届けに行った。昔食べた、初恋の人との思い出の味。これならば、お久は必ず食べてくれるだろうと、お園は確信していた。

お園の料理を見て、無表情だったお久が目をパッと見開き、身を起こそうとした。その様子に、お園、竹仙、利平夫婦は顔を見合わせる。お久は食い入るように、小鉢を覗き込んだ。

しかし……お久は首を横に振ると、落胆した面持ちで、再び床に伏してしまった。〈昼の月〉を、もう見ようともしない。

驚いたのは、お園のほうだ。

――この料理ではなかったの？　間違いだったということ？

気まずい空気が流れ、お園は肩身が狭かった。

「お役に立てずに申し訳ありませんでした」

帰り際、お園は利平たちに頭を下げた。

「どうぞお気になさらないでください。こちらこそ無理なことをお願いしてしまって、申し訳なく思っています」

「わざわざお義母《かあ》さんの生家まで行ってくださったのに……すみません」

利平夫婦に丁寧に言われても、お園は責任を感じ、溜息をつきつつ帰った。

その夜、店を閉めた後、竹仙と八兵衛夫婦がお園を慰めてくれた。浮かない顔のお園に、竹仙が言った。

「仕方ないですよ。誰にでも間違いはありますから」

「いや、あながち間違っていたとは言えねえんじゃないかな。料理を見た瞬間、お久さんの顔つきが変わったんだろ？」

「そうよね。身を乗り出して小鉢をじっと見たってことは、つまりはパッと見は、その初恋の君との思い出の料理〈昼の月〉だったんだけれど、よく見ると、どこかが違っていたのかもよ」

「うむ。そう考えるのが、正しいかもしれねえ」

八兵衛は恋女房のなよやかな肩をそっと撫でる。

お園は〈昼の月〉をもう一度作り、よく眺めて思案し、呟いた。

「青のり、かもしれないわ」

八兵衛たちは顔を見合わせ、同意した。

「『白いとろろに、鶉の卵』ってのは目に直ぐに飛び込んでくるから、お久さんがこれに反応したのは間違いねえだろうな。それならば、〝緑の大地〟ってのを表す青のりが、やはり問題なんだろう」

「居酒屋で出されるような一般的な〈昼の月〉はこれでしょうが、お久さんが食べていたのは青のりではなくて、何か別のものを使っていたのでしょうね」

「それにお久さんが作っていたのは、〈昼の月〉ではなく、〈真昼の月〉だったのでしょう？　ってことは、青のりよりも、もっと明るい色の何かなのかもよ」

お園は腕を組み、考えた。

「確かに青のりだと、少し暗い色味になってしまうわ。とろろに合って、青のりより明るくて、手に入りやすいものって、何でしょう？　緑の大地、真昼の月の風景を、表せるもの……」

皆、難しい顔になり、それぞれ思いを巡らせる。

「……まあ、そう直ぐには思いつかねえわな。女将、あまり根詰めねえほうがいい。こういうことは、或る時ふと思いつくもんだよ」

「そうよ。町をぶらぶら歩いている時なんかに、思い浮かぶものなんだよね」

八兵衛夫婦に励まされ、お園も表情を緩める。

「そういうものかしら。早く思いつければいいのだけど」

「そんなに焦らなくても大丈夫ですよ。皆さんが仰るように、いい線いっているのですから、あともう一息です。忙しいところ色々我儘《わがまま》言ってしまって申し訳ありませんが、女将さん、よろしくお願いします」

竹仙は坊主頭を丁寧に下げた。

「まあ、任せておいて。……はい、お波さん、これどうぞ。お勘定には入らないから」

お園はお波に、作ったばかりの〈昼の月〉を差し出した。

「あら、ありがとう。里芋とろろ、美味しそうだ」

「お前、よかったじゃねえか。女将、俺にも、もう一本つけてよ。……おっと、それは勘定には?」

「もちろん入るわよ！　当たり前じゃない」

お園はからりと笑って徳利をつけた。


お園は〈真昼の月〉を探るべく、再びお久の生家を訪ねてみた。「お忙しいところ申し訳ありません」と恐れ入るお園を、キヨたちはまたも温かく迎えた。

「居酒屋などで出される一般的な〈昼の月〉では、緑の大地を表すものは青のりなんです。でも、どうやらそれが違っていたらしくて……。お久さんの〈真昼の月〉で使われていた緑の大地を表すものって、いったい何か、こちらへお伺いしたら、思いつくかもしれないと思ったのです」

　真摯に話すお園に、キヨは答えた。

「伯母様のことでこんなに懸命になってくださるなんて、お園さんは本当に心が温かな方なんですね」

「そんな……私はただ、お久さんにもう一度お元気になっていただきたくて。御家族のことも思い出させてあげたいんですよ。だって、悲しいじゃありませんか。こんなに素敵な皆様のことまで分からなくなったままなんて。だから、何か食べて、躰が元に戻って来たら、きっと色々なことを思い出すのではないかって……」

　キヨは穏やかに微笑み、お園に勧めた。

「よろしければ、畑を御覧になりますか？　ちょうど夏野菜が実っておりますので、御覧になれば勘がお働きになるかもしれません。青のりの代わりが野菜かどうかは分かりませんが、今も昔も、作っているものはそれほど変わりありませんから」

お園は「はい、是非」と身を乗り出した。

　畑は、茶店の近くに広がっていた。陽射しを浴びて輝きながら、たくさんの野菜が実っている。

──〈真昼の月〉を夏に食べたと言うなら、緑の大地を表すものも、やはり夏に穫れるものだろう。家の畑で穫れたものならば、青のりなどよりも手に入りやすかっただろうし……。

お園は目を細めて畑を見回した。

「暑さに負けない夏野菜は、強い力を秘めているんでしょうね。花はこんなに可憐《かれん》なのに」

大きく実った茄子《なす》の隣で、紫色の花が揺れている。お園は茄子にそっと触れただけで、中身の詰まった良い野菜だと分かった。

キヨは、畑を案内してくれた。ツルが這《は》い、どっしりと実った南瓜を見て、まさに〝緑の大地〟といった体《てい》だとお園は思った。

──でも……南瓜を使うとして、あの料理にどう生かしたのか、ちょっと考えつかないな。皮を削って細かく刻んだとか？　うーん、無理がある。

畑には、胡瓜《きゅうり》もたわわになっていた。澄んだ空の下、胡瓜はみずみずしい緑色に輝いている。艶やかに実った胡瓜。しかし緑色の胡瓜は、まだ未熟ということだ。よく熟したものは黄色になるからだ。胡瓜は、「黄瓜」とも書くように。

「味は、熟した黄色のものより、未熟な緑色のほうが良いのです。緑色の胡瓜を嫌がる人もいますが、この時季、本当に美味しいですよ」

やんわりとした声で、キヨが教えてくれる。

未熟な緑色の胡瓜を、黄色い花が取り囲んでいた。胡瓜の花は、まるでお月様のような色合いでもある。

お園は目を閉じ、大きく息を吸い込んだ。頭の中、胡瓜の実る畑の上に、月がぽんやり浮かんでいるのが、見えた。

お園は目を開け、呟いた。

「ああ、やっと気づきました」

キヨが、お園を見つめた。

五

お園が戻って来たのは結局夕刻だったが、約束どおり八兵衛とお波が店を開いてくれていた。八兵衛が板場に立ち、お波がお客たちに酌をしたり、話の相手をしていた。

「よう、お帰り。お客たちには適当に食わせて呑ませておいたぜ。売り上げは後で渡すよ」

八兵衛はそう言って、金を仕舞ってある懐をぽんと叩いた。

「任せちゃってごめんなさい。恩に着ます」

お園は周造たちに持たせてもらった野菜の包みを置き、急いで姉さん被りにたすき掛けをする。

「なんか収穫はあったかい？　謎は解けそうかい」

八兵衛に問い掛けられ、お園は笑みを浮かべて、ある野菜を指差した。

「胡瓜？」

「そう。私の勘働きでは。胡瓜って、熟した黄色のものを食べているでしょう。だから未熟な緑色のものを使うってことに、イマイチ気づかなかったの」

「なるほど。胡瓜ってのは、とろろにもよく合うからな」

「そうでしょう？　皮を剝いて微塵切りにすれば、みずみずしい緑色で、青のりよりもいっそう明るく映えるし。青のりで作ったものを〈昼の月〉とするなら、胡瓜で作ればまさに〈真昼の月〉になると思ったの」

「胡瓜は夏が旬の野菜だから、お久さん言うところの『夏に食べた、真昼の月』ってのにも合致するよな」

「お久さんの家の畑で、昔からたくさん穫れたようだし。里芋も実ってたわ」

「ふむ。それなら贅沢出来ねえ時代でも、安上がりで済ませられるな」

「安くて美味しいが一番ですもの」

お園はにっこりと笑った。

お園は〈真昼の月〉を再び作り、お久のもとを訪れた。青のりの代わりに、細かく刻んだ、微塵切りの胡瓜を使って。

昼の月をいっそう表すよう、お園は料理を、薄く青みがかった、白と水色の中間ぐらいの色のお椀へと入れた。

お久は顔色を変え、またも身を起こそうとした。利平に支えてもらいながら、お久はお園の料理をまじまじと見つめた。

お久の手が動いた。匙《さじ》を持ち、「真昼の月……」と呟きながら、一掬《ひとすく》いして、口へと運んだ。

お園一同、顔を見合わせ、頷き合う。

お久は鶉の卵、とろろ、胡瓜を掻き混ぜつつ、夢中で口に運ぶ。そして、「美味しいねえ」と感嘆の言葉を漏らし、躰を支えてくれている息子へと言った。

「利平、あんたも一口食べてみるかい？　とってもいい味だ」

利平が息子と、気づいたのだ。利平は言葉に詰まり、泣き笑いを浮かべる。お園も目頭が熱くなり、そっと指で押さえた。

お久はゆっくり嚙み締め、味わう。食べ進めながら、お久は「おや」と呟いた。掻き混ぜているうちに、お椀の下のほうから黒いものが滲んで来たからだ。それは、お園が下のほうへと忍ばせた、醬油・酢・味醂・鰹出汁・柚子《ゆず》で作った、今で言うポン酢であった。

お久はにっこり笑った。

「食べているうちに、昼から夜へと変わるんだね。これまた風流だ。……ああ、夜の味もいっそう濃厚で、美味しいねえ」

夜の月にも、お久は舌鼓を打つ。利平は声を詰まらせ、お園に礼を述べた。

「よく胡瓜と思いついてくださいましたね。お園さん、本当にありがとうございます」

「緑色の胡瓜は、黄色のそれより未熟ですが、みずみずしく、甘味もありますよね。未完成で未熟だけれど、青々しく、みずみずしく、甘い。それは青春のようでもありますね」

「青春……ですか」

「〈真昼〉って、最も明るい頃ですよね。そんな明るい時に見える月は、白くてとても美しい。でも、なんだか不思議で、現実とかけ離れています。現実にはならなかったけれど、青春という最も明るい時の、みずみずしく美しい恋の象徴。それが緑色の胡瓜を使った〈真昼の月〉という食べ物だったのでしょうね、お久さんにとっては」

　お久の憶えを取り戻すことが出来、お園は安堵した。

　竹仙に連れられて、利平がお園の店を訪れた。あれからお久の憶えはハッキリしたものの、医者曰《いわ》く、躰の回復はまだまだで、再び動けるようになるか否かははっきり分からないということだ。

　利平は目を微かに潤ませ、お園に改めて礼を言った。

「私のことを息子だと気づいてくれて、本当に嬉しいです。毎日、お園さんに教わった〈真昼の月〉を食べさせているせいか、以前のように憶えが飛ぶこともありません。家族皆で、母を支えていきます」

　お園は、「親孝行なさってくださいね。大丈夫、落ち着いてきたようですから、必ず回復なさいますよ」と励ました。

　利平は、こうも告げた。

「母が憶えを取り戻したこと、向嶋の叔父《おじ》さんたちも喜びましてね。皆、お園さんにたいへん感謝しておりました。『またいつでも遊びにいらしてください』と言ってました よ」

「こちらこそ御礼を言わなければいけません。勝手に押し掛けましたのに、色々なお話をお聞かせくださって、畑も見せてくださって。向嶋の皆様のおかげで、突き止めることが出来たのですもの。そうですね……お言葉に甘えて、御礼を申し上げに、またお伺いさせていただくかもしれません。よろしくお伝えください」

お園は穏やかに微笑んだ。

数日後、お園は再び〈真昼の月〉を持って、お久の見舞いへと行くことにした。里芋を摺っているとお里が下りて来たので、胡瓜を微塵切りにしてくれるよう頼んだ。

「これは、お店で出すお料理ではないのですか？」

「ええ、ある人に持っていくの。もう六十歳ぐらいの女の人でね、病を患《わずら》って、躰が弱ってしまっているの。その人にとって、この料理は、初恋の人との思い出の味なのよ」

「そうなのですか……」

お里は包丁を持つ手を一寸《ちょっと》止め、消え入りそうな声で呟いた。お園はお久のことをかいつまんで話した。お里を不安定な気持ちにさせぬよう、辻斬りのことなどは話さなかったが。

「〈真昼の月〉って、なかなか洒落た名前をつけたわね。でも……考えてみると不思議ね。昼に月が見えることがあるけど、どうしてあんなことが起こるのかしら」

「それは……月が明るいからだと思います」

お園はお里を見つめた。お里は小さな声で続けた。

「昼間はお天道様が出ているから、普段はその明るさに月が隠れてしまっているのです。でも、周りの明るさの加減で、何かの拍子に月が見えてしまうこともあるそうです」

「へえ、凄いねえ。お里ちゃん、物知りね」

お園が目を瞬かせる。お里は照れくさそうに首を横に振り、溜息をついた。

「本当は、真昼にはお天道様が見えるはずなのに……寂しいのでしょうね、お久さんという方は。躰が弱っているから心も弱ってしまうのか、心が弱っているから躰が弱ってしまうのか、どちらなのでしょうね」

お里がやけに大人びて見え、お園は言葉に詰まった。

「お久さん、お元気になったらお天道様が見えますよね、きっと」

「そうね。真昼に見えるものは、確かにお天道様だもの。月ではなくて」

胡瓜を丁寧に刻むお里の横顔を、お園はじっと見つめていた。

六

お園は料理を持ち、再びお久のもとを訪れた。お園が作った〈真昼の月〉を食べながら、お久が呟いた。

「昼の月は儚《はかな》いねえ……この、みずみずしいほどまでの青さは、叶わなかった恋のようだ」

お園が何も答えることが出来ずにいると、お久は淡々と続けた。

「私の初恋は、真昼の月のように儚くて、寂しいものだったんですよ」

お園はお久の肩に手を掛け、そっとさすった。

「そんなことありません。お久さんの初恋は、真昼の月のように、優しい光を放ちながら、柔らかに輝いていらしたのでしょう。素敵な方との、かけがえのない思い出ではありませんか。羨ましいです」

お久は笑みを浮かべ、お園の手を握り締めた。

「ありがとう。人を好きになる気持ちって大切ですものね。だから、私、後悔してないんですよ。悲しい恋でしたが。……お園さん、人を心底好きになったことはありますか？」

お園は息をつき、答えた。

「ええ、あります」

「幸せでしょう、そういう時って。優しくて温かな気持ちになりませんか」

「そうですね……本当に」

「何かに包まれているような」

「ええ」

「人を好きにならないよりは、たとえ報われなくても傷ついても、好きになったほうがいいような気がするのです。恋するって、さっきお園さんが仰ったように、かけがえのないことですもの」

お園は頷き、お久の手を握り返した。お久は「それにね」と付け足した。

「私、好きになった男の人が夫だけだったとしたら、きっと物足りない人生だったと思いますもの」

ぺろりと舌を出すお久に、お園は少々面食らいつつ、笑ってしまう。

「女はいくつになっても、ときめきが必要なんですよ」

お久はそう続け、辻斬りに遭ったという光彰のことも話した。お園の料理のおかげで、憶えが完全に蘇って来たのだろう。お久は話さずにはいられないようだった。

「あの方、芝居の台本を書いていたんですよ。そうそう、あの菊水丸って役者の芝居もよく書いていたようです」

菊水丸と聞いて、お園は「まあ」と目を見開いた。

「光彰さんは義経《よしつね》の話を書く予定で、やる気に満ちて、色々調べていましたよ。菊水丸さんは、光彰さんの台本で、静御前《しずかごぜん》を演じるのを楽しみにしていたといいます。その芝居、私も観たかったんですけれどね。残念です」

「そうだったんですか。実現したら評判になったでしょうに」

お久は大きく頷き、続けた。

「光彰さんには思い人もいたんですよ。私はお見掛けしたことはありませんが、息子は会ったことがあるらしくて、『可愛い人』と言っていました。光彰さんに連れられて、一度、店へいらしたようです。その娘さん、どうしているのでしょうね。元気でいてくれればよいのですが。……そういえば、光彰さん、こんなことを言ってましたよ。『静御前は、私の思い人の雰囲気を模して描くつもりなんです』って。『私の思い人は、菊水丸にもどことなく似ているんですよ。佇《たたず》まいや仕草なども』とも言ってましたね。女顔負けの美しい人気女形に似ているだなんて、まあ、惚気《のろけ》てましたよ。私ね、年甲斐もなく、その娘さんが羨ましかったです。妬《や》けてしまいました」

お久は、弱々しく微笑んだ。お園はお久の手を握りながら、話を聞いていた。

「光彰さんは、本当は御旗本の小納戸役の斎藤成彰《さいとうなりあき》様の御子息だったようです。次男だったとのことですが。未来のある、良い青年だったのに……本当に惜しまれます」

お久は大きな溜息をついた。お園はお久の細い背をそっとさすり、別の椀を差し出した。それを覗き込み、お久は瞬きをした。

「そろそろ、お米も召し上がったほうがよろしいかと思いまして」

椀には七分粥《しちぶがゆ》が盛られ、真ん中に梅干しが載っかり、〈真昼の月〉と同じく、刻んだ青物も鏤《ちりば》められている。青物とともに紫蘇《しそ》の花穂も散らされ、彩り豊かだった。

「今度は、月ではなく、お天道様を表してみたのです。〝大地の緑〟の青物には、ほうれん草を使ってみました。紫蘇の花穂は〝大地の花〟を、振り掛けた白胡麻は〝陽の光〟を表しています。ご存じのように梅干しはたいへん躰に良いものです。ほうれん草も胡麻も、力を与えてくれます。紫蘇もその名のとおり、躰を蘇らせます。またお米は主なる食べ物ですので、摂っていただかねば困ります。出汁は昆布で取りました。梅と昆布は合いますから。……お久さん、月の料理ばかりでなく、お天道様の料理も召し上がってください」

お久はお園の顔を見つめた。お園は頷き、匙を手渡した。

「きっと、必ず、お元気になると思います。お天道様を味わえば」

お久は匙を持ち、椀を暫く眺めていたが、ゆっくり掻き混ぜながら、粥を口にした。お園は慈愛に満ちた目で、お久を見守る。お久は無言のまま三口、四口食べ、ほうと息をついた。

「これもまた、美味しいねえ。お出汁が利いて、梅干しと胡麻の風味で食欲が進むよ。ほうれん草にもしっかり味がついてるねえ。これならいくらでも食べられそうだ」

「ほうれん草は細かく切って、胡麻油と醬油で軽く炒めたんです」

「嬉しいねえ。こんな料理まで考えてくれて。お天道様の味って、こんな感じなのかい。なるほど、お天道様に比べると、月はやはり薄味だね」

お久は匙を持つ手を休めずに言う。お園はやんわりと微笑んだ。

「月の料理が〝初恋の人〟を表しているなら、お天道様の料理は〝御亭主〟を表しているのかもしれません」

お久ははっとしたように手を止め、再びお園を見つめた。

「真昼に見えるものは、本当はお天道様なのですもの。それが何かの拍子に、たとえば周りの明るさの加減などで、不意に月が見えてしまうことがあるそうです。お久さんは光彰さんのことなどがあり、お躰も弱ってるせいもあって、何かの加減で今、昼の月が見えてしまっているのですよ」

お久はお園から目を逸らさず、黙って話を聞いている。

「でも、昼に見えるべきものは、本来はお天道様なのです。お久さん、貴女《あなた》にとってのお天道様は、お亡くなりになった御亭主の利蔵さんだったのではありませんか？共に人生、つまりは現実を御一緒に歩まれた」

お久は椀に目を移し、項垂《うなだ》れた。

「先ほど、御亭主との恋だけではつまらない人生だったと仰いましたが、利蔵さんと仲がよろしかったことは、利平さんからお伺いしております。利蔵さんはお久さんにとって、それは善い御亭主だったと思うのです。お天道様のような明るさで、お久さんを守ってくださったのではないでしょうか」

顔を伏せたまま、お久は頷く。お園はお久の肩に手を置いた。

「お久さん、贅沢ですよ、お天道様からもお月様からも思われたなんて」

お園をもう一度見つめるお久の目は、微かに潤んでいる。お久は唇を震わせた。

「お天道様……利蔵さんのことも、思い出してあげましょうよ。利蔵さんと育てた息子さんたちだって、大切にしてあげなければ。お久さんがお元気になることが、息子さん……利平さんたちを大切にするということですよ。心配させたら、可哀想ですもの」

「……そのとおりかもしれないね。お父さんには、確かに良くしてもらったよ。あの人のことだって、好いていたんだ。ときめきは少なかったかもしれないけれどね……でも」

声を掠れさせつつ、お久ははっきりと続けた。

「なんだかんだ言っても、私は、あの人と一緒になって良かったたって、思っていたよ。ずっとね」

お久の目から、涙が一滴、零《こぼ》れた。お園はお久の肩を優しくさすった。

「お久さん、早く元気になりましょう。利平さん、温泉に連れて行ってあげたいって仰ってましたよ。お天道様に見守られながら湯治なんて、贅沢ではありませんか。私、お久さんが羨ましいです。こんなに素敵な御家族がいらっしゃって」

お久は涙を指で擦り、再び粥を頬張る。

「冷めてしまいましたね」

「ううん。冷めても美味しいよ。味がしっかりついてるからね。ほうれん草ってこんなに美味しかったっけ。なんだか力が湧いてくるみたいだ。お園さんの料理は本当に凄いね」

「胡瓜は美味しいけれどほとんど水分で栄養はあまりありませんが、ほうれん草は栄養たっぷりですからね。思いきり召し上がってください」

「美味しいよ、本当に。……お天道様のもとでは、花も咲くんだね。紫蘇の花穂、ってても綺麗で、食べるのが楽しくなるよ。この料理はまるで、〈花園のお天道様〉、だね」

お園は穏やかな笑みを浮かべ、お久を見守っていた。

七

数日経って、利平が御礼を述べに、竹仙とともに再びお園のもとを訪れた。夕餉の刻で、店には八兵衛夫婦も居た。

「この度は本当にありがとうございました。月の料理だけでなく、お天道様の料理まで作ってくださるなんて。お園さんに諭されて、母、心を改めたみたいです。『心配させて悪かったね』と、躰を動かすよう努め始めました。『早く起き上がって、仏壇を拝みたい。お父さんに謝りたい』、と。いや、さすがは女将さんだ。料理で心根まで治してくださるなんて、言葉もないほどに感謝です」

利平はお園を拝むように手を合わせ、頭を下げる。お園は慌てて返した。

「いやだ、やめてください！　私はお久さんに元気を取り戻してほしい一心だけだったのですから」

「母、動けるようになったら、こちらのお店にもお伺いしたいと言ってました。必ず連れて参りますね」

よほどに安心したのだろう、利平は顔つきまで柔和になっている。八兵衛夫婦も、お園の活躍が嬉しいようだった。

「女将の取り柄は人の好さと料理よ。まあ、それゆえに客足が途絶えないんだろうけどな」

「心根まで治す料理人って、なんだかカッコいいわね」

「……身に余るお褒めのお言葉、ありがとうございます」

お園は照れくさそうに、ほうれん草の梅おかかあえを出した。躰に良く、酒にも合う料理に、皆の顔がほころぶ。

明かりが灯る店の中、皆で和んでいると、お里が二階から下りて来た。

「おや、お里ちゃん。こんばんは」

八兵衛が挨拶すると、お里は静かな声で「こんばんは」と返し、裏口をそそくさと出て行った。どうやら厠《かわや》に用のようだ。

「ねえ、話は変わるけど、菊様、すぐさま処罰かと思ったら、牢屋に入れられたままなのよね。供述があやふや過ぎて、処罰を申し渡せないんですって」

ほうれん草を頬張りながら、お波が昂《たかぶ》った声を出す。お園は腕組みをした。

「そうらしいわね。付け火は重罪だし、『すべて自分がやった』って自白してるのに処罰出来ないって、珍しいことみたい」

「捕まった時は現場にいたが、過去の付け火の時は舞台に立っていたというからな」

「つまりは菊水丸はどうやら嘘をついているようで、下手人は別にいるらしい、との見方が強まってきているそうですよ。その証拠ってのが〝火打ち金〟だとか」

「菊水丸は捕まった時、火を付ける道具を持っていなかったんだ。取り調べで、そのことを同心から詰問される度、『草むらに捨てた』とシラを切ってきたという。しかし草むらをいくら探しても、道具は見つからなかったそうだ。ところが、少し離れた場所で、使ったと見られる道具の、火打ち金と附木《つけぎ》が見つかった」

火を起こすには、火打ち石、火打ち金、火口、附木などが必要で、火打ち金には幾つかの銘柄があった。

「取り調べの同心たちは、そこで菊水丸に鎌を掛けてみたという。『道具が近くで見つかったが、ところで火打ち金は、どこの銘柄を使っていたんだ？』と。菊水丸は、少しの沈黙の後、顔色を変えずに『吉井《よしい》』と言った。吉井は、最も人気がある銘柄だからな。しかし、見つかった火打ち金は、別の〝升屋《ますや》〟のものだった」

「燃やした時に使った油の種類について問われても、間違ったそうですね。焦った下手人の手についた油が、火打ち金にも付いたようです。使われていたのは鯨の油でしたが、菊水丸は『鰯《いわし》の油』と答えたとのこと。ちなみに卯月、本所でツツジが燃えた時の油も、鯨のものだったそうです」

竹仙の坊主頭は、酒が廻って、仄かに桜色に染まっている。

「そんなふうに菊様の供述があやふや過ぎて、処罰出来ずに牢屋に入れられたままなのよね。菊様はちょっとは名の知られた人だから、処罰した後でもし無罪だったなんてことになって騒がれでもしたら、火盗改方も責任を取らなくてはいけないハメになるものね。ああ、菊様が無事で良かった。早く真の下手人が捕まらないかしら」

お波が小鼻を膨らませる。お園が訊ねた。

「菊水丸が居た一座は、どうしているの？」

「それが捕まったことが逆に宣伝になって、客が前以上に押し掛けているらしいぜ。火盗改方のやつらは一座を江戸から追い出したいだろうが、色々調べることもあって、今のところは居座っているのに目を瞑っているようだ」

「文太さんに聞きましたけれどね、白萩座の人たちも口が堅いようですよ。なんでも座長に色々聞き出そうとしたら、ぶすっとした顔で『話すことはありませんよ。あたしたちは菊水丸のことを信じてますからね。ただ帰りを待っているだけでさあ』と言うばかりで、食い下がったら、水をぶっかけられたそうです。瓦版の仕事もたいへんなんですねえ」

竹仙が眉を掻く。八兵衛は腕を組み、唸った。

「これも文太が言ってたけどよ、菊水丸ってのも優男のわりに、なかなか強情な野郎のようだぜ。拷問《ごうもん》にかけて『貴様のその綺麗なツラ、二目と見られないようにしてやろうか。それが嫌なら正直なことを話せ！』と脅かしたら、にやりと笑って、『どうなったっていいぜ、こんなツラ』って答えたとよ。女形とは思えぬような凄《すご》みがあって、火盗改方の連中も気味悪がってるらしい」

皆、ごくりと喉を鳴らす。

「でも……菊水丸が身代わりで捕まったとして、いったい誰を庇《かば》っているのだろう」

「それは、惚れた女か、はたまた男か、どちらでしょうねえ」

お波が耳を塞ぐ。

「もう、嫌！　菊様を勝手に貶《おとし》めないで！　浮いた噂もなくて、真面目に芸に励んでいたって話よ？」

「なに、お波さんには申し訳ありませんが、役者の裏側なんてのは、まったくもって分かりませんよ。ははは」

お波が思わず竹仙の坊主頭をぶとうとし、八兵衛がさりげなく恋女房の手を止めた。

その時、お園は気づいた。厠から戻って来たお里が、裏戸のところで血の気が失せた顔で身を強張らせていたのだ。目も焦点が合わず、宙を泳いでいる。今にも倒れそうなその姿に、お園は心配になり、駆け寄ろうとした。するとお里は足音も立てずに、素早く二階に上がっていってしまった。

——お里ちゃんは付け火の話になると、どうしてあんなに動揺するんだろう。いったい何を意味しているんだろう。

お園の心に、疑念が込み上げる。八兵衛たちはお里に気づかなかったようで、酔いに任せて噂話に興じていた。

八

数日後、買出しから店に戻ると、八兵衛とお波が青い顔で狼狽えていた。

「す、すまねえ！　ちょっと目を離した隙に、お里ちゃんがどこかいっちまったみてえなんだ」

「女将、ごめんね。私たちまったく気づかなくて、足音一つ立てずに裏口から出ていっちゃったようだ。さっき二階に行ってみたら、もぬけの殻だ」

「どこへ行ったのかしら？　湯屋かも？」

お園は酷く不安になり、何か嫌な予感がして堪らなかった。急いで二階に上がり、持ち物を探ってみた。

不審なものなどは一切なかったが、押し花を見つけた。楚々とした薄紫色の花で、まるでお里のようだった。

「ちょっと探してきます。留守番お願いね」

お園は慌てて飛び出し、町を駆けた。湯屋や稲荷など、お里が行きそうなところはすべて回ってみた。しかし、お里は見つからず、途方に暮れた。世間知らずのお里が心配で堪らない。捜し回りながら、お園の心に絶えず不安が込み上げた。それは、「お里が付け火に関わっているのではないか」という恐ろしい疑いであった。

——菊水丸が捕まってから、お里ちゃんの様子がおかしくなったのは、確かだ。それに……菊水丸が捕まった時も、お里ちゃんは外に出ていたんだ。私が気づかぬうちにスッと出て行って、帰って来た時も変だった。顔色が異様に悪くて、今にも倒れそうだったっけ。私が心配して声を掛けても、お里ちゃんは何も言わずにフラフラしながら二階へ上がってしまった。私の言葉など、聞こえていないかのようだった。

お園が付け火のことを話題にすると、お里は必ず顔色を変え、ソワソワとし始め、気分が悪くなるのだった。

——お里ちゃんが店の前で倒れていたのだって、卯月の付け火があった翌日のことだった。付け火をした後、逃げて、朦朧《もうろう》としながら彷徨っていたとも考えられるではないか……。

そんな怖い考えを追い払うように、お園は首を振った。

——あんなに愛らしいお里ちゃんが、付け火に関わっているなんて、そんなことあるわけがない。ただの勘違いだ。いや、違う。お里ちゃんは火を付けられたほうなんだ。付け火の犠牲になりそうだったところを、慌てて逃げて助かった。その衝撃が大きくて、付け火と聞くと、酷く動揺してしまうんだ。そうよ、そのほうが辻褄が合うじゃない。それに、捕まった菊水丸が一連の付け火はすべて自分がやったと自白しているのだもの。

暑さも日増しに厳しくなってきており、お園は汗だくになった。

——お里ちゃん、お願い、無事でいて。

心の中で祈りながら、お園は日が暮れるまで捜し回った。諦めが生じて泣きそうになった時、お里が両国廣小路を渡ってこちらのほうへ戻って来るところを見つけた。お里は茫然とした様子で歩いていたが、お園が声を掛けると、我に返ったようだった。

「よかった！　帰りが遅いから、心配していたのよ」

「……申し訳ありませんでした」

項垂れるお里を励ますように、お園は微笑み掛けた。あまり深く訊ねるとお里を刺激してしまうだろうから、よけいなことは口にせずに、その小さな背中をそっとさする。

お里の様子を窺いながら、お園は思った。

――両国橋を渡ってこちらに来たということは、深川のほうに行っていたのかな。いったい深川で何をしていたのだろう。

月が煌々と照る中、二人は歩を進めた。お園の躰は、汗でびっしょり濡れていた。


その夜、店を閉めた後、お園はお里を傷つけぬよう言葉を選んで諭した。

「お里ちゃん、外を出歩くなと言わないけれど、こういう御時世だから無防備にふらつくのはよくないわ。物騒なことが色々起きているでしょう？　恐ろしいことに、いつ巻き込まれるとも分からないわ。だから早く帰って来てね」

「はい。御迷惑お掛けしました」

お里は深々と頭を下げ、ひたすら謝った。お園はお里の顔色を窺いながら、努めて明るく穏やかな声で、さりげなく訊ねた。

「深川に行っていたの？　富岡八幡宮《とみおかはちまんぐう》とか？」

お里は少しの沈黙の後、答えた。

「はい……どこかの町を歩けば、何か思い出せるかと思ったんです。風景を見たりしているうちに、何かに気づくかも、って。自分の育った場所とか」

「そう。……そういうことも必要ね。でも、やっぱり心配だわ。出掛ける時はどこへ行くか告げて、早く帰って来なさい」

お園は念を押した。

お園は南瓜と空豆を甘く柔らかく煮て、お里に出した。お里は食欲が無いのか箸をつけずにいたが、お園に、「ちゃんと食べなくちゃ元気にならないわ」と言われ、口にした。

「……ほっこりして美味しい」

南瓜と空豆の煮物を口にして、お里は目を細めた。その微かな笑みが、お園の胸を熱くさせる。

「甘味があるもの、好きなのね」

「はい、大好きです。南瓜も薩摩芋も」

「私も好きよ。女は皆、好きよね。そう言えば、とっても美味しい鶯餅を出す店を見つけたの。今度、連れて行ってあげるね。この南瓜も空豆も、そのお店の人たちにいただいたのよ」

「楽しみです」

消え入りそうな声で、お里は言った。

お里を寝かせると、お園は下におりて、再び月の料理を作り始めた。斎藤光彰を偲《しの》ぶためだ。光彰と面識はなかったが、お久の話から、辻斬りに遭い、夢半ばに逝《い》ってしまった若人が痛ましく思えたからだ。

お里を捜し回って疲労していたが、お盆も近いので、お園はせめてお供えをしたいと思った。

お盆には「精霊馬」として欠かせぬ食べ物である、茄子と胡瓜を使うことにする。茄子と胡瓜を細かく刻み、とろろに落とした鶉の卵を囲むように、振り掛ける。茄子と胡瓜の色合いで、昼の月にも、宵の月にも見えた。茄子も胡瓜もまた、向嶋のお久の生家からいただいたものだ。

すると、そこへ吉之進が手土産を持って、ふらりとやって来た。

「女将にはいつも世話になっているからな」

吉之進はお園に煎餅を渡した。

「まあ、素敵な紙で包んであるのね。江戸小紋の千代紙。色もいいわねえ、千草色。〈唐木屋《からきや》〉さんのお煎餅でしょう。人気あるんですってね。有難くいただきます。お里ちゃんも喜ぶわ、こんな綺麗なお煎餅」

お園は満面の笑みで、包みを抱き締める。何よりも吉之進の心遣いが嬉しかった。

吉之進に酒を出し、お園は光彰のことを話した。菊水丸の芝居を書いていたこと、小納戸役の息子だったこと、などを。

吉之進は酒を啜りながら、言った。

「小納戸役の斎藤とは、名前を耳にしたことがある。おそらく遣り手。西ノ丸派の一員だろう」

お園は吉之進にも、〈真昼の月〉を出した。とろろと卵と胡瓜がまろやかに蕩け合った味わいに、吉之進は舌鼓を打った。

お園はお供え用に、寒梅粉《かんばいこ》を使って小さな落雁《らくがん》も作っており、もらった煎餅とともに、それも吉之進に出した。落雁を摘《つま》み、吉之進は思い出したように言った。

「そういえば、庄蔵殿と親しくしていた夜鷹がこんなことを話していたな。その女は落雁が好きで、『落雁を好きなだけ食べられる暮らしがしたいなあ。落雁は大奥の女たちにも人気だってね』と言ったら、庄蔵殿は顔を酷く顰めて、唾を吐いたらしい。『俺はああいう女たちは大嫌いだ。虫唾《むしず》が走る』とまで言って、むすっとして何も喋らなくなってしまったそうだ。その顔がなんだか怖くて、大奥の女を憎んでいるようにさえ見えたと」

「なるほどねえ。庄蔵さん、まさか大奥と何か関わりがあるなんてことはないわよね」

「え？」

「いや、憎んでいるように見えるなんて、ただごとではないような気がしたの」

「ふむ……」

吉之進は腕を組み、言った。

「なるほど、その線で調べてみると、また庄蔵殿のことが分かるかもしれないな。女将、ありがとう」

「いえいえ、私の勘違いかもしれないし。落雁、美味しくて私も好きだけれど」

「確かに、女には好まれる味だろうな。……どうだ女将、そろそろ一緒に呑もう」

吉之進に誘われ、お園は頬をほんのり染めつつ、隣に座る。注いでもらった酒を呑み、お園はほうっと息をついた。

「庄蔵さんのところ、時折訪ねているのでしょう？　じゃあ、庄蔵さんのこと、おおよそ摑めてきたんじゃない？」

「やつは己のことはほとんど喋らぬ。剣術については少しは語るけどな。まあ、己のことを話したくない気持ちは、俺にも分かるので、無理には訊ねたくはない。庄蔵殿が自ずと話す気になるまで、打ち解けられればよいが。それに……」

吉之進はふと言葉を切った。

「何、どうしたの？」

「いや、庄蔵殿は、やはりどことなく、俺を避けているようにも思えるんだ。三日ほど前にも訪ねたが、『多忙だから』と門前払いを食らわせられた」

「そうなの……。もしや庄蔵さん、吉さんが自分のことを探っているって気づいたのかしら」

「うむ。まあ、己のことを探られて嬉しい者など、あまりいないだろうからな。俺も、気取られぬようにはしているのだが」

吉之進は溜息を一つつき、また酒を啜った。

「探っていて分かったが、庄蔵殿が江戸を離れたのは、俺が江戸を離れた一年ほど後なんだ」

「今から四年ぐらい前ね」

「そうだ。だが、黒柾殿のところにお世話になったのは、庄蔵殿のほうが先だ。そして庄蔵殿は、一年半ぐらい前に江戸に戻った」

「お師匠様のところにいた時期は、ずれているのね」

「うむ、俺が黒柾殿と出会った頃には、庄蔵殿は既に江戸に帰って来ていただろう」

「……もし、大奥がらみのことで何かがあって、それに庄蔵さんが噛んでいるとして、それは吉さんが江戸を離れた後に起きているわよね。だって吉さんが奉行所に勤めている時に何か起きれば、自ずと耳に入ってくるでしょう？」

「俺が知らないということは、そうだな。俺が江戸を去ってから、庄蔵殿も江戸を離れるまで、その一年ぐらいの間に、何かが起きたのかもしれぬ」

吉之進は手に取った落雁をじっと見つめ、齧った。お園も、煎餅の包みを開け、頬張った。

「美味しい！　さすが人気のお煎餅ね。納得だわ」

「そう言えば、件《くだん》の夜鷹も話していたな。庄蔵殿は煎餅が好きで、懐に入れてよく齧っていた、と。夜鷹も、もらったことがあったらしい。懐に入れていたから、庄蔵殿の肌の温もりが感じられて一段と旨かった、と」

「庄蔵さんって、やはり食べ物に拘《こだわ》る人ね。よほど体力を使っているのかしら。よく食べる」

「……もしかしたら、あまり裕福な育ちではなかったのかもしれない。煎餅は好物だったが、手作りのものでしか腹を満たせず、大人になった今でも、このような煎餅を癖のように齧ってしまうのではないだろうか。今も、常に飢えを感じているのかもしれない」

「ああ、なるほど。私は庄蔵さんに会ったことはないけれど、吉さんの話を聞くに、どこか飢え……というか渇きを感じる人ね」

「渇き、か。うむ、そうだな」

吉之進はふと、お園の手元を見つめた。話しながら、お園は煎餅を包んでいた紙で、鶴を折っていたのだ。吉之進は手を伸ばし、その折り鶴を摘んだ。

「女将が作ったものならば、探索の御守りになるかもしれぬ。もらっていこう」

笑みつつ、吉之進は懐から三徳を取り出し、折り鶴を忍ばせた。

「やだ、そんな、御守りだなんて……恥ずかしいわ」

そう言いながらもお園は嬉しくて、頬がいっそう色づく。吉之進は三徳を懐へ戻し、お園に注いでもらった酒をぐっと呑み干した。

四品目　甘酒の匂い

一

「号外！　号外！　またもや付け火だ！」

文太の叫び声が聞こえ、お園は耳を疑った。慌てて文太を引き止め、問い質《ただ》す。

「文ちゃん、どういうこと？」

「どうもこうも、このざまだあ！」

なんと菊水丸が捕まったにも拘《かか》わらず、文月《ふみつき》の三日、本所は押上村《おしあげむら》の草むらで再び付け火が起きた。

下手人の菊水丸が捕まっているので、一連の付け火とは同一犯ではないとも思われるが、手口がとても似ていたため、江戸の人々は不安に駆られている。人気《ひとけ》がないところで、わざと小火《ぼや》で済むように起こしていることも、酷似《こくじ》していた。

お園に、また疑う心が込み上げた。その日のその時刻に、お里が外に出ていたかどうか、お園は実は分かっていない。お里は店からではなく、裏口からすっと出て行ってしまうこともあるからだ。お園は店が忙しいと、お里から目を離してしまうこともあった。

しかし、お園は目にしていた。事が起こったとされる夜、片づけをしに下りて来たお里の顔が酷く青白く、目も虚ろだったことを。

お園はお里にあまり出歩かないよう注意したかったが、閉じ込めておくわけにもいかないので、結局、言えずにいた。

お園は、吉之進そして八兵衛に、お里のことを相談した。

「私の思い違いだとは思うけれど、万が一、お里ちゃんが付け火に関係しているとしたら、どうしたらいいのかしら」、と。

二人とも、「下手《へた》に問い詰めると自棄《やけ》を起こしたりするかもしれないから、事を荒立てず、慎重に見守ったほうがよい」との意見で、お園も今はそれが尤《もっと》もだろうと思った。

そして文月も下旬の或る日、そのお里は湯屋の帰り、晴れやか稲荷へと参っていた。残暑が厳しい頃でも木陰など涼しく、落ち着くので、お里は時折この稲荷を訪れる。よい気分転換になるのだ。

この頃お園が「早く帰っておいで」とうるさいので、お里は店が忙しい頃を見計らって、今日も黙って裏口からそっと出て来てしまった。

お里は青空を見上げ、軽く伸びをした。一時、酷く痩せてしまったお里であったが、お園の情のこもった料理のおかげで、この頃は前よりは元気になってきていた。蟬《せみ》が頻《しき》りに鳴いている境内《けいだい》、お里は木陰に腰掛け、読本を広げた。お園にもらう小遣いは、お里は殆《ほとん》ど読本や草双紙に当てていた。物語を読むことが好きだからだ。お園はお里が無断で出て行かぬよう、小遣いは僅かしか渡さなかった。それでもお里にはじゅうぶんで、お園に感謝していた。

木陰で涼みながら、滝沢馬琴《たきざわばきん》の『南総里見八犬伝《なんそうさとみはっけんでん》』を夢中で読んでいると、お里の前に影が立ち塞がった。目を上げると、見知らぬ男が自分を見下ろしていた。

お里は急に恐ろしくなり逃げようとしたが、男は「訊きたいことがある」とお里の腕を摑んだ。お里は悲鳴を上げ、躰を激しく揺さぶって男を振り払い、駆けた。男は追い掛けて来る。

「きゃあああっ」

お里は、階段の途中で足を滑らせた。

「お里ちゃん、いったいどうしたの！」

女に支えられて帰って来たお里を見て、お園は驚きの声を上げた。お里は青ざめながら、小さな声で答えた。

「よろけて、稲荷の階段から落ちてしまったところを、この方に助けていただいたのです」

「まあ、そうだったんですか。お里を助けてくださって、本当にありがとうございました。御迷惑をお掛けして、すみません」

お園は女に、深々と頭を下げた。

「いえ……。歩けるようなので、骨を折ったわけではないと思います。少し捻ったぐらいでしょう。大事に至らなくて、よかったです。では……」

女はうつむき加減でぼそぼそと話し、直ぐさま立ち去ろうとした。

「あ、お待ちください！　何もございませんが、西瓜《すいか》を冷やしておりましたので、お召し上がりになっていらっしゃいませんか」

お園は女を慌てて引き止めようとする。しかし女は、無愛想に返した。

「いえ、急いでおりますので、これで」

女は一礼し、戸を開け、忙しく外に出た。お園は追い掛けていき、訊ねた。

「あの、お名前だけでも、お聞かせいただけませんか」

「妙《たえ》……と申します」

お妙という女はお里よりも声が小さく、決して目を合わせようとしない。お妙は、ぼそぼそと付け加えた。

「さっきの娘さん、早く手当てしてあげてください」

そして足早に去っていった。

お園は尤もだと思い、急いで引き返し、お里の手当てをした。足首の辺りに青痣《あおあざ》が出来ていたが、お妙が言ったように少し捻ったぐらいのようだった。

「痛くない、お里ちゃん？　一応、お医者さんに診てもらう？」

お園はお里の足に、丁寧に膏薬《こうやく》を塗ってやった。

「大丈夫です。階段から落ちたことに驚いただけで、それほど痛くありませんから」

「我慢しないでね。もし痛みが押し寄せてきたら、直ぐに言いなさい。お医者を呼んでくるからね。……でも、いったいどうして滑ったりしたの？　踏み違えたの？」

「え……ええ、そうです」

お里の顔色がより青ざめたことを、お園は見逃さなかった。

「まだ暑いから、ふらふらしちゃったのね。今日はもう二階でゆっくりしていなさい。足が治るまでは、とうぶん出歩いては駄目よ。湯屋も少しの間、お預けね。濡れた手ぬぐいを渡すから、それで躰を拭きなさい。それだけでも汚れは取れるからね」

「はい……。いつも申し訳ありません」

お里の目が潤んでいるように見え、お園は優しく肩を撫でた。

「さっきの女の人、知っている人？」

「いえ、初めてお会いする方でした」

「そう。どことなく暗い様子だったけれど、お里ちゃんのことを助けてくれたのだから、いい人なのでしょう」

お妙の翳《かげ》りのある眼差しが、お園は妙に気に掛かっていた。

お園はお里を抱え、二階へと連れて行き、布団に寝かせた。

「あとで西瓜を持って来るわね。お里ちゃん、好きでしょう」

「ありがとうございます」

お里は弱々しく頷き、目を瞑った。階段を下りながら、お園は勘を働かせた。

――お里ちゃん、何か隠しているわ。

お園には懸念もあった。

――ひと頃に比べてこのところ落ち着いてきていたのに、また不安定になられたらどうしよう。

それゆえ、とうぶんの間は外出を禁止することを言い渡したのだ。

店へ戻ると直ぐ、戸が開き、酒屋の善三《ぜんぞう》が「こんちは!」と顔を出した。

「あら善《ぜん》ちゃん、お疲れさま。あ、でも、ごめんね。今日は注文はいいわ」

この善三は酒屋の手代で、お園の店にいつも酒を届けてくれるのだ。

「いいえいえ、御用聞きに来たわけじゃあ、ありませんや。さっき、お妙さんがお里ちゃんを支えてこちらに入るところを見掛けやしてね。何かあったのかと思いやして」

「あら、善ちゃん、お妙さんのこと知っているの?」

お妙のことが気掛かりだったお園は、身を乗り出した。

「ええ、知っているんです。神田《かんだ》は雉子町《きじちよう》の長屋に一人で暮らしている、三十路《みそじ》女で。いえね、その長屋の大家のところにたまに酒を届けに行くんですが、ちょうど大家のおかみさんがお妙さんを怒っているところに出くわしたことがありやして。それで印象に残っているんですよ」

「お妙さんは、なんで怒られていたの?」

お園は訊ねながら、さりげなく善三に麦茶を出す。善三は「ありがとうございやす」と嬉しそうな顔で床几に腰掛け、ごくごくと喉を鳴らして飲んだ。

「いえ、詳しくは分からなかったんですけど、おかみさん、『挨拶の声が小さい』、『もっとはっきり喋りなさい』とかなんとか言っていたな。ほかにも、『井戸さらいの時もグズグズして、ほかの人たちより働かなかった』、『その後の七夕《たなばた》の集まりにも来なかった』とか。なんだか難癖《なんくせ》つけているようにも見えやしたけどね。お妙さん、長屋の皆にも、あんまり好かれているようではなかったなあ」

文月七日は年に一度の井戸さらいで、長屋総出で井戸の大掃除をする。その後の集まりも疎《おろそ》かにするとは、お妙は長屋の皆とあまり打ち解けていないようだ。お妙は駿《する》河町《がちょう》の呉服所で針子の仕事をしているとのことだった。駿河町はことそれほど離れていない。

「なるほど。ありがとうね、色々教えてくれて。住んでいる処も分かったから、おかげで、お妙さんにちゃんと御礼が出来るわ」

お園が礼を言うと、善三は顔をくしゃっとさせて無邪気に喜んだ。

「いえ、女将さんのお役に立てて、こちらこそ嬉しいです！　また何かあったら、なんでも言ってくだせえ」

「心強いわ。……でも、なんだか気の毒ね。お妙さん、確かにちょっと暗い様子だけれど、根はいい人と思うけどな」

「ええ、悪い人では決してないと思いやす。あの小さな躰で、お里ちゃんのことしっかり支えてあげてたし。きっと、不器用なんでしょうね。気持ちを表に出すのが苦手なんじゃねえかな」

「そうね……誤解されちゃうのね、周りに」

善三は麦茶の礼を言い、床几を立った。

「いやあ、まことに美味かったです！　生き返りやした。じゃあ、配達が残ってますんで、あっしはこれで」

丁寧に頭を下げ、出て行こうとした善三に、お園は声を掛けた。

「またゆっくり来てね。今度は御馳走させて」

善三は振り返り、「はい、必ず来やす！」と満面の笑みで威勢良く言った。

この善三、実はお園にほの字なのだ。しかしお園のほうは、二つ年下で幼く見える善三を、男としてはまったく意識しておらず、弟のように思っていた。

翌日、お園は手土産を持ち、お妙の住む神田雉子町の長屋へと向かった。暮れ六つには仕事から戻るだろうと、その頃を見計らって行く。

店とお里は、またも八兵衛夫婦に頼んだ。二人とも快く引き受けてくれるから、本当に有難く思う。

お里は顔色はまだ優れないが、取り乱してはおらず、落ち着いていた。

——家の中でじっとしていれば、取り敢えず安全だ。怪我の本当の原因は、もう少ししてから、さりげなく訊いてみよう。もしかしたら、自分から話すかもしれないし。

お園は風呂敷包みを抱え、まだ明るい町を歩いていく。

「あら、女将さん！」

竜閑橋《りゅうかんばし》の辺りで愛らしい声が聞こえ、振り返ると、お梅が男と一緒に立っていた。

「お梅さん、お元気そう」

「女将さんも。ごめんなさいね、最近、御無沙汰してて」


お梅は駆け寄って来て、お園に目配せした。化粧も丁寧に施し、やけに艶っぽい。

「今度、あいつに連れて行ってもらうから」

声を潜めて含み笑いをするお梅に、お園も思わず小声になる。

「あら、あの人が、件《くだん》の熊さん？」

「違う、違う。あれはお猿よ」

そう言われてみれば、男はどことなく猿に似ていた。

「え？　じゃあ熊さんはどうなったの？」

お梅はまたも「ふふふ」と含み笑いで、答えた。

「熊は熊で、よろしくやってるわ。まあ、今は猿と熊、両方飼ってるってとこかな」

「まあっ、二股掛けてるってこと？」

お梅の奔放《ほんぽう》さに、お園が驚きの声を上げる。お梅は「しっ」と、指を唇に当てた。

「女将さんのおかげで、男は顔じゃないって分かったら、好みの範囲が広がっちゃってさ！　猿も熊も、楽しみながら育ててるってわけ。男を料理するってのも、乙なもんね。教えてくれて、ホントにありがとう。あ、今から的屋《まとや》に遊びに行くんだ」

嬉しそうに捲《まく》し立てるお梅に、お園は頷くばかりだ。お梅は言うだけ言うと、「またね！」と、男と腕を組んで行ってしまった。

二人の後ろ姿を見送りながら、お園は呆れたような、羨ましいような思いで、呟いた。

「懲《こ》りないわねえ、さすがお梅さん」

少々複雑な気分であったが、すっかり明るさの戻ったお梅を見て、安心したことは間違いなかった。

雉子町に入ると、お妙が住む長屋は直ぐに見つかった。お園の突然の訪問にお妙は驚き、躊躇《ためら》いの色を見せた。

「厚かましいことをしてしまって、申し訳ありません。身内の者が御厄介になりましたので、どうしても御礼をさせていただきたく、お伺いいたしました」

お園はそう言って、頭を深々と下げた。お妙は相変わらず小さな声で、訊ねた。

「どうして、ここがお分かりになったのですか？」

「はい。知り合いの酒屋の手代さんが、お妙さんのことをご存じだったのです。その手代さん、お妙さんがお里を抱えて連れてきてくださったところを、見ていらしたんですよ。お店に来てそのことをお話しになったので、お妙さんはどこら辺にお住まいなのかなど、差し出がましくも色々お伺いしてしまったという訳です。御無礼、どうぞお許しくださいね。それで……これ、よろしければお受け取りいただけますか」

お園は風呂敷包みを、お妙に渡した。

「そんな……こちらこそ申し訳ないです」

「私、料理屋をやっておりますでしょう。だから、このようなものを作るしか能がないのです。昨日、西瓜をお召し上がりいただけなかったので、西瓜の実で寒天、残った皮できんぴらとお漬物を作って参りました。お口に合わないようでしたら、お捨てになるか、そこら辺の犬にでもあげてください」

「そんな……いただきます」

お妙は小さいがはっきりとした声で答え、お園を見た。先程までは眼差しを逸らしていたお妙と目が合い、お園は嬉しかった。

「赤い実を使った寒天には、蜂蜜《はちみつ》も少々混ぜましたので、甘味も増しております。味わってみてください」

「西瓜の寒天って、初めていただきます。……西瓜の皮できんぴらと漬物というのも、珍しいですね」

「ええ、手前味噌ですが、なかなか美味しいですよ。皮といいましても、一番外皮はもちろん剝きます。赤い実の部分と、硬い外皮を取り除いた、薄い緑色の部分ですね。それを適度な大きさに切って、胡麻油で炒めて、醬油と味醂で味付けをしましたのが、きんぴら。お漬物は、適度な大きさに切ったそれを、酢と醬油と山葵《わさび》を併せたものに一日ほど漬けました。山葵がぴりりと利いて、御飯が進みますよ。是非、お召し上がりになってみてください」

「なんだか、聞いているだけで美味しそうです……」

お園はにっこりと微笑んだ。

「西瓜の皮だって、工夫次第で立派なおかずになりますからね。目立たない、捨てられてしまうようなところこそ、実は美味しいものなんですよ。魚のアラもそうでしょう」

「確かに……そうですね」

「突然押し掛けたばかりか、なんだか偉そうなことまで申し上げてしまい、失礼しました。では、これで。本当にありがとうございました」

お園は再び丁寧に礼をした。頭を上げた時、部屋の中にそっと目をやると、真っ白な百合《ゆり》が一輪飾られていた。その清らかな美しさが、やけにお園の胸に残った。


「ちょっとあんた、お妙さんの知り合いかい？」

帰り際、お園は長屋のおかみさんたちに声を掛けられた。

「いえ、知り合いというほどでも……或ることでお世話になりまして、御礼を申し上げにお伺いしたのですが」

「ふうん」

おかみさんたちは不躾《ぶしつけ》に、お園をじろじろと眺め回す。お園はいたたまれず、強い口調で訊ねた。

「あの、何か御用でしょうか？」

おかみさんたちは顔を見合わせ、一人が口火を切った。

「お妙さんにさ、忠告してやってくれないかい？　あの人、付き合いが悪くて、ここで浮いちまってるんだ。せめて挨拶ぐらいはきちんとしてほしいんだよ」

「そうそう。あの人、嫌な感じでさあ。辛気くさいっていうか、何考えてるんだか分からないっていうかさ」

「私たちもどうやって接していいか分からないんだよ。お妙さんのせいで、和が乱れちまうんだ。ねえ、びしっと言ってやってよ」

口々に言われ、お園は少々たじろぐ。

「え、でも、私、本当にお妙さんとそれほど親しくはありませんので。びしっと言うなんてことは、そんな」

お園が困っていると、また女が一人現れた。五十路は越えているだろうが、紺絣《こんがすり》を粋に着こなしている。

「あら、大家さん」

おかみさんたちが女に声を掛けた。大家であるその女は、皆を見回し、低い声を響かせた。

「ここじゃなんだから、うちに来ないかい？　貴女《あなた》も時間があるなら、寄っていってください」

大家は有無を言わさぬ切れ長の目で、お園を見据えた。

行き掛かり上やむを得ず、お園も大家のところへお邪魔することになった。大家はタキという名で、夫の繁松《しげまつ》は近くの木戸番小屋へ碁を打ちに行っているとのことだった。おかみさん連中も皆ついて来て、夕暮れというのに呑気なものだと、お園は少々呆れた。

「お妙さんのことは、皆が話していたとおりです。あの人が孤立してしまっているから、長屋全体がぎくしゃくして、困っているんですよ」

タキは姿勢良くお茶を啜り、言った。

「それでね、お園さん。貴女に仲裁役をお願いしたいんです」

突然頼まれ、お園は噎《む》せそうになった。

「わ、私がですか？」

「そう、貴女。なに、このような仲裁役というのは、この長屋などに関係のない、部外者のほうがいいんですよ。お妙さんにさりげなく忠告してもらえませんか。もっと皆と打ち解け合い、仲良くするように、と」

「でも、私、本当にお妙さんとそれほど親しいわけではなくて……」

「じゃあ、どうして家を訪ねたりしたのさ」

おかみさんの一人に突っ込まれ、お園は一瞬黙ってしまったが、気を取り直して答えた。

「それはですね、先ほども申し上げたように、身内の者が御厄介になりまして」

「どう御厄介になったっていうのさ」

「ええ、稲荷の階段から落ちて足を痛《いた》めたところを、お妙さんに助けていただいたのです」

「へえ。お妙さんが」

おかみさんたちが、おとなしくなる。お園は続けた。

「だから、お妙さんだって、いいところはあるのだと思います。ただ、人見知りなさるのではないでしょうか。人と上手に付き合えないと申しますか」

タキは溜息をついた。

「そりゃ私たちだって、お妙さんを悪人だなんて思ってはいませんよ。仰るように、優しいところもありますでしょう。だからね、そういう良いところを、もっと私たちにも見せてほしいのですよ」

おかみさんたちも同意し、大きく頷く。タキは続けた。

「お妙さんはおとなしい上に、謎めいたところがあるから、浮いてしまうんですよ。

妙にコソコソしているというか、隠し事があるというか。私ら大家ってのは親も同然ですからね、何かあるなら正直に言ってほしいのに、訊ねても決して話してくれないのです。それでカッと来て、怒っちまったりしたから、よけいに心を閉ざしてしまったみたいでね。もっと素直に甘えてほしいんですけどねえ」

タキは確かに厳しそうではあるが、温かみも感じられた。タキはお妙のことを真に気に掛けているのだと、お園は察した。

「まあ、お妙さんも気の毒な人なんだよね。三年ぐらい前に亭主に去られてさ、お母さんと一緒に暮らしていたんだけれど、去年そのお母さんも亡くなってね。それからますます内気になっちまった」

おかみさんの一人が、煎餅をばりばり齧りながら、教えてくれる。お園は瞬きを繰り返した。

「寂しいんでしょうね……お妙さん」

「大切な人を二人も失っちまったからね。亭主ってのはさ、子供がなかなか出来ないっていうだけで、ほかに女作って逃げちまったんだ。お母さんはずっと病気がちで、お妙さん、熱心に看病していたんだけれどね」

「お母さんが亡くなってからだね。月に一度か二度、小麦粉を使って、なにか饅頭《まんじゅう》のようなものを多く作って、それを持って密かに出掛けて行くようになったのは」

「お饅頭ですか？」

「うん。それを作る時、甘酒を使っているみたいで、甘酒のよい匂いが漂って来るんだ」

「酒饅頭でも作っているのかしら」

「どうだろうね。ちょっと覗いてみたら、もっと平べったかったな。たくさん作ってるみたいだから、少しぐらい分けてくれてもいいのにさ、分けてくれたためしがないんだ。それも癪《しやく》でさ」

「そうそう、けちんぼだよね。あれだけ作ったら少しは分けるもんだよ、普通は。甘酒の匂いが堪らないってのにさ」

「そういうところもなんだか腹が立つんだよね。あたしたちなんていっつも分け合ってるし、大家さんだって気前良く御馳走してくれるってのにさあ」

煎餅片手に姦《かしま》しいおかみさん連中を尻目に、お園は心の中で呟いた。

——食べ物の恨みは恐ろしいってのは本当ね。くわばら、くわばら。

お園は軽く咳払いをし、話の向きを変えるようなことを訊ねてみた。

「それで、そのお饅頭のようなものを持って、お妙さんはどこへ行っているのですか？」

「それが分からないんだよ。訊いても答えないし、かと言って別に後を尾けるほどのことでもないしね」

「仕事が休みの時に行ってるね。毎月、一日、十五日。周りを窺いながら、こそこそ抜け出していくんだ。長屋のみんな、あの人が甘酒の匂いがする食いもん持ってどこか行ってるって知ってるのにね」

　おかみさん連中が鼻白む。タキは襟を正し、再びお園に告げた。

「こんなふうに皆、少なからずお妙さんに文句があるんですよ。物は分け合わない、隠し事をする、挨拶は適当、掃除も適当、集まりに出ない、では、うちの長屋では問題になって然《しか》るべきです。お園さん、どうかお妙さんを諭してやってください。それがお妙さんのためでもあるのですから」

　目上のタキに頭を下げられ、お園は少し考えた後、答えた。

「承知しました。皆さんの御意見、さりげなくお妙さんに告げ、改めるよう言ってみます」

　お園が仲裁役を引き受けたのは、お妙になるべく問題を起こさず、長屋で暮らしてほしかったからだ。

皆の話を聞いて、お妙が寂しい思いをしていたということを知り、お園は放っておけなかった。亭主に去られたということも自分と重なり、身につまされた。

——話をしてみれば、大家のタキさんもおかみさん連中も、決して悪い人たちではない。ならばお妙さんにはもっと心を開いてもらって、皆と仲良くしてほしい。そうすれば長屋で暮らしやすくなり、お妙さんのためにもなる。

お園はそう思った。

二

仲裁役を頼まれた翌々日の夜、またも八兵衛夫婦に留守番を頼み、お園は再びお妙が住む長屋へと足を運んだ。

「遅くに、またも申し訳ありません。この前は西瓜の皮などで失礼しましたので、今日は別のものを持って参りました。煮付けです」

お園はお妙に再び包みを渡した。

「そんな……いつもいただいてばかりでは、申し訳ありません。この間の、絶品の寒天、きんぴらと漬物で、もう、じゅうぶんですのに」

躊躇うお妙に、お園は穏やかな笑みで語り掛けた。

「私、このような料理は慣れてまして。よろしければ召し上がってください。里芋、牛蒡、人参、蒟蒻《こんにゃく》、椎茸、それに百合根。躰に良いものがたっぷり入っておりますので。お知り合いになれたのも、何かの御縁。これからも仲良くさせていただけたら嬉しいです。……では」

お園が一礼して去ろうとすると、お妙が声を上げた。

「ま、待って。あの……お茶でも飲んでいってください」

お園はお妙の家に上がり、お茶を御馳走になった。

「ああ、美味しい。喉が潤います」

ふうと息をつき、お園は棚の上に目を留めた。変わらずに、百合の花が飾ってある。

「これ、有難くいただきます」

お妙はそう言って、お園からもらった煮付けを位牌の前に置いた。お妙にお願いして、お園もお線香をあげさせてもらった。

「お母様は、いつ頃？」

「一年ほど前です。来月、一周忌なんですよ。肺を悪くしてしまって、ずっと寝たきりだったんです」

「お辛かったでしょう」

「ええ。独りぼっちになってしまいましたから。父は私が幼い頃に亡くなりましたし、兄弟もおりませんし」

「でも、長屋で暮らしていたら、大きな家族のようではありませんか。独りぼっちなんてことはありませんよ」

お妙はそっと顔を伏せた。

「そうは言っても、やはり他人ですよ。家族のように付き合うのは、難しいです。……お園さんは、御両親は御健在ですか？」

「いいえ、私ももうおりません。父は私が十二歳の時、母は十四歳の時に亡くしました」

「まあ……お早かったのですね」

お妙は伏せていた顔を上げた。

「ええ、それから料理屋へ奉公に出て、この道へ。私も色々ありましたよ。親を亡くして直ぐの頃は寂しくて泣くこともありましたが、毎日忙しかったたし、周りの人たちに支えてもらって、独りぼっちという思いはそれほどなかったんです。でも……後に所帯を持って、亭主だった男に去られた時は、深い孤独を感じましたね。この人と一緒に家族を作っていこうと思っていたのに、って」

　お妙はお園をじっと見つめた。お園はお茶を一口啜って、続ける。

「まあ、時が経って、この頃ではだいぶ癒えてきましたけれど、去られて暫くの間は、そのぽっかりと開いた穴から血が滲み出るような時もありましたよ。『どうして私ばかり辛い思いをするんだろう』、って、しくしくと痛むんです。孤独なんてのは心の持ちようだと分かってはいても、そういう時って寂しくて仕方ないんですよ」

　お妙は肩を微かに震わせ、お園の話を聞いている。

「亭主がいなくなってしまった頃、私も長屋に住んでいました。私は長屋で親しかったおかみさんたちに、よく愚痴《ぐち》を聞いてもらいましたよ。おかみさんたちも励ましてくれました。泣きながら愚痴をこぼせばね、気分は楽にはなるんです。でも孤独ってのは、やはりなかなか消えませんでした。布団に潜ると急に寂しくなって、『なによ、結局あなたたちには旦那がいるんじゃない。逃げもせずに傍にいてくれるんじゃない』、なんておかみさんたちに悪態ついてましたよ。我ながらひねくれてましたね。それに、励ましてくれる人たちだけでなく、陰口を叩いているような人たちもいましたしね」

お園は苦笑いを浮かべる。そんなお園を、お妙は神妙な面持ちで見ていた。

「でも或る時、思ったんです。ひねくれた考えでいると、もっと寂しくなるから、せめて素直でいようと。そうしたら、周りの人たちの励ましもいっそう身に沁みて、少しずつですが立ち直っていけましたよ。……まあ、時が経てば、こんなふうに話せるようになるってことです。亭主がいなくなってしまって、一年が経った頃、新しい場所で新しくやり直そうと、独りで日本橋へ来たんです。今は店の二階に住んでいますが、御近所の長屋の人たちとも仲良くしていますよ。血は繋がっていなくても、本当の姉のように慕っている人もいます。だからお妙さんも、もっと周りの人を頼ってみるといいですよ。とは言っても気性もありますし、無理にとは言いませんけれどね」

お妙は沈黙の後、絞り出すような声で答えた。

「御忠告ありがとうございます。……でも、ここには、私の気持ちを本当に分かってくれる人は、いないと思います」

唇を震わせるその横顔を見て、お園はお妙の深い孤独を悟った。それはきっと、凍てつくような孤独に違いない。お園は思い出した。自分も、今のお妙と同じような顔つきの頃があった、と。

お園は素直に謝った。

「ごめんなさいね。差し出がましいことを言ってしまって。お妙さんに元気になってもらいたくて、つい。……それに、私がそう思えるようになったのも料理のおかげなの。だから私の作るものがもし、お妙さんの力になれたら、って」

「いいえ。お園さんは何も悪くないです。私が内気過ぎるのでしょう」

お妙は顔を伏せていた。

「もう遅い時分だから、おいとましますね。またも突然お伺いしてしまって、本当に申し訳ありませんでした」

「嬉しかったです、いらしてくださって。……お園さんは、ここの皆とは違うような気がしますから」

少し顔を上げたお妙を、お園は真っ直ぐに見つめた。お妙の言葉には嘘がないように思えた。

「またお伺いしてもいいですか」

「もちろんです」

お妙はお園を見送ってくれた。

お園が振り返ると、お妙は家の前にまだ佇《たたず》んでいて、頭を深く下げた。お園も礼を返し、月が煌々と照る中、帰っていった。

――お節介なことをしてしまったかもしれない。

お妙の孤独な目を思い出すと、やりきれず、お園はうつむき加減で歩いた。

――やっぱり、仲裁役なんて引き受けなければよかった。

悔いが込み上げ、溜息が零《こぼ》れる。

――傷口に触れてほしくない人だっているんだ。お妙さんは、そっとしておいてあげたほうが、やはり良いのではないか。

自問し自答しつつ歩を進めていると、時の鐘の辺りで、竹仙にばったりと出会った。

「あら女将、店は八兵衛さんたちに任せてお出掛けですか？」

「まあね、ちょいと野暮用で。竹仙の旦那はこれからお仕事？　お遊び？」

「もちろん仕事ですよ。今宵は二十六夜待ちですからね、今から舟でちょいと品川《しながわ》まで行って、集まる人たち相手に辻占をやろうと思いましてね。出稼ぎですよ」

「ああ、そういえば二十六夜待ちね。忘れていたわ」

藪《やぶ》入り十日後の文月二十六日は、八つ（午前二時）に上る月を拝む行事が行われ、それを二十六夜待ちという。その月の光の中に、竜灯《りゆうとう》や阿弥陀《あみだ》三尊の姿が現れ、それを拝むと幸運を得られるという信仰だ。

とは言っても、誰もが信心深かった訳ではなく、竜灯や阿弥陀三尊の姿が本当に見えると信じていた訳でもなく、大山詣《おおやまもう》でと同じく、信仰という名の行楽であった。人が多く集まったのは、神田明神、湯島《ゆしま》天神、目白《めじろ》不動、品川の海辺などだ。特に品川の海辺には屋台がずらりと並び、汁粉や団子、鮨《すし》などを楽しみながら、ゆっくりと月待ちの時を過ごせた。

「まあ、皆さんと一緒に、月を楽しんで参りますよ」

「満月ではなく細い月ってのが、また風流よねえ」

「月待ちのその後も風流ですけれどね」

竹仙、ふふふ、と含み笑いをする。お園は聞かなくても分かった。品川宿の遊里へ出向くのだろう。

「いってらっしゃいまし、旦那。でも、くれぐれもカワウソにはお気をつけて」

「カワウソ？　さて、その心は？」

「品川のウソ。嘘は遊女の十八番。品川遊女にはお気をつけあそばせ」

「いやだね、女将ったら。よく分かってるね、もうっ」

竹仙は坊主頭を撫で回す。お園は笑って「お粗末さま」と返し、手を振って二人は別れた。

竹仙との遣り取りで、沈んでいたお園の心も、いくぶん晴れた。

文月も今日で終わり、明日は八朔《はっさく》の日というのに、お園は浮かぬ顔をしていた。お妙のことが気に掛かって仕方がないのだ。あの寂しげな顔を思い出すと、何か力になってあげたくて堪らなくなってくる。

──あんなにおとなしそうなのに、月に一度か二度は何かをたくさん作って、それを持ってどこかへ出掛けていくんだ。いったい、どこへ行っているのだろう。

お妙の暗い目が蘇る。

──思いあまって、何かおかしなことをしなければいいのだけれど。

思い悩み溜息をついていると、店の戸ががらがらと開いた。

「ちわっす！　酒持って参りやした」

「あら善ちゃん。いつもありがとう」

善三は酒を置くと、お園をじっと見つめた。

「あら、何かついてる？」

「いえ、なんだかちょっと元気がないなあって思って。何かありやしたか」

善三の勘の鋭さに少々驚きつつ、お園はお妙のことを話した。長屋の皆に仲裁役を頼まれたことも。

「なんかね、放っておくと、お妙さんそのうち妙なことをしでかすのではないかなって思って、心配なのよ。皆が言っていた、お饅頭のようなものを持ってどこかに出掛けていくっていうのも気になるしね」

「その日ってのは、仕事が休みの一日と十五日なんですね？」

「そうみたい。で、明日が一日でしょう。だから私、お妙さんの後を尾けてみようかとも思ってるの」

善三は腕組みをしてちょっと考え、返した。

「それ、あっしがやりますよ。お妙さんを尾けていく、っての」

「ええ？　善ちゃんが？」

「はい。お妙さん、女将さんのお顔ははっきり分かっているから、途中で気づいてしまうかもしれやせん。でも、あっしのことは、まったく覚えていないんじゃないかな。あっしがあの長屋に行く時は、お妙さんは大抵仕事に出てますからね。噂が耳に入ってくるから、あっしはお妙さんのことをわりと知っているけれど、あちらはあっしのことは気に留めていないでしょう。だから尾けるには、女将さんよりあっしのほうが好都合と思われやす」

お園は両手を合わせ、目を潤ませた。

「善ちゃん、頼もしい！　お願いね！」

「はい、任しといておくんなせえ。絶対に気づかれず、尾けてみせますぜ」

お園に頼られ嬉しいのだろう、善三は鼻を擦り、意気揚々と言った。


その夜、八兵衛夫妻が訪れ、お園は日頃の感謝の意を込めて、腕をふるった。

「留守番ばかりでなく、お里ちゃんの面倒まで引き受けてくれて、いつも本当にありがとね」、と。

燗酒を出したところで、雷が鳴った。

だが遠かったので、お園は悲鳴を上げて耳を塞ぐだけで、蹲《うずくま》ることはなかった。

二回鳴り、お園は動悸がして少し気分が悪くなったが、直ぐに治まった。

八兵衛は酒を舐め、お園に訊ねた。

「女将、気になっていたんだが、雷に嫌な思い出でもあるのかい？　幼い頃に何かあったとか」

お園は言葉を濁した。

「う、ううん。ただ、苦手なの。なんだか怖いのよね、天から怒られているみたいで」

「そうか、ならいいけど。……いや、よくはねえか。そろそろ、その怖がり、治したほうがいいぜ。犬だってそうだろう。昔嚙まれたからといって、いつまでも怖がっているわけにもいくまい。雷だって同じよ」

お波も酒を口の中で転がしつつ、意見する。

「無理に治そうと思わなくても、そのうち自然に治るのよ、そういうのって。あたしもずっと油虫（ゴキブリ）が苦手で、出ると悲鳴上げて逃げ回っていたんだけれど、或る時、昼寝していたこの人の頭に這い上がろうとしてたのよ、ヤツが！　それで『何するのさ』と怒ったあたし、蠅叩きを摑んで退治してやったってわけ。いざとなれば油虫なんて大したことないって、その時、分かったの。そしたら、ちっとも怖くなんてなくなっちゃった」

「ははは、俺への思いが、苦手なものを克服させたってわけだ。さすがはお波、俺の恋女房よ」

八兵衛はお波を抱き寄せ、耳にそっと息を吹き掛ける。お波はくすぐったそうに、「もう」と亭主の胸を指で突いた。

「ああ、もう、熱いなあ！　私に忠告するのか、惚気《のろけ》るのか、どちらかにしてよ」

お園は苦笑いで、板場へ引っ込んだ。大きな雷ではなかったからか、あの夫婦に当てられたからか、清次の顔も薄ぼんやりと浮かんだだけで直ぐに消えた。

――そのうち自然に治る、か……。

お波の言葉を胸の内で繰り返しながら、お園は水を少し飲んだ。

雨戸を閉めようかと思ったが、雷が鳴っただけで、雨の音はまだ聞こえなかった。

三

八朔の日も、お園は店を開いた。その代わり、明日休みを取るつもりだ。

店を閉める頃、善三が飛び込んで来て、お園に告げた。

「お妙さん、向嶋へ行きやしたよ。小梅村《こうめむら》の一軒家に入っていったんです。惜しいことに、その家は窓を塞がれていて、中を覗くことは出来やせんでした。しんとしているのですが、時折、笑い声とか唸り声なんかも聞こえてくるんです。子供らしき声も聞こえたな」

「ええ、子供？」

「そうなんです。お妙さん、四つ頃にその家に入って、暮れ六つぐらいに出て来やした。ぞろぞろと、お妙さんのほかにも二十人ぐらいはいたかなあ。女の人が多かったですぜ。出て来ると目配せし合って、それは素早くちりぢりに分かれていきやした。お妙さんも直ぐに北十間川《きたじっけんがわ》に向かい、舟に乗って戻っていったという次第です。帰った後も、家の中にはまだ数人残っているようでした」

善三の報告を聞き、お園は眉を顰《ひそ》めた。

「なんだか、ちょっと気味が悪いわ。それほど集《つど》えるということは、けっこう大きな家なの？」

「はい、なかなかの広さでしたよ。それで、張ってる間、その周辺の人たちに訊いてみましたが、その家はやはりいささか怪しい目で見られてやす。何か講とか連とか、集会のようなものを開いていると思われているようですが、それが妙な雰囲気で噂になっていると。皆、コソコソしていて、陰気で、挨拶もしないそうで。普段も、必ず数人は家の中に居るようです。皆で金を出し合って、借りてるんでしょうかね」

「お妙さん、そこに行く時、お饅頭のようなものを持っていった？」

「ええ、持っていきやした。大きな包みを抱えてましたよ。その中身が恐らく酒饅頭か何かです。長屋にも朝から甘酒の匂いが漂ってやしたから」

「みんなで食べているのでしょうね。その家に集う、仲間たちと」

「お妙さん、おっ母さんも亡くなって、一人きりで、寂しかったんじゃねえかな。心の拠《よ》り所がほしくて、そういうところに首を突っ込むようになっちまったんだと思います。おかしな集まりじゃなきゃいいんですがね」

お園はお妙がいっそう心配になりつつ、善三に礼を述べた。

「情報ありがとうね、善ちゃん。ほんとにお疲れさまでした」

「いえ、お役に立ててよかったです。お店を閉める時分に失礼いたしやした。では、あっしはこれで」

一礼して去ろうとする善三を、お園は慌てて引き止めた。

「待ってよ！　ね、よかったら、食べていかない？　あまりもので悪いけれど」

お園は善三に、皿を出した。鰻《うなぎ》と豆腐と韮を、醬油と味醂と酒で煮たものだ。鰻のこってりとした匂いに、善三は思わず唾を吞み込んだ。

「いや、こんな申し訳ないっす！　で、でも、お断りするのはもっと申し訳ないっすから、喜んでいただきやす！」

善三はお園の料理に飛びついた。お園は御飯と味噌汁とお新香も出してやった。鰻と韮の濃厚な味と、豆腐のまろやかな味が口の中で蕩《とろ》け合い、御飯が止まらなくなるのだ。

善三は鰻料理にはふはふ食いつき、「旨い」を繰り返す。そんな善三が、お園は微笑ましい。自分の作った料理を「旨い」と言われる時が、お園はなによりも嬉しいのだ。喜ばせることが出来たと、少しでも人の役に立てたような気がするからだ。

「いやあ、鰻に韮なんて、精力ついちゃうなあ」

お園の料理を味わい、善三は心底嬉しそうだ。食欲が旺盛《おうせい》な善三は汗を掻き掻き、ぺろりと平らげ、お園に厚く礼を言った。

「ああ、実に旨かったです。やっぱり女将さんの料理に敵うものはねえや！　江戸で一番、いや日本一、いやいや、この世で一番でさあ」

「やだもう、善ちゃん、褒め過ぎよ！　そう言ってくれるのは嬉しいけれど。いつもありがとね」

優しい眼差しで見つめられ、善三は頭を掻く。照れ隠しにお園が出してくれたお茶をぐっと飲み、「熱《あ》ちいっ」と舌を出す。お園がくすくす笑うと、善三も目尻を下げて「えへへ」と鼻の頭を擦った。

お腹も心も満ち足《た》りたのだろう、善三は「ごちそうさんでした！」と元気に言い、とびきりの笑顔で帰っていった。

お園は、お妙が作っている「饅頭のようなもの」というのが気に掛かっていた。「甘酒の匂いがする」というのも興味を引く。それを作ってみれば、お妙が参加している集いが何か、分かるかもしれないと思った。

八朔の日の翌日、休業日、お園は小麦粉と甘酒、塩などを使って、朝早くから作ってみることにした。長屋のおかみさんたちが「餡《あん》は入れてないみたい」と言っていたから、餡は使わないことにする。

――甘酒は醸《かも》しに使ったのかもしれない。

お園はそう考えた。甘酒は飲むだけでなく、醸しにも用いられるからだ。

まず小麦粉に甘酒を加えて、よく捏《こ》ねる。耳朶《みみたぶ》ぐらいの柔らかさになったら、丸めてまとめ、一刻（二時間）ほど寝かせる。生地が一回りほど大きくなったところを目安に、いくつかに分け、丸める。それを蒸し器に入れ、蒸す。

すると饅頭の皮のようなものが出来た。唐《から》料理の春餅《チユンピン》のようにも見える。普通の饅頭よりは平べったいが、ふっくらしてなくもない。厚さは一寸（約三センチメートル）足らずである。それを眺め回し、お園は呟いた。

「ふうん……。餡なしの饅頭ってとこか」

するとお里が二階から下りて来て、お園が作ったものを見つめ、或ることを言った。お園はお里の話に耳を傾けた。お里の勘働きが当たっているなら、お妙の重大な秘密を握ったように思える。

「なるほどね……お里ちゃん、ありがとう。気になるから、ちょっと向嶋まで行って来るわ。お里ちゃん、お留守番しておいてね。足がまだ本調子じゃないから、外には絶対に出ちゃ駄目よ」

休みの日なので、時間はたっぷりある。お園は居ても立ってもいられず、自ら向嶋の件の一軒家を訪ねてみることにした。お里は足を傷めたために暫く動き回ることは出来そうもないゆえ、お園は却《かえ》って安心だった。

お園は舟に乗って北十間川を渡り、小梅村へと行った。そして善三に教えてもらった場所へと赴き、一軒家を確認した。確かに窓が閉められ、中を覗くことは出来なかった。

——善ちゃんは、普段も人がいるようなことを、言っていた。

お園は声を掛けてみた。

「あの、どなたかいらっしゃいますか」

しかし、何の反応もない。お園は戸をそっと開けてみようともしたが、開かなかっいている。

庭には、大きな葉をつけ蔓《つる》を伸ばした木があった。黄緑色の小花がたくさん咲いていた。

――珍しい木だ。いったい何だろう……あ、もしかして、あれかも。

蔓に触れながら、お園は勘を働かせる。その勘が当たっていれば、お里が言ったことはより信憑《しんぴょう》性が高くなる。

――お妙さんを一刻も早く救ってあげなければ……いつか、たいへんなことになってしまう。

お園は心ノ臓を高鳴らせ、どうしようと暫く家の周りをうろうろしていたが、誰かが自分を見ていることに気づいた。近くの百姓のようだった。お園が一礼すると、その男が手招きした。近寄ると、男は声を潜めて言った。

「あの家には近づかねえほうがええぞ」

「どうしてでしょう?」

お園も思わず小声になる。

「時折変な集会をやってるし、普段もそいつらが変わりばんこに寝泊まりしに来てるんだ。閉じこもったきりで挨拶もしねえし、まったくふざけたやつらだ」

「でも、危害を加えたりはしないのでしょう？」

「それはねえけどな。しかし、なんか妙な感じだ、あの家は」

男は顎で家を指し、顔を顰めた。

せっかく向嶋に来たのだからと、お園は渋江村まで足を延ばし、お久の生家である〈うぐいす茶屋〉を訪れた。

「まあ、お園さん、いらっしゃいませ」

キヨたちは笑顔で迎えてくれた。

家の中に通され、お茶と鶯餅を出してもらう。お園はお茶で渇いた喉を潤し、鶯餅に舌鼓を打ちつつ、それとなく小梅村の一軒家のことを訊ねてみた。キヨたちは、さすがに一軒家のことは知らなかった。

「ここは奉行所の管轄外ですからねえ。おかしな集まりをするには、好都合なんでしょう」

「先月は押上村で付け火もありましたからね。まったく物騒な世の中ですよ」

キヨの義父である周造が眉間に皺を寄せる。キヨの夫の周平は、店でお客たちをもてなしていた。

お園は鶯餅を味わいながら、訊ねた。

「押上村のどの辺りだったんでしょう？　草むらとは聞きましたが」

「ちょうど常照寺《じょうしょうじ》と法性寺《ほうしょうじ》に挟まれた辺りの草むらですよ。死傷者などは出ませんでしたが、早く下手人を捕まえてほしいです」

「悪質ですものねえ」

キヨは団扇《うちわ》をあおぎながら、眉を顰めた。お園は「ほんとにねえ」と相槌を打ちつつ、さりげなく話を変えた。

「こちらの求肥は、餅粉で作ってらっしゃるんですか？　以前ほかのお店で食べた鶯餅より、いっそうもちもちしているのですが。舌ざわりもしっとり滑らかですし」

「いいえ、うちは餅粉ではなく、寒晒粉《かんざらしこ》（白玉粉）を使っているんです。寒晒粉に水飴を加えて練り上げて作っております」

「寒晒粉ですか。どうりで一味違うと思いました」

キヨは嬉しそうに微笑んだ。

「同じ餅米から作ると言っても、餅粉よりも寒晒粉のほうが、手間が掛けられますからね。それだけ味に深みが出ると思いまして」

餅粉と寒晒粉の違いは、こうである。餅粉は餅米を水洗いし、脱水し、製粉し、乾燥させたもの。それに比べ寒晒粉は、餅米を水洗いし、水浸けした後に水びきし、攪《かく》拌《はん》し、沈殿させ、脱水し、その後細かくひいて乾燥させたものだ。

お園は鶯餅を楊枝で細かく切り、感嘆した。

「なるほど、美味しいわけですね。私、こちらの鶯餅の虜《とりこ》ですもの、もう」

「まあ、最高のお褒めのお言葉、ありがとうございます。お園さんに仰っていただけますと、いっそう嬉しいです」

和やかな笑いが起こる。キヨの声は、鶯の鳴き声のように、耳にしっとり心地良い。

四

お園は日本橋に戻る前、押上村も訪ねてみることにした。付け火の現場を、この目で見てみたかったからだ。

押上村は北十間川沿いにあり、小梅村に近かった。北十間川は大川と中川《なかがわ》を横に結んでおり、釣りをしている人たちもいる。この辺りには春慶寺《しゅんけいじ》もあり長閑《のどか》な行楽地となっていた。周造に教えてもらった、付け火の現場の草むらに赴く。油を撒いて、火をつけたらしい。

無惨な焼け跡を見て、お園は目を瞑り、そっと手を合わせた。たとえ燃えたのが草花であっても、その命を奪った罪は大きいと、お園は思う。

常照寺の近く、屋台で団子を売っていた。お園はみたらし団子を一本買い、屋台の男に訊ねた。

「先月の付け火があった時、下手人を見たって人はいませんでした？」

「おこそ頭巾を被って藍染の着物を纏ったやつが逃げていった、ってのは聞きましたね。男にしては小柄だったから、もしや女だったのでは、って噂がありますよ」

お園の心に、不穏なものが立ちこめる。

木陰で一休みし、お園は団子を少しずつ齧りながら、考えを巡らせた。

――お里ちゃんが付け火に関わっているというのは、思い過ごしなのだろうか。それとも、この予感は、的中しているのだろうか。

お里はこのところ落ち着いているが、文月に付け火があった時は酷く不安定な状態だったのだ。

――もし関わっているとしたら、重罪になると分かっていて、なぜ付け火をするのだろう。

お里は挙動が不審になることもあるが、普段は至って善い娘なのだ。ただ「火を見たいがため」「クサクサしているので気晴らしに」などの理由で付け火をしているとは、どうしても思えない。

――きっと、何かの訳があるんだ。付け火をせずにはいられない、何かの訳が。

時折魔が差したようになるのは、心に闇があるからなのだろう。その闇というのは、何かの深い傷によるものなのかもしれない。

そう考えると、お園はお里がいっそう、いたわしいのだった。

お園は、こうも思った。

――お里ちゃんと菊水丸。この二人は、何か接点があるのだろうか。

菊水丸が、自分が下手人だと言い張っているのは、誰かを庇《かば》っているのかもしれない。

では、その庇っている相手がお里だとしたら、二人はどのような関係なのだろう。

――やはり……思い人だったのだろうか。

お園はそう思い、でも、と考え直す。

――お里ちゃんみたいな気性の娘が、果たして役者と付き合うものだろうか。役者といえば派手な生業《なりわい》だ。花形女形だった菊水丸などは、特にそうだろう。お里のように引っ込み思案の娘が、人気役者の思い人というのは、いささか無理があるように思える。

それに菊水丸はもともとは旅役者で、江戸へ留まって一年ぐらいだという。この一年ぐらいの間に親密になったというのだろうか。それともそれ以前から知り合いだったのだろうか。

――菊水丸は、越後で生まれ育った役者という触れ込みだ。お里ちゃんがそのような男と、前々から知り合いだったとは考えにくい。まあ、芝居一座の触れ込みなんて、本当かどうかは分からないけれど。

いずれにせよ、物静かな娘と派手な役者の、二人を結びつけるものがはっきりと見えて来ない。

お園は溜息をつき、もちもちとした団子を嚙み締め、吞み込んだ。すると、不穏な考えを打ち消すようなことが、思い浮かんだ。

――さっきお団子屋さんは、『付け火の下手人はおこそ頭巾に藍染の着物を纏っていたようだ』と言った。でも、お里ちゃんはおこそ頭巾も藍染の着物も、持っていない。あの娘が湯屋へ行った時などに、たまに持ち物を確認してはいるけれど、頭巾なんて見たこともない。だから……付け火をしたのは、やっぱり別の人だ。大丈夫、私の思い違いだ。

お園はそう自分に言いきかせ、甘辛い団子を頰張った。


店に戻ると直ぐに、お園はお里と一緒に〈甘酒白玉入り冷やし汁粉〉を作った。それを持って、お妙を訪ねようと思ったのだ。

小豆をひたすら煮て餡を作り、次に白玉を作る。甘酒を水に溶き、それを寒晒粉に加え、耳朶ぐらいの硬さにする。それを捏ねて小さく丸め、茹でる。膨らんだら、水に取る。

餡を熱湯で溶き、粗熱が取れたら白玉を入れ、冷まして出来上がりだ。甘酒を加えると、香り豊かで、いっそうまろやかな味になる。

手伝ってもらいながら、火を見つめるお里の目の焦点がまたも合っていないことに、お園は気づいた。炎を見つめる様子が尋常《じんじょう》ではないのだ。

――お里ちゃん……やっぱり油断は出来ない。

お園は胸騒ぎを抑えつつ、お里の様子にも注意していた。

「二階でおとなしくしていなさい。もう遅いし、うだるような暑さだから、外に出ては駄目よ」

お園はお里にそう告げ、冷やし汁粉を持ってお妙の家へと向かった。厳しい残暑だ、冷たい汁粉も乙だろう。

またも突然訪ねたにも拘《かか》わらず、お妙は嫌な顔もせずにお園を迎え入れてくれた。出してくれたお茶とあられを味わいながら、お園はやんわりと切り出した。

「お妙さん、正直に仰ってください。貴女は、もしや切支丹《きりしたん》で、耶蘇《やそ》教の集いに訪れているのではありませんか」

お妙は目を見開いた。

お園が耶蘇教に気づいたのは、お里のおかげだ。

お里は、お園が作った例の饅頭のようなものを見て、「異国の麦餅《パン》のようですね」と言い出したのだ。

お里は、お園の「このお饅頭を持って、何かの集まりに行っているらしい」、「部屋に白い百合が飾ってあった」という話から、お妙を「隠れ切支丹なのではないか」と察したのだった。

「パンを持って行く集まりというのは、耶蘇教の集会のように思われます。白い百合は、聖母マリア、純潔の象徴です」

お里はそう言った。

もちろん、お園は強く否定した。切支丹については、口にするだけでも大問題となるからだ。

「お里ちゃん、それは考え過ぎよ。耶蘇教などとは、無闇に言わないほうがいいわ。……でも、驚いたわね。どうしてそんなことを知っているの？」

するとお里は目を伏せ、言葉を濁した。

「ええ……。以前、誰かからそんな話を聞いたように思います。何かで読んだのかもしれません」

「お里ちゃん、耶蘇教に興味があるのね。でも、そういうことは、絶対に口にしないほうがいいわ。信者じゃなくても、興味があるというだけでも危険だろうから、注意してね」

「はい、もちろんです。決して信仰したりはいたしません」

お里は耶蘇教に関心はあるようだったが、信仰している気配はまったくないので、お園は安心した。

しかし、お里の話から、お妙が酷く心配になった。お園はお妙が切支丹であることを否定したものの、なんだか無性に胸騒ぎがしたのだ。お里の勘働きが当たっていたとしたら、お妙は重罪になってしまう。お園は居ても立ってもいられず、向嶋の一軒家を訪ねて確認した後、お妙のもとへ忠告しに来たのだった。

一軒家の庭に植えられていたのはヤマブドウの木だった。お里はこんなことも教えてくれた。「耶蘇教の集会にはパンと葡萄酒が欠かせないそうです」、と。それでお園は察したのだ。葡萄酒を買おうとすれば高価である、庶民には手が出ない。だから恐らく、ヤマブドウの木を植え、自分たちで栽培しながら実を摘んで葡萄酒を作っているのだろう、と。

隠れ切支丹だということが明るみに出れば、磔《はりつけ》の重罪になる。ただでさえお妙は長屋の皆から奇異な目で見られているのだ。耶蘇教徒だということを勘づかれでもしたら、もう、おしまいである。それでお園は、お妙を早くどうにかしたいと思ったのだ。

お園に指摘され、お妙は酷く狼狽《うろた》えた。お園は言った。

「私は誰にも何も申しませんので、安心してください。でも、耶蘇教の信仰は、重大な罪になりますので、どうかあのような集会からは足を洗っていただきたいのです。……お妙さんのことを思うからこそ、申し上げるのです。お節介なようですが、私の気持ちをお伝えしたくて、お伺いしました」

お妙は黙って聞いていたが、ぽつりと返した。

「……心配してくださったのは有難いのですが、違います」

「え？」

「私は切支丹ではございません。これは、誓って申し上げます。この家の中をお調べくださっても構いません。耶蘇教に関するものは、何一つ出て参りませんから」

お妙はお園を真っ直ぐに見つめる。その真摯な眼差しや態度から、お妙が嘘を言っていないことは見て取れた。

どうやら、お園たちの勘違いだったようだ。急に力が抜けていき、お園は軽い眩暈を覚えた。

「本当に、違うのですね」

「はい。お園さんに嘘は申し上げません。私が訪れておりましたのは、ただの連です。気の合う仲間が集まって、孤児を引き取り、碁を打ったり、詩吟《しぎん》を詠《うた》ったり、水墨画を描いたり、手芸をしたりしているのです。私、どうしてもここの長屋に馴染《なじ》むことが出来なくて、それでそのような集いに走ってしまったのです。決して法には触れない集まりですので、御安心ください。誤解させてしまい、申し訳ありませんでした」

お園は納得がいった。善三が言っていた、「子供らしき声も聞こえた」というのは、そういう訳だったのだ。「時折、唸るような声が聞こえた」というのは、詩吟のことだったのであろう。お園は恥じ入るような思いで、手をついて謝った。

「こちらこそ大変な勘違いをしてしまって、まことに申し訳ありませんでした。心配だったがゆえに、お妙さんのことを密かに調べてしまいましたことも、お詫びいたします。罪人などと疑ってしまって、本当に悪かったです。お許しください」

「そんな……。お園さん、どうかお顔を上げてください。私が悪かったんですよ。自分でも分かっているんです。こそこそしていたから、誤解を招いてしまったと」

お妙は一息つき、微かに震える声で続けた。

「でも……嬉しかったです。私のことなどを、そこまで心配してくださって。私などのために、向嶋まで出向いてくださって」

「そんなこと仰らないでください。心配して当然ではありませんか。せっかくお知り合いになれたのですから」

お妙は小さく頷き、唇を嚙む。お園は、包みを差し出した。

「これ、お詫びの品です。先日助けていただいた、お里と一緒に作ったんですよ。あの娘も、お妙さんにとても感謝しております。お受け取りいただけますね」

「……ありがとうございます。いつも、本当に」

　お妙は頭を深々と下げ、冷やし汁粉を受け取った。粒餡が溶けた汁粉に、愛らしい白玉が浮かんでいる。お妙は、甘酒白玉を口に含み、嚙み締めた。もっちりと柔らかな感触は、舌にも歯にも心地良い。

「美味しい……」

　お妙は呟き、まろやかな味が胸に沁みたのだろうか、涙をほろほろと零した。

　お園は何も言わず、お妙を見守った。

　涙が止まると、お妙はお園に、寂しかった胸の内をぽつぽつと語った。

　待望していた子供も出来ず、惚れきっていた亭主にほかに女を作られて、去って行かれてしまったこと。

　寺に何度もお百度詣りをしたのに、母親を病から救えず、喪ってしまったこと。

　職場でも周りに馴染めず、孤立してしまっていたこと。

　長屋でも奇異な目で見られていて、そろそろここも出て行かなくてはならないであろうこと。

　色々なことが重なり、お妙は真面目な性格ゆえに虚しさもひとしおだったのだろう、次第に連にすがりついてしまったようだ。

「私は弱い人間なんです。時に大人は信じられなくて……。だから、同じような心持ちの人と力を併せて、子供を育てようと思ったのです。その人たちの中に、耶蘇教に詳しい人がいて、異国ではそういった行いをしているという知識を得ました。それを真似《まね》ているので、紛《まぎ》らわしく見えたのかもしれません。でも決して耶蘇教を信仰しているわけではなく、私はただ心の拠り処がほしくて、連に嵌《はま》ってしまったのです。もっと強くならなければと、常々思っているのですが」

お園は返した。

「真に強い人なんて、滅多にいませんよ。名だたる武将たちだって、弱さも持ち合わせていたように思います。だから、無理に強くなろうとしなくても、いいじゃないですか」

お妙が潤んだ目で、お園を見つめる。お園は続けた。

「でも、しなやかに生きるってのはいいかもしれません。時には、こうやって、形を変えてね」

お園は白玉を指で軽く押し、お妙に微笑んだ。

「お妙さんは、白玉みたいですね。心が真っ白で優しいから、傷ついてしまうんですよ。でも、本当は、しなやかなんです」

お妙も、白玉を指でそっと押し、言った。

「柔らかいけれど、弾力も粘《ねば》りけもありますよね。白玉って」

「そうです。だから、お妙さんは白玉に似ていると思ったんです」

二人は見つめ合い、微笑み合った。

疲れている時には、甘味に癒されるものだ。もちもちと柔らかな食感と、甘くふくよかな味わいに、お妙の頑なだった心がほぐれてゆく。お妙は、白玉を噛み締め、ゆっくりと味わった。

食べ終えると、お妙はお園に改めて丁寧に礼を言った。

「ここの長屋では厄介者だったから、こんなに親切にしてもらって、本当に有難いです」

お妙の顔に生気が少し戻ってくると、お園は訊ねてみた。

「お妙さんが作って、連に持っていってらしたものは、餡が入っていないお饅頭だったのですか？」

「餡を少し入れたものも、餡を入れないものも、両方作っていました。連には一つにもならない幼い子供もおりますので、そのような子たちには、餡を入れないものを渡すのです」

「そんなに小さいお子さんもいらっしゃるんですか」

「ええ。申しましたように、私たち、皆で、捨て子や孤児を育てております。真の意味での互いに助け合う、共同の生活を目指しておりますので。今、子供たちは五人いて、連の女の人たちが代わりばんこに一軒家に寝泊まりし、その子たちの面倒を見ているのです。大家さんたちがうるさくて、私は寝泊まりは無理ですから、その代わりにと、いつもお饅頭や甘酒などを持っていっていたのです」

「甘酒もお作りになって？」

「ええ。米糀から作る甘酒は栄養たっぷりで、子供たちが飲んでも大丈夫ですし、なにしろ喜んでくれるのです。私の作った甘酒やお饅頭を、子供たちが『美味しい』って言ってくれると、嬉しくって」

お妙の顔が、本当に嬉しそうに、ほころんだ。お園は思った。

――お妙さんは、きっと、真に子供を望んでいたのだろうな。

背筋を正し、お園は再び詫びた。

「これはもう一度謝らなくてはなりません。世のためにお働きになっているのに、異教を信仰している集まりなどと、とんだ誤解をしてしまって」

「いえいえ、私たちも悪いのかもしれません。あそこに集うのは、皆、私と同じように、周りに溶け込めずに孤立してしまった人ばかりなんです。だから、仲間とは打ち解けられても、それ以外の人と上手く交われなくて。……きっと、あの家の周りの人たちからも、奇妙な目で見られているでしょう。そうですね、これからは、きちんと挨拶ぐらいはしようと思います。おかしな者たちと思われて、集まりを禁じられてしまったりしたら、寂しいですから」

　周りの人たちと打ち解けてみようとお妙が考え始めたことが、お園はとても嬉しかった。

「庭に植えてらしたのは、ヤマブドウですよね。てっきり、あれから葡萄酒を作るのだと勘違いしてしまったのです」

「ヤマブドウなのは確かです。でも、お酒を作っているのではなく、果汁を搾《しぼ》っているのです。大人たちはそのまま飲みますが、子供たちには、水で薄めてあげています」

「あら、美味しそう」

「果汁を甘酒に混ぜると、子供たちはいっそう喜びます。柔らかな味わいになって」

「それは喜ぶでしょうね。私も飲んでみたいですもの」

「そのほか、乾《ほ》した実を、お饅頭の中に入れたり、御飯と一緒に炊いたりもするのですよ」

「ヤマブドウを御飯と、ですか？」

「ええ、けっこう美味しいのです。少々甘いので、お塩や胡麻を振り掛けていただくと、いっそう。そろそろ実が生《な》る頃ですので、今度お分けいたしますね」

「まあ、嬉しいです！　ヤマブドウ御飯、私も作ってみたいわ。果汁を搾って甘酒に混ぜるのも」

話しているうちに、お妙の表情は少しずつ和らいできて、お園は安心した。百合の花については、お妙は単に好きだから飾っていたそうだが、誤解を招くならばこれからは飾るのは控えると言った。

お妙は、連に入ったきっかけも語った。

「母が亡くなって、遠縁の者が葬儀に来てくれたのですが、私が気落ちしているのを見かねたようで、その人に連に誘われたのです。きっと気に入るだろうから一緒に行ってみない、と。長い間面倒を見ておりました母が逝ってしまい、腑抜《ふぬ》けのようになっていた私は、気分をどうにか変えてみようと、連を訪れました。先ほども申し上げましたように、そこには私と似たような人たちが居て、心がとても安らぎました。皆、思い思いに、水墨画を描いたり、お琴を弾いたり。小さい子たちも折り紙をしたり、歌留多《かるた》をしたり。私はちりめん細工を作るようになりました」

ちりめん細工とは、ちりめんの残り布で作る細工物のことだ。花や動物を象《かたど》った袋物、巾着、小箱、飾り物、人形などである。袋物や巾着、小箱には、香や琴爪、御守りなどを入れた。

「お針子さんをなさっていらっしゃるんですものね」

「ええ、もともと針仕事は好きなのですが、普段は着物の仕立てばかりなので、ちりめん細工は新鮮でした。何故でしょうね、ちりめん細工を作っている時は、辛かったこと……母の最期や、亭主のことも、忘れることが出来たのです」

お妙はまだ、亭主だった男に未練があるようだ。

「母を亡くしたということもあって、連の皆は、私を気遣ってくれました。何よりも、連では静かな時間を過ごすことが出来て、心が安まりました。連は、私にはとても居心地が良かったのです。……その連の仲間と親しくなればなるほど、ここの姦しいおかみさんたちとは、いっそう上手く付き合えなくなってしまって」

「確かに、皆さん、賑やかですものね」

「ええ。……私も勝手なんですよ。独りが寂しいと思いながら、無理に人に合わせるのはもっと苦手でね。でも、連の仲間たちは、合わせる必要もなくて、自然に寄り添えるのです」

「それは素敵ですね。よほど馬が合うのでしょう」

周りに無理に合わせることは、孤独よりもいっそう辛いというのは、お園も分かるような気がした。

「無駄なお喋りを聞くのは苦手でも、仲間が詠む詩吟や、奏《かな》でるお琴は、私の耳に心地良いのです。百合が好きな私は、花を象ったちりめん細工を特に好みます。静かにちりめん細工に取り組んでいる時、じんわりと喜びが込み上げてくるのです」

「そうだったのですか。是非、拝見したいです、お妙さんがお作りになったちりめん細工」

「いえいえ、お粗末で、とてもまだお見せ出来るようなものではありません。下手の横好きですが、このように、私はもともと静かな時間を好む、おとなしい気性なのです。ここのおかみさんたちも悪い人たちではないのでしょうが、親切なのか、お節介なのか、よく分からなくて……。私が亭主に去られた時も、母が亡くなった時も、ずけずけと私の心に踏み込んできたのです。子供がなかなか出来なかった私に、何の配慮もなく、こんなことを言いました。『亭主が逃げちゃったのはさあ、あんたが子供産まなかったからじゃないの？　それで愛想尽かされたんだよ』、『お母さんも孫の顔を見たかっただろうに、残念だったねえ』、などと。……そのようなことがしこりになってしまって、私はますます心を閉ざしてしまったのです」

「いますよね……そういう人。相手のことを何も考えずに、ものを言う人って。本人は悪気は無いのかもしれないけれど」

お園は溜息をつく。亭主に去られた時、自分もそのような目に遭ったので、お妙の気持ちはいっそう分かった。お妙の心は、きっと、ちりめん細工のように細やかなのだ。しかしお妙は、胸に支《つか》えていたものを吐き出してしまったのか、どことなく表情が明るかった。

「でも、お園さんに出会って、私、思ったんです。連の仲間だけでなく、信じられる人も世の中にはいるのだ、って。だから、これから少しずつでも、周りの人たちにも心を開いていきたいです」

「お妙さん。そう思ってくださって、嬉しいです。確かに、他人の気持ちを何も考えない人も多いけれど、心ある人たちだってたくさんいますもの。私もそういう周りの人たちに支えられて、生きているのですから。……などと尤もらしいことを申し上げましたが、私も色々お節介だったかもしれませんね。ごめんなさい」

「いいえ、そんな。お園さんがお節介だなんて、思ったことありません。お園さんがくださったのは、お心遣いです」

お妙はお園の手を取り、握り締めた。そうせずには、いられないように。お園もお妙の手を握り返した。

お園は「また遊びに来てもいいですか」と訊ねた。お妙は「もちろんです。お待ちしています」と答えた。


お園は帰ると、お里に、耶蘇教についてては勘違いだったということを告げた。

「愚かなことを言ってしまって、申し訳ありませんでした」

お里は恐れ入りつつも、お妙が切支丹でないと分かり安堵したようだった。

二人は、冷やしていた甘酒を一緒に飲んだ。まったりとした甘さに、疲れがほぐれていく。白玉の入った汁粉も食べた。

「美味しい」と笑顔で白玉を頬張るお里に、お園は目を細める。お里の無邪気な微笑みは、お園に安らぎと力を与えてくれた。自分の料理でお里が喜んでくれることが、お園は真に嬉しかった。

「足、少し良くなってきたみたいね」

「はい。……あの、決して無断で出掛けるようなことはいたしませんので、湯屋へはもう行ってもよろしいでしょうか」

　お里はおどおどと、お園の顔を見た。まだ暑く、手ぬぐいで躰を拭くだけでは、やはり気持ちが良くないのだろう。

　お里にこれ以上湯屋を禁ずるのは酷な仕打ちであろうと、お園は思った。

「いいわよ、お里ちゃん。でも約束してね。外に出る時は、必ず私に言うこと。行き先も告げること。遅くとも、半刻の内に必ず帰って来ること。湯屋にも出来るだけ私と一緒に行くこと。厳しいかもしれないけれど、怪我がまだ完全に治ったわけではないから、心配なの。ね、約束よ」

　お園は念を押した。お里は頷いた。

「お約束いたします」

「よし、じゃあ今から一緒に湯屋へ行って、汗を流してきましょう。今日はお休みだし、のんびりしようね」

「はい……嬉しいです」

　二人は糠袋《ぬかぶくろ》や軽石などの湯具を包んだ風呂敷を持ち、連れ立って湯屋へと向かった。夏の夜風は生暖かいが、汗ばむ肌には心地良くもある。

　風鈴蕎麦屋がちりんちりんと音を立て、行き過ぎる。

五

お園は暫くの間、お里と一緒に湯屋へ行くことにした。これまで、お園は朝に湯屋へ行き、お里は昼に行っていたのだが、行動をともにしたほうが安心出来ると思ったのだ。

お園はお里をあまり縛り付けても良くはないと思っていた。うるさく言い過ぎて、それが逆効果になって、失踪してしまったり、危ういことをされては困るからだ。しかし、やはり、なるべくなら一緒にいてあげたほうが安全ではある。お園はお里が息苦しくならない程度に、傍についていようと思った。

朝、お園はお里と一緒に湯屋へ行き、市場へ寄って、戻って来て店の前に打ち水してから、昼餉の仕込みを始めた。

すると戸が開き、お園は板場から首を伸ばして、目を見張った。大きな風呂敷包みを背負ったお妙が、立っていたからだ。

「まあ、お妙さん」

板場から出て来たお園に、お妙は頭を深く下げた。

「お別れの挨拶をしに参りました。私、あの長屋を出たんですよ」

「まあ……」

突然のことに、お園は言葉を失う。お妙は捌《さば》けた口調で続けた。

「心を入れ替えて、あそこで皆と仲良くやっていくのもいいのかもしれませんが、やはり、どうにも打ち解けにくくて。身の振り方を考えるうち、お園さんが仰ってたことを思い出したのです。お園さん、こちらでお店を始めた経緯を、こうお話ししてくださいましたよね。『新しい場所で新しくやり直そうと、独りで日本橋へ来たんです』、と。だから私もお園さんを見習って、新しい人生を始めるために、古い場所を離れることにしたのです」

お妙の目からは翳《かげ》りが消えていた。

「あの長屋の家には、亡くなった母や、逃げていった亭主などの思い出があり過ぎて、それらに縛られ続けてしまいました。そんな私の背中を押してくださったのは、お園さん。そして、お園さんが作ってくださったお料理です。先日いただきました白玉のお汁粉、優しい味わいで、私の心に沁み入りました。あの柔らかな味が、私の心を救ってくれたのです。お園さんのように上手には出来ませんが、白玉入りのお汁粉、私も仲間たちに作ってあげたいと思います。……私、向嶋のあの家で、連の皆と一緒に生活することにいたします」

二人は見つめ合った。お園は一息つき、訊ねた。

「お心は固くていらっしゃるのですね」

「はい、決めました。以前から、仲間たちと話していたのです。『捨て子たちだけでなく、身寄りのないお年寄りたちも、私たちで引き受けたいね』、と。『この一軒家を、困った者たちが寄り合える場所にしたいね』、と。どうしてそのようなことを考えるのかと申しますと、私たちも疎《うと》まれている者たちだからです。だから、行き場のない、寂しい人たちの気持ちが分かり、助け合いたいのです。皆で家族のように暮らし、自分たちで野菜なども育て、自給していきたいと思っています」

「畑をお借りになって?」

「はい。だから、家の周りのお百姓さんたちとの交流も、やはり必要と思います。これからは、ちゃんと御挨拶もします」

お妙はそう言って、笑みを浮かべた。お園は思った。

――お妙さんは、奉仕の暮らしを望んでいたのだな。もともと、面倒見が良い人なのだろう。お母さんをずっと見ていらっしゃったのだから。

明るく、穏やかになったお妙に、お園は安堵した。

「それは、とてもよろしいことですよ。お百姓さんたちと普段から交流があれば、いざという時、頼りになってくれるでしょうから」

「ええ。これからは私、白玉のように、柔らかな心で、まろやかに、しなやかに生きていきたく思います。それに……暗い顔で、こそこそしていると、耶蘇教などの危うい集まりと誤解されてしまいますものね」

二人は顔を見合わせ、微笑み合う。お園は「その節は失礼いたしました」と頭を下げた。

お園はお妙を引き止める気など、まったくなかった。これだけ心が決まっているなら、笑顔で送り出してあげたかった。

お妙はお園に、包みを差し出した。

「これ、今朝、私が作った酒饅頭です。お園さんにお渡しするのはお恥ずかしいようなものですが、受け取っていただけたら嬉しいです。お園さんには、色々たくさんいただいてしまいましたから」

「まあ、ありがとうございます。遠慮なくいただきます。美味しそう！」

お妙から渡された酒饅頭は、まだ温かかった。旨そうな匂いが、ほくほくと漂ってくる。

「長屋の皆さんにも、お別れの御挨拶で、お配りしたんですよ。皆さん、喜んでくださって、『ようやく仲良くなれそうなのに、出て行っちゃうんだね』と、しんみりしてくれました。最後に、そんなことを言ってもらえて、よかったです」

「皆さん、寂しいでしょうね。タキさんも。でも、人生をお決めになるのは、お妙さんですもの」

「はい。お園さんのおかげで、決めることが出来ました。本当にありがとうございました。お園さんのお料理をいただくうちに、私、なんだか前向きになってしまったんですよ。西瓜のお料理だって、余りものの皮があんなに美味しいおかずになるなんて、驚きでした。それで、思ったのです。捨てられてしまうような余りものだって、使い方次第では役に立つのだな、って。だから余り者の私だって、何かの役に立つことが出来るのではないか、って」

「当たり前じゃないですか。お妙さん、素直で素敵な方ですもの」

「お気遣い、ありがとうございます。そうなれますよう、これから努めていきます」

今日のお妙はやけに美しく、お園は目を細めた。お妙は続けた。

「二度目に訪ねてくださった時、煮付けをいただきましたでしょう。お供えさせてもらいましたが、あの夜、母が枕元に現れたのです」

お園は瞬きもせず、黙って聞く。

「母は言いました。『この煮付け、とっても美味しいねえ』、と。『百合根を煮付けに使うなんて、お園さんは縛られない料理をする人なんだね。そうさ、縛られてはいけないんだ。お前、悪かったね。私が病だったばかりに、お前をずっと縛り付けてしまった。お前、もう、好きに生きていっていいんだよ』、と」

「……お母様も、お妙さんの旅立ちを、祝っていらっしゃいますね」

酒饅頭の甘やかな香りが、沁みた。お妙は一息ついて、言った。

「私があの長屋を離れなかったのは、逃げていった亭主が万が一にも戻って来るかもしれないと、望みを掛けていたからです。ろくでなしでも、惚れていましたからね。でも……白玉のお汁粉をいただいた夜、お園さんがお帰りになった後、ふと思ったのです。万が一に亭主が戻って来て、また一緒に暮らし始めたとして、それで本当によいのかな、と。本当に自分のためになるのかな、と。そして、はっきり気づいたのです。今の私には、あんな男との暮らしより、連での生活のほうがずっと幸せだろう、と。それで、真に踏ん切りがつきました」

晴れやかな表情のお妙を眺めつつ、お園も自分に問い掛けた。

──私はどうなのだろう。清さんが万が一に戻って来たとして、また二人で生きていくのは、よいことなのだろうか。今の、毎日忙しくも、周りの人たちに恵まれた暮らしと、どちらが幸せなのだろうか……。

お園の心に、吉之進の姿が、灯火《ともしび》のように浮かんだ。

お園がお妙に何かを言い掛けようとした時、店の掃除をしに、お里が二階から下りてきた。お里はお妙を見ると、声を上げた。

「あ、あの時の。……先だっては、本当にありがとうございました」

「いえいえ、足のほうは、もう大丈夫そうですね。よかったです」

「ええ、だいぶ良くなりました。……あの、どちらかへいらっしゃるんですか」

「はい。引っ越しです。新しいところで、一から始めようと思って」

「そうなのですか……」

お里は、眩しそうにお妙を見た。

お園は酒饅頭を二つに割り、餡の詰まったそれを頬張った。

「あら、美味しい！　甘酒が利いてて、ほっくほくで、餡もたっぷり。私の好きな粒餡なんて、嬉しくて泣けてきちゃう。ほら、お里ちゃんもいただきなさい。お妙さんがお作りになったお饅頭。まだ温かいよ」

お園に手渡され、お里も頬張る。

「美味しい……粒餡、私も好きだから、嬉しいです。皮も、ふわふわと柔らかで」

「よかったです。そう言ってもらえて」

お園とお里の満足げな顔に、お妙は胸を撫で下ろした。お妙は、百合を象ったちりめん細工の袋も、二人に渡した。

「まあ、綺麗！　なんて細やかに作られているのでしょう。飾っておきたいです」

お園とお里が喜んで礼を言うと、お妙は照れくさそうに顔を伏せた。

「まだまだお粗末でお恥ずかしいのですが、御心配をお掛けしましたので、お二人にお受け取りいただきたかったのです。よろしければ、使ってやってください」

「もちろんです。有難く使わせていただきます」

「私も大切にいたします。百合のお花、私も大好きなので」

お園とお里は、改めてお妙に礼を述べた。

二人に見送られ、お妙は発《た》った。

「ヤマブドウが実ったら、必ずお届けに参ります」と約束をして。

六

葉月《はづき》も半《なか》ばのこの時季になると、町で虫売りの姿を見掛けるようになる。竹籠に秋の虫を入れて、売り歩くのだ。

松虫、鈴虫、草ひばり。お園は、音楽のような美しい音色で鳴く、草ひばりを好んでいた。

今宵は十五夜、中秋の名月だ。お園は徳利にススキを挿し、店にも飾った。中秋の名月は、芋名月とも言われる。里芋の収穫期にあたるので、その名がついた。

お園は十五夜には、毎年、芋団子のあんかけを出して、店の名物となっている。茹でた里芋を潰して、片栗粉と混ぜ、団子に丸めて、揚げ焼きをする。それに、シメジやエノキなどで作った茸《きのこ》あんをかけるのだ。

常連客たちはもちろん、吉之進も訪れ、お園の芋団子を堪能した。月見酒は、腸《わた》酒、雲丹《うに》酒、鮭酒。それぞれ、湯呑みにコノワタ、ウニ、シャケを入れて熱燗を注いだものだ。変わり酒を呑みながら眺める月も、また乙であろう。

店を閉めて二階に上がると、お里がお園に包みを渡した。

「いつもお世話になっておりますので、心ばかりの物で申し訳ないのですが」、という言葉とともに。

お里が贈ってくれたのは、菜箸《さいばし》だった。

「まあ！　う、嬉しいけれど、これ、どうしたの？」

目を丸くするお園に、お里は目を伏せながら答えた。

「少し前に、八兵衛さんにお小遣いをいただいたのです。怪我をしてしまった私を、励ましてくださったのでしょう。……でも、せっかくいただいても、私はほしいものが特にあるわけでもなくて。それならば、よくしてくださっている女将さんのお役に少しでも立てればと思ったのです。受け取っていただけますか」

象牙色の美しい菜箸を見つめ、お園は胸が熱くなった。

「お里ちゃん、ありがとう。こんな素敵なお箸を贈ってくれて。料理がますます楽しくなっちゃうね。有難く、大切に使わせてもらいます。でも、決して気を遣ったりしないでね。黄表紙でも買えばよかったのに。……お里ちゃんの真心、とっても嬉しいけれど。本当にありがとうね」

お園はお里に向かって、頭を深く下げた。お里は慌てて返した。

「女将さんこそお気を遣わないでください！　私こそ嬉しいです、受け取っていただけて。これは菜箸ですけれど、お箸には、人と食べ物を結ぶ〝橋渡し〟の意味があるんですって」

「橋渡し？」

「はい。女将さんを拝見していて、女将さんも、人と食べ物を結ぶ橋渡しをなさっていらっしゃるって思っていたんです。素敵なお役目だな、って。だから、お箸を贈らせていただきたかったんです。……あ、ごめんなさい。生意気なことを申し上げてしまって」

お里は頰を赤らめ、項垂《うなだ》れる。お園はもう一度「橋渡し……」と小声で繰り返し、「ありがとね」と再び礼を言ってお里の肩を抱いた。お里は含羞《はにか》みながら、こんなことも言った。

「女将さんはきっと料理人になるためにお生まれになったのでしょうね。橋渡し、のお役目のために」

お里の言葉に、お園は目を見開いた。この娘はいつもは口数が少ないが、時々ドキッとするようなことを言うのだ。

「嬉しいけれど、そんなこと考えたこと、なかったわ。私はただ料理が好きで、それしか取り柄がなくて、料理屋を始めたようなものだから。私も色々あったし……」

お里は大きく瞬きし、返した。

「そうだったのですか……。でも、色々あったことも、すべてはここに繋がっていたのだと思います。人とお料理の橋渡し、となってくださるために」

お園はお里を見つめた。黒目がちな眸は、相変わらず美しく澄んでいる。お里の言葉が心に沁み通ってゆくのを、お園は感じていた。お園は「ホントにありがとね」と、お里をいっそう強く抱き締めた。

お園はお里と一緒に、窓を開けて月を眺めながら、あまった芋団子を食べた。まん丸な月に照らされ、お園の心は満ち足りていた。


次の日の朝、お園は〝おめざ〟として、寒晒粉を使って大根餅を作った。贈られた菜箸を早速使って料理をして、お里に食べさせてあげたかったのだ。大根おろしと寒晒粉を混ぜ合わせ、胡麻油で焼けば出来上がり。簡単だが、もちもちとした歯応えが堪らぬ一品である。

菜箸で大根おろしと寒晒粉を混ぜ合わせつつ、お園は思った。

――寒晒粉は冷たさに晒されて、味に深みが出て、滑らかになる。大根も同じだ。

寒さに晒されて、甘味が増して、美味しくなる。……そう言えばお里ちゃん、大根の花にも似てるな。真っ白で、小さくて、愛らしくて。

心が温まるという、お里の言葉が蘇る。

——お里ちゃん、心が寒かったんだね。私だって、そうだった。清さんが消えてしまった時は、心が凍りつくようで、暫くは泣き暮らしていた。でも、今にして思うと、寒さに晒されたおかげで、滑らかになったような気もするんだ。傷ついたおかげで、若い頃よりは、人の気持ちを考えるようになった。自分が痛い思いをしたから、人の痛みも分かるようになったのかな。そして、そのようなことが、お客さん相手の商いに繋がっているのかもしれない。

どちらも真っ白な大根おろしと寒晒粉が、混ざり合ってゆく。

——お里ちゃんは、子供のように無垢《むく》で真っ白だ。そのお里ちゃんも寒さに耐えれば、深みを増した大人になれるということなのだろうか。それは過酷なことなのかな。……いや、人として必要なことなんだ。だって誰だって、いつまでも子供ではいられないんだから。人は皆、成長しなければ……。

お園は、歳が離れたお里に、自分を重ね合わせて見ていることがあった。お里の痛みが自分のことのように感じられ、乗り越えていってほしいと心から願う。そんな思いを込めつつ、お園は菜箸を動かしていた。

——でもお里ちゃんって、私より年下だけれど、或る意味私よりずっと大人だな。このお箸のこともそうだけれど、自分のことより相手のことを考えているんだもの。心が細やか過ぎるんだ。

そう思うと、お園はお里がいっそう気に掛かり、力になってあげたいのだった。

七

葉月も下旬に入り、このところお里は落ち着いていたし、足もすっかり良くなったので、お園は独りで湯屋へ行くことを許した。

お里がこんなことを言ったのだ。

「もうちゃんと歩けますので、湯屋へは独りで行ってもよろしいでしょうか？　女将さん、朝も昼も仕込みなどがあってお忙しいので、いつまでも付き添っていただくのは心苦しいのです。必ず真っ直ぐ帰って参りますので、どうかお許しいただけませんでしょうか」

お里がお園のことを慮《おもんぱか》っているのは、見て取れた。確かにお里に付きっきりでは、お園の仕事に影響が出てしまうのだ。

付け火の件など気掛かりなこともあるので、お里からはなるべく目を離したくはなかったが、一日中見張っているというのでは互いに息苦しくなってくる。

ならば少しぐらいは自由にさせてあげたほうがお里の心情にも良いだろうと、お園は考えたのだ。抑えつけ過ぎて暴走されては堪らない、と。


ところが、或る日、湯屋から帰って来た後、また少しお里の様子がおかしくなってしまった。ソワソワとして動揺がはっきりと見られ、お園は心配になった。

「何かあったの？」

お園が訊ねても、お里は無言のまま二階に上がってしまった。顔も強張り、青ざめていた。

すると少し経って文太がやって来て、お園に告げた。

「あの音弥って飴売りが、町中で、お里ちゃんに何か話し掛けてたよ。お里ちゃんの腕なんか摑んじゃってさ、つきまとってる感じだった。湯屋の帰りのところを、待ちかまえていたんじゃないかな」

その話に、お園は目を見開く。

「音弥が？　なんで？　さてはあいつ、お里ちゃんに一目惚れでもしたかな。お梅さんのこともあったし、あんな女たらしに近づかれたら、怖いわ」

「注意したほうがいいぜ」

文太はそう念を押して、帰っていった。

ほとぼりが冷めたと思い、湯屋へお里独りで行かせたのが間違いだったと、お園は自分を責めた。

あまりうるさく言うのも逆効果になりそうでお里の束縛を緩めたが、音弥のような男が近づいて来たとなれば、話は違ってくる。お園は、なるべくお里と一緒に行動しようと思った。

お園は、お里が湯屋に行く時、再び付き添うようになった。

或る時、湯屋で幸作のいる朝顔長屋のお民と一緒になり、お園はお里に付き添っている理由を話した。

「お里ちゃん、変な男に目をつけられてしまったから、心配でね」、と。

すると、お民は笑顔で申し出た。

「じゃあ、これからはあたしが付き添ってあげるよ。お園ちゃんは店が忙しいから、いつもじゃたいへんだろう。あたしに任せな。お里ちゃんに変な虫が近寄ってきたら、投げ飛ばしてやるからさ！」

お民は毎日、お園のところにお里を迎えに来て、ちゃんと送り届けると言う。決して目を離さない、と。

お園は少し躊躇ったが、お民の厚意に甘えることにした。お里を湯屋に朝連れて行くにしても、昼の休み刻に連れて行くにしても、仕込みや食材を買い揃えるなどほかの用事も多く、慌ただしいからだ。それになんだかんだと頼まれ事も多いので、それらに費《つい》やす時間もほしい。

お園はお民を信頼しているので、安心して任せられると思った。お里も、お民には人見知りせず接することが出来るようだった。

「お里ちゃん、どうする？　ねえさんに付き添ってもらってもいい？」

お園が訊ねると、お里ははっきり答えた。

「はい、お民さんがよろしいのでしたら、付き添っていただきたいです」

お園は、お里をお民にお願いすることにした。

しかし、安堵したのも束の間、幾日か経ってお里は姿を消してしまった。

その日、お園は早朝から魚市に行き、めぼしいものを探していた。

お里から「女将さんはきっと料理人になるためにお生まれになったのでしょうね。橋渡し、のお役目のために」と言われたのが嬉しく、お園は料理に対していっそう真摯に取り組みたいと思うようになっていた。

魚市を出るとお園は店に戻り、朝餉を作って二階へと持っていった。調達した鱸《すずき》を椎茸《しいたけ》と醬油焼きし、ほうれん草のお浸《ひた》しもつけた。鱸の料理は、お客に出す前にお里に味をみてもらうつもりだった。

お里の部屋に入る前、お園は襖越しに声を掛けた。

「御飯持って来たよ。入っていい？」

しかし、返事がない。お園はおかしいなと思いつつ、もっと大きな声でもう一度問い掛けた。

「お里ちゃん、起きてる？」

静まりかえったままだ。お園は胸騒ぎがし、襖を開けた。

お里はいなかった。

布団が畳んであり、その上に、置き文が残されている。お園は手を震わせ、読んだ。

《今までお世話になり、ありがとうございました。家に帰ります》

慌てて外に飛び出し、辺りを隈《くま》無く捜す。だが、お里の姿は見当たらない。額に汗を浮かべて、お園は道端にしゃがみ込んだ。

「お里ちゃん、お里ちゃん！」

通りを歩く人が不審気に振り返ったが、返事はない。ただ、お園の声だけが、虚しく響き渡っていた……。

その頃。庄蔵のことを探っていた吉之進は、身が引き裂かれるような真実を突き付けられていた。庄蔵が江戸を離れる前に入り浸っていたという賭場が開かれる中間《ちゆうげん》部屋を見つけ、潜り込んだ時だ。

——隼川《はやかわ》庄蔵はけっこうやばいヤツだったぜ。五年ぐらい前か、どこかの橋のたもとで辻斬りがあった時、やはりここによく来ていた浪人が下手人で自害したということになったけれど、何かおかしかったんだ。その浪人は粋がっていたけれど、人斬りなんてするやつには見えなかったからさ。だから俺たちの間では、こんなことを噂してたんだ。その浪人、木内と言ったんだけれど、そいつは一度捕まったことがあって、その同心をとにかく恨んでいた。橋のたもとに立っていたのはその同心の女だったらしく、それを知っていた上で、賭け事好きの庄蔵が「どうせ出来ぬだろう」と思って木内をそそのかして、「腕試しに女を斬ってみろ。しかもお前が恨んでいるやつの女だぞ。斬れたら金をやるぜ。でも斬れなかったら、お前が払え」などと面白半分でけしかけたら、募った恨みと金ほしさに本当に殺っちまった。でも金は渡したくはないというんで、自害に見せ掛けて殺したのだろうって噂してたんだ。庄蔵は、そんな賭けを一両ぐらいでよく俺たちにも持ち掛けていたからな。乗るやつは、殆《ほとん》どいなかったけれどね。

——その辻斬りのことがあってから、庄蔵も姿を見せなくなって、半年ぐらい経って、またひょっこり現れたんだ。犠牲になった娘が同心の思い人だったって噂が流れたから、さすがのあいつも身の危険を感じて、暫くどこかに隠れていたんだろう。それからあいつの家が改易《かいえき》になったとかで、クサクサしてたんだろうな、酷く荒れてたよ。毎晩のように誰かに喧嘩を吹っ掛け、居酒屋で隣り合わせた客に因縁つけて半殺しの目に遭わせたりね。それからまた、庄蔵は不意にいなくなっちまった。家も潰れちまったし、積もった悪事でそろそろ捕まりそうだから江戸から逃げたんじゃねえかって、皆言ってたよ。

そのことを知った時、吉之進は愕然《がくぜん》となり、やがて足元から這い上がってくるような怒りを覚えた。

吉之進は裏をとろうと、稲荷橋の付近を新しく聞き込んだ。紗代の事件があった当初は、吉之進は酷い打撃で自失してしまい、探索さえ出来なかったのだ。その無念を晴らすべく、吉之進は目を微かに血走らせ、いたるところを尋ね歩いた。

すると、現場から少し離れた本湊町《ほんみなとちょう》の料理屋に奉公している六助《ろくすけ》という男が、こんなことを証言した。

六助は当時十歳で、事件があった刻、塵を捨てに外へ出ていた。その時、裏の通りの物陰から何か聞こえてきて、「なんだろう」と耳を澄ませ、目を凝《こ》らした。どさっと人が倒れる音がして、大きな男が走り去るのが見えた。

ただごとではないと思い、六助は急いで身を隠した。小心者の六助は、とてつもなく恐ろしくて、躰の震えが暫く止まらず、這うようにして戻った。顔などはよく見えなかったが、大きな男の迫力に気圧《けお》されてしまったのだ。

翌日、辻斬りのことを知り、六助は血の気が退いた。下手人と見られる男は喉を突いて自害し、店の目と鼻の先で遺体が見つかったという話であった。六助は釈然としないながらも、大きな男が逃げ去ったことは、誰にも話せなかった。恐ろし過ぎて、話せなかったのだ。もし話したら、あの大きな男が自分を捕まえに来て、殺されるのではないかと思った。十歳だった六助は、暫く夜ごと悪夢にうなされたという。しかし、六助も十五になり、だいぶしっかりしたのであろう、今回、吉之進にそのことを正直に話してくれた。六助はこんなことも語った。

──辻斬りがあった次の日、下手人と思われる浪人の遺体が引き取られた後、塵出しをしなければならず、恐る恐る、再び裏口へ出たのです。すると、裏の通りから犬の声が聞こえてきて、微かに震えながら、覗き見ました。犬が、道に落ちていた何かを漁《あさ》っているようでした。浪人の遺体が見つかった場所と、おそらく少し離れていたでしょう。犬が去った後、怖々、通りへ出てみました。犬が漁っていたものは、煎餅のようでした。こんなところに煎餅が落ちているなんて妙だなと思いつつも、子供だった私の興味を引いたのは、その煎餅を包んでいたであろう、綺麗な紙でした。千草色の、江戸小紋の千代紙だったのです。

──甲斐《かい》の田舎から江戸へ来た私は、「江戸では煎餅をこんな美しい紙で包んだりするのか。凄いなあ」と、思わず手に取りました。その紙は犬に漁られて千切れていましたが、そんなことは構いませんでした。その美しい紙に、昨夜から緊張し続けていた心が、ふっと癒されたのです。「こんな煎餅をいつかおいらも食べてみたい。どこの店のだろう。いつか探し出そう」。そんなことを思いながら、私はその千切れた紙を、懐に忍ばせたのです。そしてその紙を、田舎の母から持たされた小箱に大切に仕舞いました。十歳の小僧には、そんながらくたのようなものでも、じゅうぶんな宝物だったのです。当時は、ひたすらその紙が綺麗に思えて、無邪気に拾ってきたのですが、今になって考えてみると、あの煎餅はもしかしたら逃げていった男が落としたものだったのかもしれません。あんなところに煎餅が落ちているなんて、滅多にありませんでしたから。もし逃げた男が落としたものだったら、恐ろしいことをしたと思いますが、あの時は紙に興味を引かれてしまって、不思議と怖くなかったのです。

六助は、小箱に入れっぱなしになっていた煎餅の紙を、吉之進に見せてくれた。それはまさに、庄蔵の好物、〈唐木屋〉の煎餅を包んでいた紙であった。逃げたという男が庄蔵であることは、疑いなかった。

吉之進は思わず、懐を押さえた。懐に忍ばせた三徳には、お園が折った、千草色の鶴が入っていた。

五品目　花咲く鍋

一

お園は弁当を持って、久しぶりに朝顔長屋の幸作を訪ねた。弁当は秋刀魚《さんま》飯と煮物にした。秋刀魚飯とは、醤油に馴染ませた秋刀魚を焼き、ほぐして酢飯に混ぜたものだ。それに里芋と人参とインゲンの煮物を添え、彩りを整える。

幸作は、お園が持って来た弁当を口にしながら、申し訳なさそうに言った。

「悪いねえ、いつも。俺みたいな老いぼれに、こんな御馳走を」

「御馳走なんてものじゃないから遠慮はいらないわ。お爺さんに少しでも元気になってほしいから」

幸作はお園をまじまじと見た。

「お園ちゃんこそ浮かない顔して、元気が足りないようだ。何かあったのかい」

年寄りの鋭さにどきりとし、お園は口を噤《つぐ》んだ。幸作は箸を持つ手を休め、お園をじっと見つめている。お園は幸作なら話しても差し支えあるまいと判じ、口を開いた。

「うちに居候していた娘さんが、急に居なくなってしまったの。『家に帰ります』と置き文を残して。でも、本当に家に帰ったかどうか、行方が気になって仕方がないのよ。何か変なことにでも巻き込まれてないか、って」

「その娘さんってのは、知り合いじゃねえのかい？　実際に家に行って、帰ってるかどうか確かめればいいじゃないか」

「それが……知り合いというわけではなかったの。実を言えば、本当の名も、家がどこにあるのかも、知らなかったの。その娘さん、店の前で倒れていたのよ。それで介抱してあげたのがきっかけで、うちに暫く置いてあげていたの」

お園の話を、幸作は納得がいかぬような面持ちで聞いていた。

「世話になったってのに、置き文一つで挨拶もなく出ていっちまったってわけか。まったくお園ちゃんは人が好過ぎるぜ。放っておけばいいじゃないか、そんな娘」

「ううん、放っておけないのよ。様子がね、ちょっとおかしかったから。だからどうも気掛かりで。……勝手にいなくなってしまったけれど、いい娘さんだったのよ。けなげで、優しくて、手伝いも一生懸命してくれてたの」

幸作は、ふうと息をついた。

「で、手掛かりはないのかい」

「うん。どうしたらいいのかしら」

お園はしょんぼりした顔で、目を伏せる。幸作はお園に目をやりながら、左手で無精髭の生えた顎を頻《しき》りにさすり、右手の指を鳴らした。どちらの手にも、皺が深く刻まれている。お園は幸作の右手を、ぼんやりと見た。

幸作は指を鳴らすのを止めると、両の手を閉じたり開いたりしていたが、妙にはっきりした声を響かせた。

「……なあ、お園ちゃん。その戸棚の一番下の引き出しに、半紙と筆が入ってるから、取ってくれるかい？」

「え？　あ、はい」

怪訝に思いつつ、お園は幸作に言われるとおりにした。幸作は筆を持って紙に向かい、お園に訊ねた。

「その娘さん、どんな顔をしていた？　特徴を教えておくれ。眉は細かったかい、太かったかい？　顔の形は丸かったかい、細面だったかい？　どんなことでもいい。話してくれ」

「え……そうね、顔は小さいけれど丸みがあって、顎が少し尖《とが》っていて」

望まれるまま、お園はお里の顔立ちを告げてゆく。幸作はそれを聞きながら、筆を巧みに動かした。

「ふむ。……こんなものかな」

幸作は筆を止め、紙をお園に見せた。お園は目を丸くし、叫んだ。

「こ、これ、お里ちゃんだわ！　す、凄い、お爺さん、絵がこんなに上手だったの？　びっくりね！」

幸作が描いた似顔絵は、お里にまさにそっくりだった。お園があまりに驚愕するので、幸作は照れて頭を掻いた。

「なに、たいしたことじゃねえよ。俺、絵を描くのは昔から好きだったんだ。でも良かった、そんなに似ているなら、それを持って『この娘に覚えはありませんか』と、行きそうなところを訪ねてみればいい。まあ、行きそうなところが分かれば、の話だけどな」

「そうします！　ホント、助かったわ。この絵、必ず役立たせるからね。お爺さん、本当にありがとう」

お園は幸作に頭を深く下げた。

「なに、有難いのはこっちのほうさ。お園ちゃんの役に立てたら、嬉しいよ。……ふむ。待てよ、この娘さん、どこかで」

幸作はお園から半紙を奪い、じっと眺め、思い直したように言った。

「いや、どこかで見たような気がしたけれど、やっぱり思い違いだ。すまん」

幸作はお園に半紙を返し、箸を摑んだ。

「おっと、絵を一枚仕上げたら、腹が空いちまった」

幸作は「旨い、旨い」と秋刀魚飯をかっこむ。お園は絵をつくづくと眺め、再び感嘆した。

「しかし上手ねえ。お里ちゃんにそっくりですもの。よく特徴摑んでるわ。才能あるのね、お爺さん」

幸作は食べる手を止め、洟《はな》をちょっと啜って言った。

「若い頃、俺は絵師になりたくて、豊後《ぶんご》から江戸に出て来たのよ。親父の『堅気《かたぎ》に生きていけ』っていう願いを振り切って、家出同然でな」

お園は半紙から幸作へと目を移した。幸作は続けた。

「江戸で弟子入りして、起きている間はずっと絵を描くような日々だった。でもよ、その道で成功するってことは、たいへんでね。いくら描いても描いてもなかなか売れず、そのうち俺も自棄になって呑む・打つ・買うに逃げ込んじまって、女房に苦労掛けてばかりだった。『俺はどうせ才能なんかねえんだ』って家で暴れて、女房を殴ったこともあったよ。女房は胸の病に罹《かか》ってたのに、俺を支えて無理して働いて、冷え込む晩に、血を吐いて逝っちまったんだ。腹の中には赤ん坊がいたってのに、俺、気づかなかった。俺、莫迦《ばか》だから」

お園は目を見開き、息を呑む。幸作は里芋を口に放り込み、嚙み締めた。

「己の不甲斐なさがやりきれなくてね、俺は絵筆を絶ったんだ。いや……描けなくなっちまったんだな。俺の絵の犠牲になった、女房、そして見ることのなかった赤ん坊のことを思うとね。苦労掛けちまったけれど、恋女房だったからな。絵を辞めた俺は、その日暮らしで、日雇いの仕事でも、何でもやって生きて来たさ。でも、粋がってきた俺も、もうすぐ六十。気弱になっちまったってわけだな」

弱々しく笑う幸作の背を、お園はそっとさすった。

「知らなかったわ。お爺さん、絵を描いていたのね。どうりで上手なわけね。ごめんなさい、生意気なことを言ってしまって」

「嬉しかったよ、褒めてもらえて。絵なんて描けなくなっちまったと思っていたけれど、ちゃんと描けて良かったよ。……お園ちゃん、俺はずっと思ってたんだ。どうして俺ばかり損するんだろう、俺の人生って何だったんだろう、ってね。まだ、それは分からない。でも、お園ちゃん始め皆、赤の他人のこんな老いぼれを気遣ってくれて、温もりを分けてくれる。こんな有難いことはねえさ。俺の人生満更でもなかったな、そう思ったら、なんだか少し元気になったんだ。もう少し長生きしてみるか、ってね」

お園は目を潤ませ、幸作の手を握った。

「お爺さん、その意気よ。幸せなんて、心の持ちようですもの」

幸作はお園の手を握り返した。

「お園ちゃん、あんたは温けえなあ。……お園ちゃんが作ってくれた煮物も、味が沁みてて旨いなあ」

「そう? 煮物って、煮れば味が沁み込むってものでもないのよ。火を止めて、冷ます時に、味が沁み込んでいくの。人生ってのもそうではないかしら? 寂しい時や辛い時、つまりは冷えてる時に、味が沁みていくんじゃないかな。そういう時って、物を考えるでしょう。自分が愚かだったな、とか。後悔して、じゃあ、これからは同じ失敗はしないようにしよう、とか。そうして、人間味が増していくのよ、きっと。誰も、寂しい時って必要なのね」

幸作はお園を見つめ、目を瞬かせる。お園は続けた。

「私、お爺さんのこと、好きよ。私だけじゃない。この長屋の人、みんな、そう思ってるわ。……だって、お爺さん、味が沁みてて、粋だもの」

幸作はお園の手を握り締め、「ありがとう」と掠《かす》れる声で言い、笑みを浮かべて頷いた。

「お爺さん、さっき私のこと『温かい』って言ってくれたでしょう。それはきっと、私が寂しい思いをしたことがあるからよ。心が冷えきっていた時に、味が沁み込んだのよ、私も。冷える思いをしたから、温かくなれたなんて、不思議ね」

幸作は「うん、うん」と頷きながら、お園の言葉に耳を傾ける。

「お爺さん、言ったでしょう。『長く生きてみよう』って。その意気よ。私、この煮物だって、お爺さんのために時間を掛けて作ったのよ。元気になってくれなければ困るわ。……そうよ、時間が掛かったって、いいじゃない。早けりゃいいってものではないわ。幸せになるのに、早いも遅いもないもの。若いうちに幸せになろうが、お爺さんお婆さんになってから幸せになろうが、そんなの人の勝手よ」

お園の考え方に、幸作も思わず苦笑する。でも、少しでも笑みを見せてくれて、お園は嬉しい。

幸作は弁当を平らげ、しっかりした口調で言った。

「早いも遅いもない、か。俺もまだ、頑張れるのかもな。何かまた、やってみるか」

お園は返した。

「そうよ。何かを始めるのに、遅いなんてことないのですもの！　桜だって早咲きも遅咲きも、皆、綺麗でしょう。なにも違わないわ」

「それもそうだな」

幸作の表情がずいぶん和らぎ、目にも生気が宿り始め、お園は安心した。このまま健康になってくれればと、心底願う。

「絵もまた描いてみてね」

お園が言うと、幸作は笑みを浮かべて答えた。

「いつかお園ちゃんの絵を描いてみてえなあ。たすき掛けで、板場に立っている姿を」

帰り際、お園はお民の家に目をやった。ずいぶんひっそりしていて、留守にしてるようだ。

お園は声を掛けるのをやめ、朝顔長屋を後にした。

二

葉月ももう終わりに近づいている。葉月は付け火もなく、江戸の町は穏やかだった。

暑さも薄らいできた夜、八兵衛とお波が連れ立って、ふらりと店を訪れた。お客はほかにおらず、八兵衛夫婦の貸し切りのようになる。

二人ともお里のことが気掛かりのようだったが、お園を慰めてもくれた。

「無事家に帰ったならいいさ。あんまり気落ちするなよ。今度は女将が参っちまうぜ」

気遣ってくれる二人の前では、お園も浮かぬ顔は出来ず、いつもどおりに振る舞った。

「お里ちゃんに良くしてくれて、ありがとうございました。お店まで手伝ってもらっちゃったし」

お園は親愛の情を込め、二人に料理を出した。

「あら、茶碗蒸し！　あたし、茶碗蒸し大好きなの。でも、ちょっと不思議な感じね。厚揚げなんかが入っちゃってさ」
お波は碗を眺め回した。基本の紅白蒲鉾《かまぼこ》のほか、厚揚げ、青菜、白玉まで入ってい
る。どれも、お里がいたときに関わった事柄から着想を得て、混ぜてみた。
「意外に茶碗蒸しに合うのよ。食べてみて」
お園に勧められ、お波は「どれ」と手を伸ばす。蕩ける卵とともに厚揚げを口に含
み、嚙み締め、お波は目を見開いた。
「やだ、美味しいじゃない」
「ね、一風変わったものを入れても、いけるでしょう?」
美味しいと言われ、お園は満ち足りた笑みを浮かべる。一風変わった茶碗蒸し、八
兵衛も気に入ったようだ。
「なるほどね。銀杏《ぎんなん》や海老《えび》が入ってるのだけが茶碗蒸しとは限らねえってことか。馴
染みの味にとらわれず、まだ見ぬ味を追い求めるってのが、さすがは女将よ。この白
玉、みたらし味ってところが、また」
舌鼓を打つ二人を、お園は柔和な眼差しで見つめる。
食べ進めるうち、お波は目を丸くした。
「あら、うどんも入ってる」

お園は説明した。

「〈おだまき蒸し〉って言ってね、上方の食べ物なの。一見茶碗蒸しなんだけれど、中にうどんが入っているのよ」

もし八兵衛たちに好評なら、店でも出すつもりだった。

「おだまき蒸しって、名前もいいねえ。……《しづやしづ。しづのおだまき繰り返し》か。菊様の静御前、私も見たかったな」

「しづやしづ……？」

お園は目を見開いた。お里も同じ歌を口ずさんでいたことを思い出したのだ。

お波は言った。

「静御前が、頼朝《よりとも》の前で歌ったという有名な歌よ。義経への思いを胸にね。頼朝は激怒したというけれど、静御前の一途な心は美しいよね。ほら、私、芝居が好きだから」

お園は息を呑み、目を泳がせる。義経と静御前は、確か、光彰が書きたがってた悲恋話ではなかったか。思い合っていたのに、結ばれることのなかった、儚《はかな》い定めの二人……。

八兵衛が口を挟んだ。

「ふうん。なるほど。おだまき蒸しってのは、中に入ってるうどんが糸を巻いてるように見えるから、その名がついたんだろうな。おだまきって花もあるけどよ」

「花？」

「なんだ、女将、知らねえのかい。糸巻きに似た花だよ。薄紫とか紅色の、可愛らしい花だ。見れば分かるよ」

「そうだったの……おだまきって、花だったの……」

「そうよ。静御前の歌に出て来る〝おだまき〟も、〝糸巻き〟っていう解釈もあるし、義経が静のことをおだまきの花にたとえて愛《め》でていたから〝花〟という解釈もあるんだって」

お園は気づいた。いつかお里の持ち物を探っていて見つけた押し花、あれはおだまきだったのかと。

《繰り返し……しづのおだまき繰り返し……おだまきの花……》

苧環《おだまき》の糸のように、絡まり合ったものが解《と》けて、一つになってゆく。

貸本屋の利平の母であるお久が言っていた。光彰は生前、このようなことを話していたと。

『静御前は、私の思い人の雰囲気を模して描くつもりなんです』

『私の思い人は、菊水丸にもどことなく似ているんですよ。佇まいや仕草なども』

お園は、ひらめいた。

お里は光彰の思い人だった。そして、恐らく、菊水丸の妹なのだ。

そう考えれば、すべて繋がる。


お園は、八兵衛がせっせと口に運んでいる、おだまき蒸しを見つめた。

全体を包む「卵」に目をやり、お久の一件を思い出した。鶉《うずら》の卵を使った、お久の思い出の〈真昼の月〉。お久は、秘めた初恋に思いを馳せていた。

――光彰さんとの恋は秘めたものだったのだろうか。親も、お里ちゃんを放ったらかしにしていたのだろうか。家柄は良いのだろうが、もしかしたらお里ちゃんは連れ子なのかもしれない。兄の菊水丸も同様で、親に疎まれ、先に家を飛び出したのではないだろうか。そして、離ればなれになっていた兄妹が江戸の町で、偶然出会い、兄は妹の罪を知ってしまった。だから、妹を庇った。決して口を割らなかったのは、そのためだ。菊水丸が越後生まれというのは、やはり売り文句だったのだろう。そう言えば、お波さんも言っていた。『お里ちゃんっていい目をしてるね。菊様もそういう目なんだよ』って。つまりは似ているということだ。

次に「白玉」に目をやり、お妙の一件を思い出す。

——不思議なのは、付け火と花が繋がっているということだ。花を燃やしているというだけではなく、一連の付け火というのは、いずれも花の名所の近くで起きているような気もする。お里ちゃんは、百合の花から、聖母マリアを思い浮かべた。お里ちゃんは花が好きで、詳しいのだろう。光彰さんから色々教えてもらっていたのかもしれない。でも、それなのに何故、花を見ると危険なことをしたくなるのだろうか。

お園は、おだまき蒸しをじっと見つめた。

仲良く並んでいる紅白蒲鉾。紅蒲鉾はお里、白蒲鉾は光彰のようにも見える。それを卵がふんわりと包み込んでいる。卵は、菊水丸の印象だ。卵と菊、似た色彩でもあるし。

一見茶碗蒸しだが、この料理の底には、うどんが潜んでいる。白くもちもちと美味しいうどんであるが、底で渦巻くその姿は、執念深く絡みつく、白蛇のような魔物にも思える。

お園は心の中、呟いた。

　——この事件の底にも、まだ何かが潜んでいるのだろうか。

　八兵衛が箸を動かした。

　卵が掻き回され、紅白蒲鉾の間が裂かれ、白蒲鉾が沈む。底にあったうどんが飛び出してきて、卵が崩れてゆく。

　うどんをずずっと啜るその口元を見ながら、お園は、光彰を不意に襲った悲劇を思い浮かべた。いったい誰が光彰を斬ったというのだろう。何の理由で。

三

　その夜、店を閉めた後、お園は付け火の起きた場所を確認しながら、大きく頷いた。

　やはり、一連の付け火は「花の名所の近くで、その花の盛りの頃」に起きていたのだ。

　如月は、向嶋の隅田村で起きたが、その頃、近くの百花園《ひゃっかえん》では梅が盛りだった。

　弥生は、染井王子で起きたが、その頃、近くの飛鳥山《あすかやま》では桜が盛りだった。

卯月は、本所で起きたが、その頃、近くの亀戸《かめいど》天満宮では藤が盛りだった。

水無月は、浅草で起きたが、その頃はちょうど入谷《いりや》で朝顔市が行われていた。

文月は、本所の押上村で起きたが、その頃、近くの龍眼寺《りゅうがんじ》では萩《はぎ》が見頃になってきていた。


お園は菊水丸が描かれた絵と、幸作に描いてもらったお里の似顔絵をじっくりと見比べ、「やはり似ている……目元などが特に。お波さんが言っていたように、丸くて黒目が大きい、兎のような目だ。顔の形もそっくりね」と呟いた。

お園はもう一度推《お》し量《はか》った。

お里は、菊水丸の妹。

お里は、光彰の思い人だった。

光彰を喪《うしな》って、心を病んでしまった。それで、付け火をした。花が好きなお里は、自《おの》ずと花の名所の近くを選んだ。もしかしたら光彰との思い出の場所だったのかもしれない。

ここに居候するようになって、環境も変わり、皐月の間は付け火を我慢出来たのだろう。いや、そのような気が起こらなかったのかもしれない。

しかし、水無月になり、また発作《ほっさ》が起きてしまった。そして、それを知った菊水丸が、お里を庇った。

音弥は、菊水丸とお里のことに、薄々気づいていた。付け火の現場を、目撃してしまったのかもしれない。だから、お里と話をして、真相を知りたかった。お里が稲荷の階段から落ちたのも、もしかしたら音弥に近づかれ、逃げようとして慌てて……。

そう考えると、辻褄が合う。付け火が起こり始めたのは如月からで、光彰が亡くなったのは昨年の暮れというから、時期的にも重なっていると言える。

お里は、付け火に使った火打ち金などの道具や、おこそ頭巾などの衣類は、稲荷の境内の下などにでも隠していたのかもしれない。稲荷にはよく行ってた。

――お里ちゃんが耶蘇教に詳しかったのも、光彰さんの影響で本をよく読んでいたからだろう。そう言えば、お久さんが話していたっけ。利平さんの貸本屋に、光彰さんが思い人を連れて来たことがあった、と。……ということは、利平さん、もしやお里ちゃんのこと勘づいていたのかな。ここでお里ちゃんを見掛けたことはあっただろう。勘づいていたとしたら、危ない。利平さん、どうか家出だなんだと心配しないでいてくれるとよいのだけれど。

お園は祈るような気持ちで、目を瞑る。そしてゆっくりと開き、溜息をついて、お里に思いを馳せた。

――このところ付け火も止んでいるから、落ち着いているのかな。躰をどこか悪くしたりしていないかな。御飯はちゃんと食べているのかな。

心配が絶えず、お園はただお里の無事を心より願っていた。

お園はこの考えを、吉之進と八兵衛に話してみることにした。お園の知っている中で、この二人が最も思慮深く、口も堅そうだからだ。

吉之進は黙って聞き、お園の話が終わると、ぽつりと言った。

「もしそれが真実としたら、お里ちゃんはあまりに辛かったであろう。……菊水丸もな」

うつむいた吉之進の横顔に、深い影が差している。喪った思い人……紗代のことを思い出しているように、お園には見えた。

お里のことに気を取られながらも、このところの吉之進の変化に、お園は気づいていた。頬が瘦《こ》け、酷く思い詰めた顔をしているのだ。

庄蔵のことで何かあったのかとも思ったが、お園は口には出さなかった。吉之進のその表情から、迂闊《うかつ》には訊けないような気がしたのだ。心配だったが、吉之進が自ら話すまで、問い質すのはやめようと思った。

八兵衛には、吉之進とは別に話した。八兵衛は苦み走った顔で聞き、腕を組んで答えた。

「女将の話が本当だとしたら、お里ちゃんは善い娘だ、助けてやろうじゃねえか。なに、過《あやま》ちなんてものは、誰にでもあるさ。そんな事情があっての過ちなら、それで一生を棒に振ることはねえよ」

八兵衛も、付け火を繰り返したであろうお里を、許してあげようと考えているのだ。お園は思った。

——お里ちゃんは苦しんでいるだろうに、世を拗《す》ねたり、人を恨んだり憎んだりという醜い感情を、まったく持ち合わせていないように見える。ただ、自分を責めているような。

——だからこそ、守ってあげたいんだ。……私も亭主に去られて辛い思いをしたけれど、誰を憎むというより悲しみのほうが強くて、ひたすら沈んでいた。

お園も、世を拗ねることも、幸せな人たちを妬《ねた》んだりすることもなかった。

それでいて自分を責めて潰《つぶ》れなかったのは、生来の気性もあるだろうが、周りの人たちの優しさのおかげだった。長屋でも、おかみさんたちが励ましてくれた。日本橋に来て店を始めてからも、お客さんたちの笑顔が何よりの励みになった。自分が悲しみに暮れながらも真っ直ぐに生きて来られたのは、幸運にも周りの人たちに恵まれたからなのだ。

そう思うと、お園の心は震え、あの出来事が蘇った。清次に去られた後、躰を壊して倒れてしまった時、お婆さんに助けられたことだ。

――そして今度は、私が、倒れていたお里ちゃんを抱き起こしてあげたんだ。……数年前は助けられた私が、今度は助けてあげることが出来たんだ。なるほど、歳を取るってのも、悪くはないわね。

お園は拳を強く握った。

――お里ちゃんにも、真っ直ぐ生きていってほしい。今は辛くても、それを乗り越えてほしい。そのためにも、周りの私たちが、力になってあげなければ。

お園は、お里をどうしても捜し出したかった。気掛かりで堪らず、放っておくなど出来ない。

――お里ちゃん、光彰さんの跡を追うなんて愚かなことしなければいいけれど。

そんなことを考えると居ても立ってもいられず、お園は幸作に描いてもらったお里の似顔絵を持ち、深川を訪ね回った。

利平にそれとなく訊ね、光彰が住んでいたのは富岡八幡宮近くの冬木町《ふゆきちょう》であったと、お園は知った。冬木町へと赴き、訊ね歩きながら、光彰が暮らしていたという長屋を見つけ出した。お園は、洗濯をしていたおかみさんをつかまえ、似顔絵を見せ、訊いた。

「この娘さん、見覚えありませんか？　ここに住んでらした光彰さんと一緒に居るところ、見掛けたことなどありませんか？」

おかみさんは似顔絵をじっくりと見て、声を上げた。

「ああ、見たことあるよ！　よく光彰さんのとこに遊びに来ていた。おとなしい感じの可愛らしい娘さんだったよ」

お園はやはりと昂《たかぶ》りつつ、さらに問い掛けた。

「この娘さん、光彰さんがお亡くなりになった後も、ここに来たことありました？」

「うーん、どうだろう。私は見掛けたことはないねえ。光彰さん、あんなことになって、辛かっただろうに。思い人だったんだろう？　この娘さん、今どうしてるんだろうね」

「娘さんについて、何か知ってらっしゃることありませんか？　どこに住んでいたとか、なんでもいいのですが」

おかみさんは少々怪訝そうに、お園を見た。

「なに、この娘さん、何かしたのかい？　捜してるの？」

「え、ええ。ちょっと訳がありまして、捜しているんです。だから、なんでもいいからお話を聞かせてほしくて」

「悪いけど、私は詳しくは知らないよ。この娘さんとは挨拶するぐらいだったからね。私なんかより詳しく知ってる人がいるかもしれないから、ほかもあたってみたほうがいいよ。……あ、ちょいとおチヨさん、この人、何か訊きたいみたいだよ」

気の良いおかみさんは、ほかのおかみさんたちを引っ張ってきてくれた。

しかし皆「見掛けたことがある」程度で、長屋ではお里の詳しい情報を得ることは出来なかった。

——それでもお里ちゃんと光彰さんが思い人同士だったということは裏付けが取れた。

お園は諦めず、もう少し探ってみようと、絵を見せながら、長屋の周辺にも訊き回った。

「光彰さんの思い人だったという娘、あれから見掛けませんか？」、と。すると、「見掛けた」という人がいた。近くに住んでいて、寺子屋を開いている女師匠だった。

女師匠は、こう言った。

「ええ、里江《さとえ》さん、お見掛けしましたよ。光彰さんが飼っていた猫について、訊ねてきたんです。『あの猫、どうなりましたか』って」

お里は本当は里江という名前だということに驚きつつ、お園は身を乗り出した。

「それって詳しくはいつ頃ですか？」

「皐月の半ば頃だったと思います。……あの、里江さん、何かあったんですか？」

女師匠に怪訝な顔で聞き返され、お園は口ごもった。

「いえ、あの……ちょっと気になることがありまして」

女師匠はお園を眺め回し、溜息混じりに言った。

「いえね、前にも里江さんのことについて訊ねて来た人がいたからなんです」

お園はまたも驚きながら身を乗り出した。

「どのような人でしたか」

そんなお園の態度にたじろぎながらも、女師匠は丁寧に応えてくれる。

「ええと……男の人でした。ちょうど貴女と同じような御質問をなさって。私も正直にお答えしたのですが、その時ちょっと喋り過ぎてしまったのではないかと後になって反省したんです」

「どういったことを？」

「里江さんが日本橋に居るのではないか、などということも話してしまったんです。迂闊《うかつ》でした。もしや里江さん、あの男につけ回されでもしたら、と」

「日本橋に居るって、おさ……いえ、里江さんが言ったんですか」

「ええ。猫について訊ねてきたって言いましたでしょう？　それで私、『野良になってしまったみたいよ。でも、時々帰って来てこの辺りをウロウロしているから、見掛けたらお伝えしましょうか。お住まいを教えてくれます？』って訊き返したんです。お住まいを訊ねたのは、里江さん、なんとなく様子がおかしくて、心配になったからです。前に見た時より、ずいぶん窶《やつ》れていたし、心ここにあらずといった風でしたから。そうしたら里江さん、『では、見つけたら教えてください。私が居るのは、日本橋の、こ……』と言い掛け、口を噤んでしまったのです。そして『やっぱり、いいです』と、逃げるように去っていきました。日本橋に住んでいるけれど、詳しくは知られたくないのかな、と思いましたね」

「そのことを、訊ねて来た男の人にも話されたのですね？」

「はい、うっかりと。里江さんの着物が少し汚れていたことや、着物から魚というか、出汁のような匂いがしたということも。……だって、あのお嬢さんいつも身綺麗で、良い香りを漂わせていたんですよ。ちゃんと洗っていないのかな、と、不思議に思ったんです」

お園はめまぐるしく勘を働かせつつ、訊ねた。

「で、その男ですが、どんな人でした？」

「ええ、線が細く、端整な顔をしていました。……そう言えば」

女師匠はお園を見つめ、ゆっくりと瞬きをし、続けた。

「菊水丸って役者に、どこか似てましたよ。この前捕まって、初めて気づいたのですが。まさかあの男、菊水丸本人だったのか否か、今でも謎なんです」

女師匠は首を傾げる。お園は「色々お聴かせくださってありがとうございました」と礼を述べ、立ち去った。

四

その夜、店を閉めた後、行燈《あんどん》の灯る部屋で、お園は独り考えを巡らせた。

――菊水丸はきっと、女師匠さんのお話から日本橋の「こ」がつく町、小網町《こあみちょう》、小泉町《こいずみちょう》、小舟町などの料理屋に絞ってあたってみて、里江ちゃんを見つけ出したのだろう。それでそっと見張っていたのかもしれない。妹が花の名所の近くで付け火をしていることに、もし菊水丸が気づいていたなら、水無月の朝顔市の頃、胸騒ぎがしていただろう。それで、より注意していたところ、その勘働きのとおり、里江ちゃんが付け火を起こしてしまった。妹の後を尾けていった菊水丸は付け火を目撃してしまい、自分が罪を被ったんだ……。

菊水丸は光彰から話を聞き、思い人が自分の妹であると薄々勘づいていたはずだ。ならば、光彰が辻斬りに遭った後、里江のことが心配で堪らなかっただろう。やはり色々探っていたに違いない。

お園だって、里江が気掛かりで仕方がない。里江の苦しみが、まるで自分のことのように感じられる。

好きな人に去って行かれた悲しみ。好きな人が亡くなってしまった悲しみ。より辛いのは、後者のほうだ。去って行かれたなら、万が一、またどこかで会えるかもしれない。だが、亡くなってしまったら、もう二度と、この世では会えない。

お園の心は、行燈の明かりのように揺れる。里江の無垢な笑顔を思い出すと、お園の胸はいっそう締めつけられた。

──あんなに繊細な娘が、そんな思いをしていたなんて。悲しみはどれほどだったのだろう。私などより、ずっと苦しかったに違いない。皐月の間は我慢出来たものの、水無月と文月に再び付け火を起こしてしまったのは、やはり凍てつくような寂しさを抱いていたからだろう。ここに居ても、その寂しさは消えなかったんだ。可哀想に。里江ちゃん、ごめんね……気づいてあげられなかったね。

お園の不安は募《つの》る。里江と一緒に過ごした日々を思い出す。里江は問題も抱えていたが、純粋な娘だった。否、純粋であるがゆえに、心を病んでしまったのかもしれない。そして、里江のその清らかさに、お園の心も洗われていたのだ。

「もう長月《ながつき》ね。段々、夜が長くなっていくわ」

独りごち、お園は溜息をつく。虫の音がどこからか聞こえて来て、お園は目を瞑り、耳をそっと傾けた。

お園は吉之進に、里江について知りえたことを話した。

「里江ちゃん、どうしているんだろう。実家がどこか分かる手だてはないかしら」

吉之進は腕を組み、答えた。

「菊水丸のことを探ってみるといいかもしれぬ。長屋の近くや、芝居仲間、通っていた店なども」

二人は顔を見合わせ、頷き合った。

吉之進はやはり翳りを纏っていたが、努めて平静を装っているようにも見えた。お園と一緒の探索も、引き受けてくれた。

「ごめんなさいね。吉さんも色々あるでしょうに、付き合ってもらってしまって」

「いや。やはり気になるからな。お里ちゃんも菊水丸も、人生を大切にしてもらいたい」

そう言う吉之進の横顔はやけに寂しげで、お園は胸が締めつけられた。

お園と吉之進は菊水丸の周辺を探り、よく呑みに行っていたという両国の居酒屋を見つけた。その店の主人に訊ねると、こんなことを教えてくれた。

「菊水丸さんと、亡くなった光彰さん、もう一人、飴売りをしている音弥さんってのが仲が良くてね。よく三人で朝まで呑んでましたよ。いや、まあ音弥さんはどちらかというと勝手に付いてきてた、って感じかなあ」

音弥の名を聞き、お園と吉之進は顔を見合わせた。

「そうだったんですか。それで、光彰さんは好いた人を連れて来たりはしませんでしたか」

「そういうことはなかったですね。男同士で呑み明かしてました。三人ともいい男でしたから、寄って来る女の客もいましたが、相手にしないんですよ。『呑む時は女はいらねえ』ってね。それに光彰さんはヤキモチ焼きの嫌いがあったから、好いた人をおいそれと紹介はしなかったでしょう」

「菊水丸は、どんな男でしたか？　自分のことをあまり語らなかったといいますが、何か覚えていらっしゃることはありませんか」

「そうですねえ、確かに謎めいた人ではありました。酔うとよく、こんなことを口走ってましたよ。『俺は根無し草のろくでなし、旅役者が天職だ』って。あ、でも、武家の出だという噂もあったんですよ。なんというか、粋がっていてもどことなく品がいいんです。生まれ育ちが滲み出るといいますか」

お園は、そのようなところも里江とよく似ている、と心の中で呟く。

「〈白萩座〉は越後の芝居一座で、菊水丸は『雪国生まれの雪のような白い肌』と謳《うた》われていたようですが、それは本当だったのでしょうか」

「いえ……たぶん、それは売り文句だったと思います。何故なら、酷く酔われた時、菊水丸さん、こんなことを仰ったんですよ。『俺はやはり江戸から越後へ行ってよかった』、って。『でも、また江戸に戻って来ちまった。とんでもない戯《たわ》け者よ』、とも。菊水丸さんは普段は御自分のことを殆どお話しにならない方でしたから、その話はとても印象に残りましたね」

「そうすると、やはり菊水丸は江戸生まれということですよね。江戸のどの辺りで生まれたとか、家のあった場所など、何か言ってませんでしたか？」

「うーん。そこまで聞いたことはなかったかなあ。江戸のどの辺り、か……」

主人は眉間に皺を寄せ、必死で思い出そうとしている様子だったが、溜息とともに答えた。

「やはりちょっと覚えてませんね。お役に立てず、すみません」

「いえ、こちらこそ色々お伺いし、かたじけない」

気さくに答えてくれた主人に、お園と吉之進は丁寧に礼を述べ、店を後にした。

白萩座が居た小屋も訪ねてみたが、どうやら江戸を離れたらしかった。

「上総《かずさ》に留まって興行しながら、菊水丸を待っているそうですよ」、と小屋の主が教えてくれた。

帰り道、お園は吉之進に言った。

「音弥が呑み仲間だったとはねえ。だから音弥は、菊水丸の普段の恰好も知っていて、黒い着流しに赤い帯なんかを真似していたのね」

「いや、どちらかというと、憧れて付き纏っていたのではないか？　主人もそのようなことを言っていたし、だから恰好も真似をしたのだろう」

「そうね。確かに、あんな下衆《げす》と仲が良いっていうのも、信じられないもの」

「ああ。それで、水無月の付け火の時、里江を尾けている菊水丸に気づいた音弥が、その二人を尾けていったのかもしれぬ。弥次馬の根性でな。そこで音弥は、付け火を目撃してしまった、と。でも、里江と菊水丸、どちらが付けたかは、はっきり分からなかったのだろう」

「音弥は里江ちゃんのことを捜していて、町で見掛けて、詳しい話を聞こうと近づいたのかもしれない。そして、里江ちゃんは追い詰められている気配を感じ、姿をくらましてしまったんだ……」

お園は溜息をついた。

「屋敷がどこなのか突き止められず、残念だったな」

「やっぱり武家のようね。里江ちゃん、そんな感じがしていたの。町人の娘ではないと思っていたわ」

「だが、武家とは言っても、それほど身分は高くはないであろう。もし高ければ、兄妹揃ってあれほど自由には出来ぬ」

「複雑な事情がありそうね。……里江ちゃん、今、どこにいるのかしら」

「今はただ、無事を祈るしか、為《な》す術《すべ》がない。付け火もこのところ治まっているから、このままどうか落ち着いていてほしいと願うばかりだが」

「それしかないわね」

里江の安否を慮《おもんぱか》りながら、二人はうつむき加減で歩を進めた。

日が暮れ始め、どこからか鴉《からす》の鳴き声が聞こえてくる。お園は吉之進をちらちらと見ながら、気になっていたことを訊ねた。

「ねえ、なんだか痩せたみたいだけれど、ちゃんと御飯食べてる？　最近、店に来てもお酒ばかりだから。食べないと、躰に毒よ」

「……ああ、大丈夫だ。情けないことに、夏の暑さの疲れが、今頃出て来たのかもしれぬ。ふふ、俺も歳だな」

吉之進は顔色も優れず、お園の心配は募った。

「そろそろ重陽《ちょうよう》の節句長月九日でしょう。吉さんに食べてもらいたいものがあるの。腕を振るうから、来て。ね」

「重陽か……そう言えばもうすぐだな」

「ね、絶対に来て」

「……ああ、行こう」

「約束よ。元気が出るもの、必ず作るから」

吉之進は頷き、前を向いて歩いていく。

お園はふと、吉之進の袂《たもと》を、摑もうとした。

吉之進が不意に、どこかに行ってしまいそうな気がしたからだ。

しかし、摑めなかった。

吉之進に半歩下がって歩きながら、お園はその背中を見つめ続けていた。

しっとりとした秋風が心地良く、穏やかな日々が続いていたが、お園の心は晴れなかった。「そろそろ、また何か起こるかもしれない」と、不穏な予感がしていたのだ。

五

重陽の節句の日、昼餉の刻も終わり頃、吉之進がふらりとやって来た。長月九日の重陽の節句とは、五節句の一つで、菊に長寿を祈る日だ。

吉之進が約束どおり来てくれたので、お園はいくぶん安堵した。里江の件とは別に、吉之進の物憂げな様子も、いたく気に掛かっているのだ。お園は吉之進を菊酒と菊花寿司でもてなした。お園は、里江が菊に火をつけぬよう、吉之進が元気になってくれるよう祈りを込め、菊を料理に使った。

「風情《ふぜい》があるな」

吉之進は表情を微かに和らげた。

「まさに花のようだ。食べるのがもったいない」

お園が作った菊花寿司は、すし飯を菊に象り、それに花の形に切った人参や、枝豆、錦糸卵を飾っている。

吉之進は菊酒で喉を潤し、暫し菊花寿司を眺めていたが、「どれ」と呟き箸を伸ばした。食欲が無かった吉之進も、この美しい寿司の魅力には抗《あらが》えなかったようだ。

お園は固唾《かたず》を呑んで、吉之進を見つめる。彩り豊かなこの寿司を、是非食べてもらいたかったのだ。

吉之進はゆっくりと嚙み締め、吞み込み、言った。

「酢の利き方が丁度良く、米の旨みを増している。枝豆も寿司になかなか合うものだな。見た目が良いから、旨さもいっそう増す。一口一口、大切に食べたい料理だ」

「よかった。そう言ってもらえて、嬉しいよ」

お園の胸に、吉之進の言葉が沁み入り、涙が滲みそうになる。

――祈りを込めて作った料理で、吉さんが元気を取り戻してくれれば。

そう願いつつ、お園は吉之進に菊酒をまた注いだ。

そんな時、お民の息子の良太が、泣きべそを搔きながらお園の店に飛び込んで来た。良太は叫んだ。

「お里ねえちゃんがいなくなった。どうしよう」

里江のことを思いがけず耳にし、驚いてお園と吉之進は顔を見合わせた。

「良太、ちょっと、どうしたっていうの？　訳を話してごらん」

お園は良太の小さな肩を優しく抱き締め、なだめるように訊ねた。

良太は泣きじゃくりながら話した。お民がちょっと留守をした間に、里江が消えてしまったのだという。良太はお民に、『おねえちゃんのこと見張ってて』と言われていたそうだ。

里江は、なんと、お民のところに匿《かくま》われていたのだった。

「どうしてお民ねえさんが」

お園は混乱しながらも、考えを巡らせた。胸騒ぎがして堪らない。

「早く里江ちゃんを見つけなければ……いったい、いったいどこに行ったんだろう……」

お園と吉之進の目が合った。

二人は菊酒に目を移して、同時に呟いた。

「やはり、花なのか」

「菊の名所……巣鴨《すがも》でいいのかしら」

二人は勘を働かせ、店を閉めた。昼の休みに入るので、ちょうどよい。お園は良太に長屋に帰るように告げると、吉之進と一緒に巣鴨へと向かった。

大川を舟で渡っていく間、気が急いてしまい、二人は言葉少なだった。舟が揺れるに合わせ、お園の心も乱れる。里江が無事であるよう、大事にならぬよう、祈るばかりだ。

巣鴨に着くと、菊見の人々で賑わっていた。趣向を凝らした菊人形が、植木屋の菊園などに飾られている。それが五十軒以上もあり、集まる客を目当てに料理屋や茶店までもが連なって、盛り上がりをみせていた。

職人たちが腕を競い合う菊人形はそれは見事で、汐汲《しおくみ》人形や布袋《ほてい》の唐子《からこ》遊びなど様々なものが飾られていたが、お園はそれどころではなかった。

人混みの中、時折つんのめりそうになりながら、必死で里江を捜す。吉之進も行き交う人たちにぶつかりつつ、目を皿にして捜した。

しかし、里江はなかなか見つからない。

お園は息を切らしながら、言った。

「ねえ、もしこの辺りにいるとすれば、少し離れたところかもしれないわ。今まで付け火が起きた場所も、花見客で賑わっていたところとはちょっと離れていたし」

「そうだな。こんな人が多いところは避けるだろう。よし、王子権現《ごんげん》のほうへ向かってみるか」

二人は中山道から畑地の連なるほうへと進むことにした。よく晴れていて、紺碧《こんぺき》の空に、鱗雲《うろこぐも》がたなびいている。長閑《のどか》な風景が、お園たちの不安をいっそう駆り立てる。

するとく、鵯《ひよどり》の鳴き声に混ざって、どこからか叫ぶような声が聞こえて来た。

「火事だ！　火事だぞ！」

お園と吉之進は一瞬歩を止め、顔を見合わせた。そして、声のするほうへと、駆け出した。青空に、白い煙が立ち上ってゆく。

「弁天の滝の辺りだ！」

弁天の滝とは、王子七滝の一つであり、紅葉の名所でもある。出火場所は、滝の裏辺りの畑であった。積んであった稲藁《いなわら》に火をつけ、燃え上がらせたのだ。

「どこへ逃げやがった！」

「女だったぞ。おこそ頭巾を被っていやがった」

「早く番所へ知らせろ！」

「まだ遠くへは逃げてないだろう。二手に分かれて追うぞ！」

集まった者たちが騒ぎ立てる。吉之進はお園に目配せし、その場をそっと離れると、近くにある観明寺《かんめいじ》へと入っていった。すると再び叫ぶような声が聞こえた。

「見つけたぞ！　ふてえことしやがって。女だからって容赦《ようしゃ》しねえぞ。番所へしょっぴいてやる。来い！」

男が、おこそ頭巾を被った女の腕を摑み、揉み合っている。女は小柄ながら、身を捩《よじ》って必死で抵抗していた。

吉之進はそっと近づき、「ごめん」と小声で言って、男のうなじに一撃を食らわせた。男は気を失い、たちまち崩れ落ちる。頭巾の女は肩で息をし、目も虚ろで茫然としている。その女は、確かに里江であった。

里江は、吉之進に助けられたと理解すると、ほろほろと涙を零し、蹲《うずくま》ってしまった。

捜す者たちの声が聞こえて来た。吉之進は「早く」と里江の腕を引っ張る。お園も一緒に、三人は素早く逃げ去った。

お園と吉之進は里江を連れて店に戻った。店の戸に、『都合により本日休み』と書いた紙を貼っておく。

お園は里江に水を飲ませ、少し休ませてから、言った。

「色々調べさせてもらったわ。一連の付け火は、やはり、里江ちゃん、貴女がやったことだったのね」

里江は弱々しく頷き、消え入るような声を出した。

「自分でも、どうしていいのか分からなくなっていたのです。家でも居場所がなく、初めて好いた人も喪ってしまって」

「色々なことが重なって、辛かったのね」

お園の声も、微かに掠れる。里江は再び頷いた。

里江は酷く憔悴《しょうすい》しており、いっそう小柄になってしまい、話す力も無いように見えた。

お園は板場へと行き、料理を始めた。里江への思いを込めて、粉を混ぜ合わせる。しんとした店に、湯気が漂い、やがて甘やかな匂いも立ちこめた。

お園は里江に皿を出した。象牙色の皿には、四色の団子が載っていた。白、薄紅色、若草色、そして黄色。菊の花も添えられていた。

「今日は重陽の節句だから。お団子にも、菊の色があったほうがいいと思って。山梔子《くちなし》で色を付けてみたの。里江ちゃん、甘いもの、好きでしょう。このお団子ね、絹のお豆腐と寒晒粉を混ぜて作ったの。だから口当たりもいっそうふんわり、滑らかよ。里江ちゃん、お豆腐も好きでしょう。よかったら、食べてみて」

お園はやんわりと微笑んだ。

疲労している里江は御飯ものなどは喉を通らないだろうが、甘いものなら食べられるかもしれないと、お園は思ったのだ。

里江は暫く皿をじっと見つめていたが、震える手を伸ばし、楊枝に白い団子を刺して、口に運んだ。そして一口食べ、涙をほろほろと流した。肩を震わせて嗚咽《おえつ》する里江を、お園はそっと抱き締める。吉之進は黙ったまま、二人を見守っていた。

一頻《ひとしき》り泣くと、里江は掠れる声で言った。

「ごめんなさい。あんまり優しい味わいで……大切な人たちを思い出してしまったんです。亡くなった母と、兄と、そして……初めて好いた人を」

味わいだけでなく、四色の団子の色彩から、里江は連想したのだろう。白は、亡くなった母親。薄紅色は、里江自身。若草色は、喪った思い人。黄色は、兄の菊水丸。

お園は里江の細い肩をそっとさすり、手ぬぐいを渡した。

里江は涙を拭き、一息つくと、ぽつぽつと話し始めた。

「私はずっと孤独でした。私が生まれ育った小出家《こいで》は、小石川《こいしかわ》の白山《はくさん》にあります。武家といっても、もともとは百姓で、祖父が御家人株を買って成り上がったのです。祖父も祖母も見栄っ張りで情が薄く、病気がちだった私の母にも辛くあたっていました。私の父も威張っているわりには気が弱く、自分の親には逆らえぬようでした。でも母のことは、兄も私も大好きでした。母は病弱でしたが、とても優しくて温かで、桃のお花のように和やかだったからです。ですから母が亡くなった時、私たち兄妹は悲しみに打ちひしがれました。私は毎日泣き続け、兄はそんな私を慰めてくれました」

　里江は水を一口飲み、息を整え、続けた。

「小さい頃から、兄はとても思いやりのある人でした。兄は本名を尚之助《しょうのすけ》といいます。兄は母に似ていて、幼少の頃から立ち居振る舞いがしっとりしていて、剣術などよりも茶道や華道、舞踊《ぶよう》などを好み、習いもしないのに覚えてしまっていました。兄は、母が亡くなってから、私をいつも気に掛け、守ってくれました」

「菊水丸……尚之助さんは、中身は男らしい人なのね」

「はい、兄は気骨のある人と思います。居心地が良いとは言えない家の中で、兄妹支え合って生きていたのですが、母の死後一年も経たないうちに継母《ままはは》がやって来て、風向きが大きく変わってしまいました。兄が十三、私が八つの頃です。継母は一見優しそうだけれど、実はとても意地悪な人で、いつも兄と私をちくちくといびっては嬉しそうな顔をしていました。祖父や祖母は、私の実母より、継母のことを褒めそやしました。継母のほうが実母より良い家柄だったので、そのような嫁が来て、小出家に箔《はく》がついたと喜んでいたのです。それゆえ私たちを虐《いじ》めていると知っていても、注意もしませんでした。継母はやがて男の子を産み、兄と私はますます居心地が悪くなっていきました。それでも私たちは耐えていたのですが、或る日、決定的なことが起きたのです」

里江の話に、お園も吉之進もひたすら耳を傾けていた。

「私たちが白粉花《おしろいばな》を摘んできて、頬に白粉を塗って遊んでいるところを、継母に見つかってしまったのです。継母は酷く怒り、兄を『女男』と罵《ののし》って、長刀《なぎなた》で打ちのめしました。……兄は、沈んでいた私を笑わせるために、白粉をつけておどけてみせてくれたのに。継母は私のことも長刀で叩こうとしましたが、兄は『妹はやめろ。俺を打ってくれ』と叫び、その時も私を守ってくれたのです。私は継母を鬼だと思いました」

「酷い……子供を長刀で叩くなんて」

怒りが込み上げ、お園は声を震わせた。里江は目をそっと伏せ、唇を噛んだ。

「このことがあって、兄は家を出て行くことを決意したようです。繊細な兄は、もしかしたら私以上に、継母を始め家の者たちの態度に深く傷ついていたのかもしれません。出て行く前の夜、兄は私に別れを告げに来ました。私は『一緒に連れて行って』と涙ながらに懇願《こんがん》したのですが、兄は『お前は女だから嫁《とつ》ぐまで我慢したほうがいい。見栄っぱりのあいつらのことだ、必ず良い縁談を持って来るから』と言って、聞き入れてくれませんでした。泣きじゃくる私に、兄は『いつか必ずまた会いに来る』と約束しました」

里江は澄んだ声で、淡々と話す。

「兄が去って、私は家の中で孤立してしまいました。兄の言葉を信じて待っていましたが、なかなか会いに来てはくれません。継母を始め、皆冷たく、私はいっそう心を閉ざしてしまいました。心の中はいつも曇《くも》っているか、雨が降っているかのようで、晴れやかな時がないのです。継母たちのいびりに耐えながら、『私も早く家を出たい』と考えるようになりました。……そんな時、光彰さんと出会ったのです」

里江の声音が微かに変わる。お園と吉之進は、里江を見つめた。

「ちょうど今時分の、神田祭でした。迷子になった光彰さんの猫を、私が拾ってあげたことがきっかけです。いつもは人見知りする私も、どうしてか光彰さんには初対面というのに自然に接することが出来ました。光彰さんはとても穏やかで、優しくて、どこか懐かしい雰囲気がして、私は惹かれました。花を愛《め》でるという趣味も、似ていました。私たちは逢瀬を重ねるようになり、恋に落ちてゆきました。光彰さんと一緒にいると、心がとてもとても温かくなって、私は幸せでした。幸せを感じたことなど、どれぐらいぶりだったでしょう。ずっと孤独の淵《ふち》に沈んでいた私を救ってくれたのが、光彰さんだったのです」

　里江は目を瞑り、唇を震わせる。お園は里江を見つめたまま、言葉が出て来ない。吉之進は腕を組み、うつむきながら聞いていた。里江は深い傷を抱えつつも、胸の内を吐き出してしまいたいかのように、話を続けた。

「光彰さんは旗本の次男坊で、鍛冶《かじ》の仕事をしながらお芝居の台本も書いていました。好きなことに打ち込んでいる光彰さんが、私には眩《まぶ》しかったのです。住んでいるところは少し離れていましたが、そんなことはなんの妨げにもなりませんでした。光彰さんと出会い、色褪《いろあ》せていた毎日が、急に彩られていきました。私たちの関係は密かなものでありましたが、心はしっかりと結ばれていました。私には縁談の話も持ち込まれておりましたが、駆け落ちしてでも光彰さんと一緒になるつもりでした。光彰さんとなら、どんな暮らしだって耐えていけると思ったからです。……でも、昨年の暮れ、光彰さんは何者かに斬られてしまいました」

　堪えきれなくなったかのように、里江の目から大粒の涙が零れた。お園は里江の華奢《きゃしゃ》な肩をさすった。

「いいわ、里江ちゃん。無理して話さなくても。ごめんね、辛いこと思い出させてしまって」

里江は首を振った。

「大丈夫です。さんざん御迷惑をお掛けしたのですから、お話ししなければなりません。……光彰さんが斬られた時、私たちは待ち合わせをしていたのです。丁度、光彰さんを見て駆け寄ろうとした時でした。黒い影が、あの人を……。慌てて駆けつけて抱き寄せると、私の胸に抱えられ、光彰さんは最期にこう発しました。『花を燃やせば会えると……。すまぬ……』。血だらけの思い人を目にして、私の心は、深く激しく動揺してしまいました。私には、光彰さんから流れ出る血が、火のようにも見えたのです」

里江は一息つき、続けた。

「光彰さんの最期の言葉は、私の心の深くに留まりました。私は光彰さんに、このように言われたような気がしたのです。『私たちが愛でる花を燃やせば、また私たちは会える』、と……」

「それで草むらなどで火をつけたの？」

「……はい。愚かなことと重々分かっていながら、そうせずにはいられなかったのです。私は光彰さんを喪って、以前よりもますます心が定まらなくなってしまいました。光彰さんは私にとって光でした。光を失ってしまえば、闇しかありません。……

光彰さんからもらった恋文を読み返すと、幸せだった時が蘇り、私はいっそう苦しみました。光彰さんは恋文に、私への思いと絡ませて〝花〟を詠んだ歌をいくつか書いてくれたのです。たとえば、このように。〈ぬばたまの　君が御髪《おぐし》に　心燃ゆ　桜《さくら》時雨《しぐれ》が　さや降る中で〉。〈しづやしづ　静かに君は　花ひらく　白粉つけた　頬を火《ほ》照《て》らせ〉。光彰さんの歌には、〝燃ゆ〟〝火照らせ〟など、〝火〟を連想させる語も必ず使われていたのです」

　里江は苦しげな顔をしながらも、話し続ける。

「それらの歌を読み返すと、私は気もふれんばかりの、堪らぬ思いになりました。光彰さんは、私が初めて恋した人ゆえに、悲しみは計り知れぬものでした。……こんな私に対して、家の者たちからの風当たりはますます強くなっていきました。光彰さんが斬られた時、私が居合わせたことからすべてが明るみになり、縁談の相手から破談を申し渡されたからです。特に継母の怒りは凄《すさ》まじく、『よくも家に泥を塗りましたね。出て行きなさい！』と喚き散らしました。継母のお腹の中には二人目の子供も出来ていて、こうなっては私はまさに〝邪魔者〟でした。……それゆえ、私がいなくなっても、家の者たちは探索願いなども出さなかったのだと思います。私は勘当同然の身だったのですから」

里江は項垂れ、肩を竦めた。

「継母の仕打ちや兄の失踪に加え、好いた人まで喪い、私の心は壊れてしまいました。それで、付け火を起こすようになってしまったのです。付け火を起こしたのは、光彰さんと逢い引きをしていた花の名所の近くでした。そしてそれらのいくつかは、幼い頃、実の母や兄とも訪れたことのある場所でした。私は、光彰さんが歌に詠んだ花々に沿って、付け火を繰り返していきました。自分でもやってはいけないと分かっていながら、心が病んでしまったのか、そうせずにはいられなかったのです。光彰さんの最期の言葉、『花を燃やせば会える……』が、私を駆り立てました。火を付ければ、大切な人たち——光彰さん、亡き母、そして兄——に、また会えるような気がしたのです」

里江は唇を震わせた。

「でも、兄には会えたものの、酷い迷惑を掛けてしまいました。付け火を目撃された時、兄は私に言いました。『早く逃げろ』、と。私が泣きじゃくりながら躊躇《ためら》っていると、『早くしろ』と、私を突き飛ばしました。どこからか『火事だ』という叫び声がして、人が駆けて来る気配を感じました。兄は言いました。『お前を置いて家を出ていったこと、ずっと悔やんでいたんだ。本当に悪いことをした。だから、後は俺に任せろ』、と。『一生のお願いだから、逃げてくれ』、と……」

里江は口を押さえ、再び大粒の涙を零す。お園は里江が落ち着くまで、その背中を優しくさすった。

「卯月にうちの前で倒れていたわね。あの時、家に帰らずに江戸の町を彷徨《さまよ》い続けていたの？」

「はい。私はずっと邪魔者にされながらも家に居続けましたが、もう、戻りたくはありませんでした。いえ、もう、戻れなかったのです。あの時、私は彷徨いながら、このまま死んでしまいたいと願っていました。そうすれば、光彰さんの傍にいける、と」

「……そして辿り着いたのが、ここだったのね。良かったわ、気を失ったのがうちの前で。里江ちゃんを助けることが出来たのですもの。本当に良かった」

お園も涙をほろほろと零す。里江は深々と頭を下げた。

「御迷惑をお掛けして、まことに申し訳ありませんでした。私も思っていました、倒れたのがこのお店の前で良かった、と」

「ごめんね、気づけなくて。里江ちゃんがそんなに辛い思いを秘めていたことに」

「そんな……女将さん、じゅうぶんによくしてくださいました。ここに置いていただいている間、ずっと心苦しくて。いつ出て行こうかと思いつつ、行く当てもなくて、女将さんの御親切につい甘えてしまって、居続けてしまいました。本当に申し訳ございませんでした」

お園は「いいのよ」と、里江の華奢な肩を抱き締めた。胸の内を話して疲れたのだろう、里江は暫くぐったりとしていたが、ぽつりと呟いた。

「私は、どうしてこれほど不幸なのでしょう」

お園は里江を真っ直ぐに見つめ、叱るような口ぶりで言った。

「そんなことないわ。たとえ実らなかった恋でも、一人の男性《ひと》をそれほど一途に恋したなんて、かけがえのないことだったのよ。世の中にはね、誰のことも本気で恋することもなく一生を終えてしまう人だって、たくさんいるの。里江ちゃん、貴女、光彰さんと出会えて、嬉しかったんでしょう？　ときめいていたんでしょう？　毎日輝いていたんでしょう？　優しい気持ちになれたんでしょう？　そんなことが知れた里江ちゃんは、幸せ者なのよ。だから、自分のことをそんなふうに言っては駄目よ、絶対に」

お園の言葉に、里江は長い睫毛《まつげ》を震わせ、頷く。静かな店に、吉之進が大きく息をつく音が響いた。

すると戸が開き、お民が入って来た。

「勝手なことして悪かったね」

お民らしからぬ憔悴《しょうすい》した顔で謝られ、お園は怒る気も薄れた。

「どうして里江ちゃんを匿ったりしたの」

「文月の付け火騒ぎの時、偶然、目撃しちゃったんだよ。里江ちゃんが逃げるところをさ。あたしも萩を見に、本所の龍眼寺を訪れていたんだ。里江ちゃんを追い掛けて、家に連れて帰って、厳しく問い糺した。訳を聞いて、それでうちに匿おうと思ったんだ。だって、吉さんは元同心だって噂があったし、お園ちゃんもなんとなく里江ちゃんの様子がおかしいことに気づいているみたいだったからさ。あたし、里江ちゃんに言ったんだ。『お園ちゃんの家を出て、暫くうちに隠れていな。狭いけれど、このほうが安全だ』って。でも里江ちゃん、遠慮していたのかな、直ぐには来なかった。お園ちゃんの代わりに私が湯屋へ付き添うようになった時、『うちに来るのは、いつでもいいからね』とまた言ったんだ。里江ちゃんも少しずつ追い詰められているような気配を感じていたんだろうね、ここを出て、ようやくうちへ来たってわけさ」

「なるほど。里江ちゃんが置き文を残して急に去ったのは、そういう理由だったのね」

お園は溜息をつき、ふと思い当たった。幸作が自ら描いた絵を眺めて、「どこかで見たような」と言ったのは、厠《かわや》などに立った時に里江のことを見掛けたのだろう、と。

お民は里江を見つめ、言った。

「でも、あたしが匿っても、里江ちゃんの心は変わらなかったみたいだね。あたしたち家族の力で、少しでも変えてあげたかったんだけれどね。うちは貧乏だけどさ、家族三人、とっても仲がいいんだ。いつも、わいわい賑やかでさ。だから、あたしたちと一緒に暮らしてみれば、里江ちゃんも元気になってくれるかな、って。良太も里江ちゃんに懐いてたしね」

良太の無邪気な笑顔を思い出したのだろう、里江は目を指で擦った。

「申し訳ありませんでした。……お民さんの御家族の皆様にも、あれほどよくしていただきましたのに。良太ちゃんも本当に可愛くて。素敵な御家族と思っておりました。とても癒《いや》してもらいましたが……私が弱過ぎました。自分の孤独に、負けてしまったのです」

里江は項垂れたまま、続けた。

「心が乱れていたのです。兄を助けたいという気持ちや、自ら名乗り出なくてはという気持ち、でも助かりたいという気持ち、本当は付け火などしたくないのに火を付けずにいられないという異様な昂り、不安や焦燥などが入り乱れてしまって……。葉月はどうにか騒ぎを起こさずに済みました。でも、その落ち着きも束の間で、再び付け火を起こしてしまい、ついに女将さんと吉之進さんに捕まったのです。皆様、まことに申し訳ありませんでした。私、自訴いたします」

皆は顔を見合わせ、「早まらないほうがいい」と止めた。しかし、そろそろ菊水丸も処罰が決まる頃だ。限りなく冤罪《えんざい》であろうと誰もが分かっていても、三箇月《みつき》も牢《ろう》に入ったままなのだ、火盗改方もこれ以上引き延ばすことは出来ないだろう。

お園が里江に訊ねた。

「火打ち金、持ってる？」

里江は弱々しく頷いて、取り出してみせる。〈升屋〉のものであった。お園はこうも訊ねた。

「燃やす時、油は使った？」

「はい」

「何の油？」

「……鯨の油です」

火打ち金も油も、これまでの現場に残されていたものと違いなかった。

六

翌日、ほとぼりが少し冷めた頃、お園と吉之進はその火打ち金を持ってこっそり巣鴨へ再び赴き、付け火の現場の近くに、それを落とした。油もさりげなく撒いておく。付け火は大罪だが、犠牲者も出ていないし、大事にもなっていない。里江にも事情があったことだし、どうにかして菊水丸を助け、里江のためにもうやむやに出来ないか、と考えての企みだった。

水無月の時と同じ手口、同じ火打ち金、同じ油。真の下手人はやはり菊水丸ではなく、ほかにいるようだと、火盗改方の者たちも判断せざるをえない。

瓦版も「菊水丸の捕縄はやはり間違いか。真の下手人はおこそ頭巾の女？　目撃者多数」と書き立てた。

火盗改方も町奉行も渋い顔をしつつも、菊水丸の無罪を認めることになったようだ。

こうして菊水丸は放免となったが、江戸を去らなければならなかった。世間を騒がせたということもあり、重罪は免《まぬか》れたが、江戸所払となったのだ。

店を閉めて少し経った頃、吉之進が菊水丸を連れて、やって来た。

今日は十三夜《いざよい》。中秋の名月にも勝るとも劣らない、美しい月夜だ。

静かな店の中、菊水丸と里江は暫し見詰め合い、互いに駆け寄り、そしてひしと抱《ほう》擁《よう》した。兄の胸に抱かれ、里江は涙をはらはらと零す。

「お前はいつまで経っても泣き虫だな」

菊水丸は、妹の愛らしい額を小突いた。しかし、菊水丸の目も、涙で潤んでいるように見えた。

「この度は妹がたいへんお世話になり、まことにありがとうございました」

菊水丸は、お園に深々と頭を下げた。

「こちらこそ、里江ちゃんには色々お手伝いしてもらって助かりました。善いお兄さん、善い妹さんね」

お園は慈《いつく》しむような目で、菊水丸と里江を見つめた。

吉之進は、気を利かせ、直ぐに帰って行った。お園は真心を込めた料理を、兄妹に出した。

長らく牢に居た菊水丸がろくなものを食べていなかったことは、分かっている。お園は、菊水丸にたっぷり食べさせて、精をつけてあげたかった。

「たくさん作りましたからね。お代わりしてくださいな」

お園が並べた皿を見て、菊水丸は目を見開いた。

「これは旨そうだ。いいのですか？　本当に御馳走になってしまって」

「もちろんですよ。これぐらいのことしか出来ませんが、菊水丸さんへ、私からのささやかなはなむけです」

「ありがとうございます。遠慮なく、いただきます」

菊水丸はお園を真っ直ぐに見つめ、背筋を正した。

献立は、栗と黒豆と小豆のおこわ。牡蠣《かき》、蕪《かぶ》、豆腐、椎茸、葱が入った味噌煮込み。牡蠣の天麩羅《てんぷら》。柿の白和え。舞茸《まいたけ》とシメジと卵を炒めたもの。

菊水丸は喉を鳴らした。里江も目を見張る。兄妹は「いただきます」と丁寧に手を合わせ、椀を持った。

菊水丸はおこわを一口食べ、大きく頷いた。

「ふっくらして、なんて優しい味なんだろう。栗だけでも贅沢なのに、黒豆と小豆が味に深みを与えていますね。甘さと塩気が絶妙な塩梅《あんばい》で、いくらでも食べられそうです」

「胡麻も掛かって、見た目も綺麗。女将さんのお料理は、彩りも豊かですから」

箸が止まらぬ二人に、お園はにっこりと笑った。

「お気に召してくださったようで、嬉しいです。今日は十三夜、栗名月ですから、栗を使ってみました」

「ああ、そうですね。だから栗を……兄も私も栗が大好きなんです。……あ」

お里はふと口を閉ざし、箸で小豆をつまんで、お園を見つめた。お園のもとに居候するきっかけとなった、いとこ煮を思い出し、様々な思いが込み上げたのだろう。

お園は言った。

「黒豆と小豆って、本当に兄妹みたいでしょう。小豆と南瓜の、掛け言葉のいとこなんかではなくて。同じ豆ですしね」

お里は一粒の小豆を、ゆっくりと味わった。

「こちらのおこわも、もちろん美味しいけれど……あのいとこ煮も本当に温かなお味でした。どちらのお料理も、胸に沁み入ります。黒豆と小豆、南瓜と小豆、どちらも和が取れていて」

「小豆はどんな料理に使っても万能な、滋味たっぷりの食材ですから。小さくても、優れているの。黒豆だって、そう。誰かさんたちのように」

菊水丸も箸を止めて、お園を見つめる。そして、「こんなに旨い料理を食べたのは、どれぐらいぶりだろう」と呟き、勢い良くかっこみ始めた。里江は逆に、一口一口、ゆっくりと嚙み締め、味わう。

「この牡蠣、味噌の芳ばしさが染み込んでて、これまた旨い！　葱がまた利いている！」

味噌煮込みを口いっぱい頰張り、菊水丸は「熱っ」と漏らしつつ、なんとも満足げな笑みを浮かべる。里江も「ふぅふぅ」と息を吹き掛けて冷ましながら、牡蠣を口にし、その蕩けるような味わいに、うっとりと目を細めた。

夢中で牡蠣を食べる菊水丸を気遣い、里江が自分のぶんも兄の器へと入れる。菊水丸は「いいからお前が食べろ」と怒るが、里江はにこにこと嬉しそうに「私はこれでじゅうぶん」と笑った。

「牡蠣はまだあるから、大丈夫。お二人とも心ゆくまで食べてね」

お園の言葉を聞きながら牡蠣の天麩羅を頰張った菊水丸は、えも言われぬ表情を浮かべた。衣サクサク、中とろとろの天麩羅を嚙み締め、呑み込み、菊水丸は吐息混じりで呟いた。

「なんだか……大袈裟《おおげさ》ではなく、極楽のような味がします。まさに舌が蕩けそうだ」

「本当に。お塩でいただくと、よけいに美味しいです。至福のお味です」

兄妹は、天麩羅に恍惚《こうこつ》とし、ひたすら食べる。お園は、揚げたて熱々のそれを、直ぐに追加してやった。

里江は柿の白和えを口に含み、息をついた。

「さっぱりした甘さで、ほっとするお味です。柿とお豆腐って、合うんですね」

「うん。ほかの味がけっこう深いから、途中で食べると舌が爽やかになる。こちらの、茸と卵を炒めたものも、実に旨い。胡麻油が利いていて、これだけでも、飯がいくらでも食べられそうだ」

二人はお代わりをしつつ、すべて平らげてしまった。

お園がお茶を運んで来ると、菊水丸は再び頭を下げた。

「実に美味しかったです。女将さんのおもてなしの心が数々の料理に表れていて、堪能させていただきました。妹は、本当に幸運だったと思います。女将さんのような方に、助けていただけて」

菊水丸の目は、里江のそれと同じように、澄んでいる。

「そう仰ってくださって嬉しいです。ところで菊水丸さんは、これからも役者をお続けになるのでしょう？」

「ええ。一座の連中も待っててくれたし、一緒にまた各地を回ろうと言ってくれているんです。旅役者に戻ります。私には、そのほうが合っているので」

「私、分かったんです。菊水丸さんが、どうして人気がおありになるのか」

お園は微笑み、続けた。

「その麗《うるわ》しいお姿はもちろん、妹さんを思いやるような、そのお美しいお心が、舞台の上でも映えていらしたのでしょう。菊水丸さん、これからもいっそう、御活躍くださいね」

菊水丸は照れくさそうにうつむき、また顔を上げ、しっかりとした声で、「はい」と答えた。

お園は板場へと戻り、食後の甘味を、兄妹へと運んだ。

薄桜色の皿を見て、里江は声を上げた。

「これは、栗鹿の子《くりかこ》。兄も私も、大好物です」

二人はたくさん食べた後にも拘わらず、栗鹿の子に楊枝を伸ばした。栗の甘露煮を、栗餡で包んだものだ。

「蕩けるようです。美味しい」

「なんだか懐かしい味だな無垢だった頃を思い出すような」

兄妹は、栗鹿の子を嚙み締める。、お園は言った。

「お二人は、なんだか栗にも似てらっしゃいますね。その栗鹿の子で言えば、栗の甘露煮が里江ちゃんなら、栗の餡が菊水丸さん。餡が甘露煮に絡まり、優しく守ってあげているのです」

兄妹は顔を見合わせ、ほとんど同時に声を出した。

「栗に似てますか？」

「ええ、そっくりです。硬い皮に覆われていて、頑固で手強いったら」

神妙な顔をしている二人の前で、お園はくすくすと笑った。

「でも、皮を剝いてしまうと、ほっこり甘くて柔らかい。まろやかで優しい味わいが出て来るんです。お二人はまさに栗のような兄妹でいらっしゃいます」

菊水丸も里江も、照れくさそうな笑みを浮かべた。

食べ終わると、里江は兄を真っ直ぐに見て、申し出た。

「兄上様、お願いです。私も一緒に連れて行ってください」

菊水丸は黙って妹を見つめ返した。里江は真剣な面持ちで、続けた。

「私、兄上様だけでなく、一座の皆様の身の回りのお世話もいたします。お掃除、お洗濯、そのほか必要なことは何でもいたします。お料理だって、まだまだ未熟ですが、女将さんに色々教えていただき、少しは出来るようになりました。ですから、どうぞ私の願いを、聞き入れてくださいませ」

菊水丸は躊躇いの色を見せた。

「気持ちは嬉しいが……やはりお前には、この江戸でよい相手を見つけて、堅気に幸せになってもらいたいんだ。俺たちみたいな風来坊の中には、紛れてほしくないのだよ」

「そんなことありません！　何が幸せかは、私自身が決めることです。せっかくこうして再会出来たのですもの、私、もう兄上様と離れたくないのです。それに……これ以上、女将さんのもとに御厄介になりますのは、心苦しいのです。もう、御迷惑をお掛けしたくはありません。だから、お願いです。私もどうぞ一緒に連れて行ってください」

里江の心は揺るがないようであった。

——里江ちゃん、ずいぶんはっきり物を言うようになったな。家を出て、ここで暮らした数箇月、里江ちゃんなりに揉まれて、やはり変わったのだろう。

お園はそう思いつつ、口を挟んだ。

「菊水丸さん、私からもお願いです。里江ちゃんを江戸から連れ出してあげてください。いえ、私としては、里江ちゃんにずっとここに居てもらって構わないんですよ。でも……里江ちゃんを不審に思い始めている人たちが出て来ているのも、確かなんです。いつまで誤魔化し通せるか不安ですし、奉行所の手が伸びる可能性だってありますす。だから、一番良いのは、やはりお兄さんに守られながら、里江ちゃんが江戸を離れることだと思うのです。ねえ、菊水丸さん、お願い出来ませんか」

菊水丸はうつむき加減で暫し考えていたが、顔を上げ、はっきりと答えた。

「分かりました。妹を連れて、江戸を出ます。何があっても必ず妹を守ります。……そうだよな、俺が独りで家を出て行ったばかりに、お前に寂しい思いをさせてしまったんだ。今度は一緒に行こう。お前が『もう兄上様のお傍にいるのは嫌』と思うまで、ずっと俺の傍にいろ」

里江の顔が、灯がともったように、ぱっと明るくなる。

「はい、ありがとうございます！　私、誠意を込めて、兄上様、そして一座の皆様に尽くさせていただきます」

兄妹は見つめ合い、頷き合った。よほど嬉しかったのだろう、里江の目から涙がほろりと零れ、菊水丸は妹の肩を抱いた。

――それが里江ちゃんにとって、罪を償《つぐな》うということなんだろう。

二人を眺めながらお園の胸も熱くなり、指でそっと目を擦った。


里江について不審に思う者たちが現れ始めたというのは、本当だった。

竹仙がこんなことを言い出した。貸本屋の利平が、お園の店でちょっと見掛けた里江を、「辻斬りに遭った光彰さんの思い人によく似ているんです。本人なのではないでしょうか」と訝《いぶか》っている、と。

なんでも二人で利平の店に来たことがあるそうで、利平は「あの娘さんに違いありません。あの店に住み込んでいるということは、家を出たのでしょうか？　きっと訳ありでしょうから、奉行所に届けたほうがいいのでは」と言い張っているという。

お園は里江のことを吉之進と八兵衛には詳しく言っていたが、竹仙には話していない。それゆえ竹仙も利平と同様、里江を疑っているようだ。

また、音弥だって里江について勘づいているのだから、どこで口を滑らせるか分からない。

里江がお園の家にこのまま居る、江戸に留まるというのは、とても危険であったのだ。

里江が江戸を離れる前の日の夜、お園は心を込めて料理をした。

里江に出したのは、豆腐鍋だ。

里江の目の前で、お園は撫子《なでしこ》の花びらが詰まった寒天を、豆腐鍋に入れた。花びら入りの寒天を、前もって作っておいたのだ。

鍋を載せた七輪の火から、里江はそっと目を逸らす。お園は優しい口調で、「鍋の中を見ていてごらんなさい」と言った。

七輪に炙《あぶ》られ、鍋の中、寒天が溶け、花びらが広がってゆく。

真っ白な豆腐と青菜の中に広がる薄紅色の花びらは、とても美しく、まさに花が咲いたようで、里江は目を見張った。

お園は言った。「この花びらは、里江ちゃんの心よ」、と。

「厚い膜に覆われて、閉ざしていたけれど、それが溶けて元に戻って来ているの」

美しい料理を眺めながら、里江は不意に目を潤ませ、掠れる声で呟いた。

「綺麗……」

透き通るほどに白い寒天が溶けてゆく様は、まるで花を覆った雪が溶けていくようにも見えた。里江の心を覆っていた濁々《だくだく》とした悲しみも、溶けていくようだ。

お園は里江から贈られた菜箸で鍋をゆっくり掻き回しながら、言った。

「そう。花は燃やすものじゃない。愛でるものなの。里江ちゃん、間違えちゃっただけね」

里江は思った。間違えた……確かに、そうだ。花を燃やしても、大切な人々……光彰にも母親にも会えなかった。

兄には会うことが出来たが、多大な迷惑を掛けてしまった。これから少しずつでも、罪を償っていこうと思っているが。

お園は続けた。

「里江ちゃんはまだ若いでしょう。これから、色々な人たちにたくさん出会っていくわ。だから、これまでのことは思い出として胸に仕舞って、これからの出会いを大切にしなくちゃね」

鍋の中、花びらは色鮮やかに、ひらひらと踊っている。

お園は丁寧に鍋を掻き混ぜる。

「お花が好きなんでしょう？　ねえ、里江ちゃん。これから出会う人たちとは、穏やかな心で、一緒にお花を愛でるのよ」

鍋の中、白と緑と薄紅色が混ざり合い、その優しい彩りは、里江の心に沁み入った。

色々な思いが去来し、里江の目から涙が溢れる。お園がその華奢な肩を優しくさすると、里江は「女将さん」と小さく叫びながら、お園にしがみついてきた。里江はお園の胸に顔を埋め、涙を零す。里江をしっかりと抱き締め、お園は言った。

「里江ちゃん、寂しいのは、貴女だけじゃないの。誰だって心に寂しさや虚しさを抱えながら、それでも歯を食いしばって生きているのよ。私だって、そうなの。その寂しさや虚しさってのはね、私たちを成長させるために神様が与えてくださった試練なの。それを乗り越えた人を、神様は救ってくださるのよ、きっと。そして、前よりずっと成長した、素敵な人にしてくださるの。そのことにね、私も最近ようやく気づいたのよ。そして、気づかせてくれたのは、里江ちゃん、貴女でもあるの」

お園は声を少し掠れさせた。鍋の中、寒天はすっかり溶けてしまった。寒天が溶けて消えていく様には、里江の悲しみだけでなく、お園の心に巣くっていたわだかまりもが重なっていた。

「里江ちゃん、言ってくれたじゃない、私に。『女将さんに色々あったことも、すべてはここに繋がっていたのだと思います。人とお料理の、橋渡しとなるために』、って。あの言葉で、私ははっきり分かったの。神様が、私に試練を与えてくださって、そしてここへと導いてくださったんだって。私だって、必死で頑張ったのよ。寒くてお腹が空いて、倒れたことだってあったわ。だから里江ちゃんも頑張らなくちゃいけないの。この悲しみを乗り越えれば、必ず、きっと、新しい道へと繫がっているのだから」

お園にしがみつく里江の手に、力がいっそうこもる。里江は声を上げて泣いていた。

「里江ちゃんを皆が守ってくれるのもね、貴女が本当は善い娘だって分かるからなのよ。世の中はね、貴女の継母みたいな人たちばかりではないの。心を開けば優しく受け入れてくれる、そういう人たちだっていっぱいいるのよ。里江ちゃん、良かったじゃない。狭い家を飛び出したおかげで、そういう人たちに会えたのだから。広い世の中、これからお兄さんと一緒に、もっともっとそういう人たちに出会ってゆくわ。……何かを失っても、ひねくれず、くじけず、真っ直ぐ生きていれば、また新しい何かが見つかるのよ。花だって、また咲くためには、一度散らなければいけないのだから」

お園は心の中、思っていた。

──私も清さんに去られた時は酷く辛かったけれど、それを乗り越えたからこそ、心優しいお客さんたちや、里江ちゃんやお久さん、お妙さんやお梅さん、キヨさん、そして……吉さんにも出会えたのかもしれない。

人との出会いは宝だ。辛い別れもあったが、知らず知らずのうちに宝ものが増えていたことに、お園ははっきりと気づいた。

行燈の仄かな明かりに照らされ、二人は抱き締め合う。いつのまにか、お園の目からも涙が零れていた。

「人生ってのはね、誰だって十とはいかないの。だからこそ愛しいもので、大切にしなくちゃいけないのよ。里江ちゃん、また、心の花を咲かせようね」

七

その頃吉之進は庄蔵を再び訪ね、いきなり問うていた。

「斎藤光彰を斬ったのは、貴殿だな」

唐突で不躾な問いにも、庄蔵はふっと笑い、眼光鋭く吉之進を睨む。外は小雨が降り、道場の中は薄暗かった。吉之進は落ち着いた声で、言った。

「もう、気が済んだろう。これ以上、人を殺《あや》めるのはよせ。せっかくの貴殿の腕前が汚れてしまうのは、忍びない」

元同心である吉之進は、庄蔵を調べるうちに、小納戸役であった隼川弘蔵《こうぞう》の息子であると知った。そして里江の思い人であった斎藤光彰も同じく小納戸役の斎藤成彰の息子であったという事実に、何か不穏なものを感じ取ったのだ。

光彰が斬られたのは昨年の師走《しわす》。庄蔵が目黒から姿を消したのも、その頃である。それが何を意味するのか探っているうちに、庄蔵の父親と光彰の父親の因縁を知った。お園が作った落雁がきっかけとなり、大奥の線で探索したのが決め手となったのだ。

「貴殿の父上は、斎藤成彰に罪を着せられたのだろう。貴殿の憎しみは痛いほどに分かる。しかし成彰など斬る価値もない男なのだ。貴殿にもう剣を汚さないでいただきたい」

吉之進が説得しようとしても、庄蔵は聞く耳など持たぬように平然としている。吉之進は思わず声を荒らげた。

「何故に貴殿は光彰を殺めた！　光彰は何も罪はなかろうに」

それで心を病んでしまった里江のことを思うと、怒りを感じずにいられなかったのだ。庄蔵は薄笑みを浮かべたまま暫く黙っていたが、ぽつぽつと話し始めた。

「あの男も罪を背負っていたのだよ。斎藤成彰は俺の父に、斎藤光彰は黒柾殿の御息女に、それぞれ災いをもたらしたのだからな」

「え……？」

　黒柾の娘と聞いて、吉之進は目を見開いた。庄蔵の目には鋭い光が宿っている。

「光彰は小さい頃、黒柾殿が江戸で開いていた道場に通っていたのだ。そして黒柾殿の御息女・千穂《ちほ》殿とも顔見知りだった。黒柾殿は妻女を病で喪っており、黒鷹殿と千穂殿のお二人を男手一つで育てていらっしゃったのだ。ところが盆が近い或る日、千穂殿が火事の犠牲となって亡くなってしまった。そして、その火事を起こしたのが、光彰だったのだ」

　吉之進は息を呑み、問うた。

「それは、確かなのか？」

「千穂殿は光彰になついていたらしく、その日も『お母さんに会いたい』と言って光彰の前でさめざめと泣いたという。光彰は千穂殿を可哀想に思ったのだろう、道場の庭に落ちていた百日紅《さるすべり》の花を集め、『空き地に行ってこれを燃やして迎え火を焚《た》こう』と言った。その一部始終を、黒鷹殿が見聞きしていたのだ。黒鷹殿は空き地に行かなかったが、騒ぎになり、駆けつけた時には火が回って千穂殿は助けられなかった。風が強い日だったこともあろう。光彰はどうにか逃げ、空き地から少し離れたところで蹲っていたそうだ」

雨の音は、次第に強くなる。秋の雨はやけに物悲しい。

「息子の不祥事を、光彰の父親である成彰は、揉み消した。斎藤は決して高い身分ではなかったが、西ノ丸派である小納戸頭取・美濃部《みのべ》茂育《もちなる》筑前守《ちくぜんのかみ》の腰巾着だったゆえ、権力を笠に着ることが出来たのだ。これは、おぬしも知っているだろう」

「うむ。美濃部筑前守といえば三佞人《ねいじん》の一人であろう」

この頃は十一代将軍・徳川家斉《いえなり》の大御所時代。大奥浸りで浪費家の家斉は、政治を側近たちに任せ、幕政は腐敗していた。「田沼《たぬま》時代の再来」とも言われ、老中・水野《みずの》忠成《ただあきら》は、賄賂《わいろ》を公認したという。

「西ノ丸派」とは家斉に取り入っていた人々のことで、特に、若年寄・林忠英《はやしただふさ》、御側御用取次・水野忠篤《ただあつ》、小納戸頭取・美濃部茂育の三人は、「三佞人」と呼ばれていた。後、忠成亡き後、水野忠邦《ただくに》が老中になり、ようやく三人は罷免《ひめん》になったが、それまでは陰で力を振るっていたというわけだ。

「黒柾殿は、斎藤成彰の子供であった光彰を責めることが出来ず、悲しみに沈みながらもぐっと堪えたのだ。それに、後ろには三佞人、延《ひ》いては徳川家斉がついているのだ。堪えるしかなかったであろう。そのようなこともあって、黒柾殿は御子息の黒鷹殿とともに江戸を離れ、信州の山奥に移り住んだのだ。黒柾殿は、或る時、この経緯を、酒を呑みながら話してくださった。……その時、俺の胸に、抑えていた激しい恨みが、時を経て再び込み上げて来たのだ。その恨みというのは、おぬしも分かっているだろう。俺の父が、上役である美濃部そして斎藤らの陰謀に遭い、我が隼川家が改易となってしまったことだ」

二人の視線がぶつかり合う。吉之進は息をついた。

「貴殿の父上である隼川弘蔵殿は、生真面目な御性格だったと聞いている。それがゆえに、あいつらに目をつけられてしまったとも」

庄蔵は唇に皮肉な笑みを浮かべた。

「大奥の女と不義密通を犯していたのは、斎藤成彰だ。そのことが表沙汰になりそうになって、斎藤は揉み消してほしいと美濃部に泣きつきでもしたのだろう。美濃部にとって、俺の父は鬱陶《うっとう》しい存在だった。生真面目でおとなしい父とは、どうしても相《あい》容《い》れることが出来なかったのだろう。それに……口には出さなかったが、俺の父もあいつらを軽蔑《けいべつ》しているようだった。それを、あいつらも微妙に感じ取っていたのかもしれない。美濃部も斎藤も、父をいびっていたからな」

「貴殿の父上と、大奥の女が不義密通していると、でっちあげたのだな」

「そうだ。美濃部は父に罪をなすりつけ、抹殺《まっさつ》しようと思ったのだろう。大奥の御右筆《ごゆうひつ》を買収し、偽書を書かせたに違いない。熱烈な恋文で、『大奥の女が隼川に出した』という騙《かた》りのものを。美濃部らは、その偽の恋文を、父が所持していたように工作し、陥《おとしい》れたのだ。嵌められてしまった父は、相手が三佞人の美濃部たちではどうにもならなかった。斎藤の身代わりとなり罰せられたが、父は耐えることしか出来なかったというわけだ。そして隼川家は改易となった」

「それで江戸を離れたのか」

「そうだ。嫌な思い出を振り切りたくて、暫く離れたかったのだ。俺は浪人となって山奥を訪れ、黒柾殿と出会った。黒柾殿のところでの暮らしは、俺には都合が良かった。まあ、それで暫く居させてもらったというわけだ」

庄蔵はやけに赤い唇を少し舐め、続けた。

「千穂殿を死なせた男が斎藤の息子と知った時、あの頃の恨みが再び湧き上がって来た。俺は、斎藤親子が許せなかった。ぶちのめしてやりたかった」

雨の音に混じって、犬の鳴き声が聞こえる。吉之進はふと目を瞑った。

「俺は黒柾殿に言った。『千穂殿の敵のその男、見つけたら斬ってやりましょうか』と。黒柾殿はお答えになった。『敵というわけではない。その男も悪気があってやったことではなかろうから、私も何とも思ってはおらぬ。忘れてくれ』、と。しかし、そう言われても、その話を簡単に忘れることなど出来はしなかった。その後、俺は山奥を離れることにした」

「それで江戸に戻ったのか」

「そうだ。江戸で道場を開くつもりだと黒柾殿に告げ、俺は去った。しかし、俺の胸の中には、斎藤親子への憎しみが渦巻いていた。長屋に住み、用心棒や博打などで手荒く稼ぎ、精力のつくものを食べて躰を鍛えた。江戸へ戻って暫くの間は日々の暮らしにかまけていたが、両国のももんじ屋に通ううち、光彰の話を耳にするようになった。光彰はその頃、近くの小屋の芝居を書いていて、それが話題になっていたからだ。恨み相手の名前を聞き、敵が近くにいると思うと、血が滾《たぎ》るようだった。復讐心が膨れ上がり、そうなると、もう止められなかった。俺は光彰をつけ狙うようになり、やがて復讐を果たした。法恩橋のたもとで、斬りつけてやった」

　庄蔵はにやりと笑った。

「ちょうど金も貯まった頃だったので、その後、速やかに目黒から姿を消したというわけだ。俺は黒柾殿に文を送った。『貴殿の御息女の敵、見つけたり』と書いてね。その時にはもう、復讐を果たしていたのだが。光彰を斬る時、俺は小声で囁《ささや》いてやった。『千穂殿の敵』、と」

「そんなことを言ったのか……」

吉之進ははたと思い当たった。光彰が里江に告げた最期の言葉は、『花を燃やせば、会えると。……すまぬ』だった。それを聞いた里江は、「私たちが愛でた花を燃やせば、私たちももう一度会える」と解釈したと言っていた。そして、付け火を繰り返してしまったのだ。

――しかし、本当なのだろうか。いや。もしかしたら、『花を燃やせば、会えると。……すまぬ』とは、『花を燃やして迎え火を焚けば、千穂殿が母上にまた会えると思ったのだ。それなのに火事を起こして千穂殿を死なせてしまって、すまぬ』という意味だったのではないか。つまりは、里江の勘違いだったのでは。花や火に関した歌が多かったのも、光彰はその罪の意識をずっと持っていたからに違いない。

吉之進は愕然《がくぜん》としつつ、黒柾が「庄蔵の暮らしぶりを見て来てくれ」と頼んだ理由も察した。何か危険なものを嗅ぎ取っていたのだろう。預かった庄蔵への文には、「はやまるな」といったようなことが書かれていたに違いない。

「恨みは、まだ晴れていないというのか」

「俺は斎藤家に、あいつらが犯した悪事の、罪を償わせてやりたいのだ」

庄蔵は唇の端に、歪んだ笑みを浮かべた。

吉之進の目が鋭く光った。吉之進は低い声で問うた。

「罪、か。では貴殿には、罪はないというのか？」

「どういうことだ」

庄蔵の顔が、微かに強張った。

「貴殿も、罪を持っていたのではないか。否、罪を持っていなかったとは、言わせぬ。先ほど貴殿は、家が改易になり、嫌な思い出を振り切るために江戸を離れたと言った。もちろん、それもあるだろう。……しかし本当は、己の犯した数々の罪ゆえに江戸を離れたのではないか？」

二人とも身じろぎもせず、ただ向かい合う。吉之進は、刺すほどに鋭い眼光を放っていた。

「貴殿こそ気づいておったろう、私のことに。私は井々田吉之進。この名前、忘れたとは言わせぬ。貴殿のことを調べるうちに分かったのだ、貴殿と私の因縁が。貴殿こそ、私の思い人であった小林《こばやし》紗代の敵だ。紗代は、貴殿の罪の犠牲になったのだ」

庄蔵は吉之進を見据え、再びにやりと笑った。吉之進の顔は憤怒で青ざめている。

「貴殿は、それゆえ、私を避けていたのだろう。私がここを訪れた初めの頃は、貴殿は私を引き止めた。それは、貴殿について私がどこまで知っているかを、窺っていたのではないか？　私が何も気づいていないと分かり安堵したものの、私が貴殿と親しくなりたいと擦り寄ろうとしたので、襤褸《ぼろ》を出さぬようあからさまに避けるようになった。そうであろう？」

庄蔵は何も答えず、笑みを崩さない。吉之進は庄蔵を睨《ね》め、押し殺した声で続けた。

「貴殿は隼川家の三男に生まれ、若い頃から用心棒や賭博で稼いでいたと聞いた。その頃から中間部屋に入り浸りで、よからぬやつらとつるんでいたと。紗代を斬った浪人・木内をけしかけたのは、貴殿だったのだな。あの日、貴殿らは、惨《むご》い賭けをした。『腕試しに女を斬ってみろ。しかも、お前が恨んでいるやつの女だぞ。斬れたら金をやるぜ。でも斬れなかったら、お前が払え』などと浪人をそそのかした。そして、その餌食《えじき》となったのが、紗代だった」

土砂降りの雨が、道場を打つ。

「貴殿は、罪を重ねた。紗代を斬って意気揚々と戻った浪人を、今度は貴殿が殺めたのだ。金を払うのが惜しくなったのであろう。喉を突いて自害に見せ掛けた。そして貴殿は逃げた。当時、貴殿を見たという者は、あの辺りでいなかった。私も思い人を喪った衝撃で自失しており、当時は執拗に探ることが出来なかった。しかし今回、貴殿が江戸を離れる前に入り浸っていた中間部屋を探るうち、色々なことが耳に入って来たのだ。それをもとに稲荷橋の辺りをもう一度探索し、紗代の事件に、貴殿が噛んでいたとはっきり分かった。人の罪ばかり責め、己の罪を棚に上げるとは、何事だ！」

庄蔵はちっと舌打ちし、唾を吐いた。そして剣を抜き、吉之進へと向けた。

「すべて知っているなら、話は早い。次はおぬしを殺るまでだ」

吉之進も剣を抜いた。

「黒柾殿の御息女のことも、貴殿の父上のことも、貴殿が自らを正しいとするための言い訳だろう。勝手な貴殿を許すことなど出来ぬ！」

獣のような声を上げ、目を血走らせて庄蔵が向かって来た。

二人の剣がぶつかり合う。

だが……吉之進の剣のほうが鋭く、重かった。

庄蔵は、斬られ、倒れた。

吉之進は溜息をつき、剣を納めた。目頭が微かに熱かった。

八

秋が深まってきた。来月には紅葉を見に行くことを、お園は楽しみにしている。秋晴れの空の下、お園は煮物を持って、朝顔長屋を訪れた。

長屋の幸作もずいぶん元気になり、前のように日雇い人足は無理にしろ、〈何でも屋〉を始めるという。お民を介して八兵衛と仲良くなり、相談に乗ってもらったそうだ。早速、文太から頼まれて、瓦版の人相書きを手掛けているという。

幸作は以前とは打って変わった、潑剌《はつらつ》とした口調で言った。

「お園ちゃんの役に立てて、『俺もまだまだ捨てたもんじゃねえな』って、急にやる気になっちまったってわけよ。絵に対するこだわりも消えたしな。人相書き、下駄の直しからそろばんの直し、包丁研《と》ぎ、なんでもござれよ。歳取ってるから、そのぶん、なんでも一応は出来るようになっているからな。そこを生かそうと思ったたってわけだ。いや、やる気が出て来たら、不思議なことに足腰もしゃんとしてきたよ！　病は気からってのはホントだねえ」

幸作はからからと笑い、小指を立てて、続けた。

「俺もさ、枯れていくばかりと思っていたが、八兵衛さんを見習って、〝これ〟のほうでもう一花咲かせようと思ってね。あんな綺麗で若い奥さんもらって、やるねえ、あの爺さん！」

お園とお民は顔を見合わせ、微笑み合った。幸作が元気になってくれたことが、何よりも嬉しい。幸作は煮物を噛み締めつつ、話した。

「俺、この前言っただろう。『俺の人生って何だったんだろう』、って。あの答えが分かったんだ。俺はきっと、ここに辿り着くために生きていたのかもしれない、って。お園ちゃん始め、皆と出会うためにね。ようやく人の役に立てて、そう思えたんだ。お園ちゃん、本当にありがとうよ」

お園は幸作の皺だらけの手を取り、強く握った。

「そうね、お爺さん。……でもね、辿り着いたここが、始まりでもあるのよ。きっと」

「そうかな……そうさな」

爺さんはお園の手を、強く強く、握り返した。

お民が木戸まで見送ってくれた。

「お園ちゃんは偉いねえ。人助けしてばかりだ。皆、お園ちゃんに感謝してるよ」

そう言われ、お園は柔らかな声で返した。

「違うわ、ねえさん。私、人助けしているようで、自分が助けられていたの。皆に感謝しなくちゃいけないのは、私のほうよ」

「え？」

「皆、『ありがとう』『ごちそうさん』『美味しかった』って言ってくれて、その温かな言葉に、私が救われていたの。こんな私でも、人の力になれるんだ、って。皆に、気づかせてもらったのよ」

「お園ちゃん、あんた……」

「だからこれからも頑張らなくちゃ。初心に返ったつもりで、料理も、人生も」

お民は頷き、黙ってお園の肩を抱き締めた。


帰り道、夕焼けが広がり始めていた。鮮やかな空に目を細めながら、お園は、里江が残した文を思い出した。文には、このようなことが書かれてあった。

《本当にありがとうございました。女将さんが仰ったように、これからは色々なものを大切にして生きていこうと思います。お花も、周りの人たちも、もちろん兄も、そして自分も。女将さんのお料理のおかげで、そうやって生きていくことが、喪った人たちへの手向《たむ》けにもなると、ようやく気づいたのです。

女将さんが作ってくださったお料理、とても美しくて、美味しくて、心に沁み入りました。撫子のみずみずしい花びらが、私の心を癒し、再び色づけてくれたのです。『心の花を咲かせようね』……女将さんのお言葉を胸に、この先、何があっても乗り越えて、真っ直ぐに進んでいこうと思います。

多くのお客様たちに慕われている女将さんのこと、羨ましく思い、憧れておりました。私もいつか、女将さんのような女性《ひと》になれますよう、精進して参ります。私のような娘をお気遣いくださって、まことにまことにありがとうございました。女将さんの温かなお心、生涯忘れません》

里江の誠意ある言葉の一つ一つが、お園の胸に沁み渡った。

この手紙を渡す時、里江はお園に言った。

「女将さんには何から何までお世話になってしまいました。私に、どれほどの力をくださったでしょう。何と御礼を申し上げてよろしいのか、感謝の言葉も見つかりません」、と。

お園は、里江を真っ直ぐ見つめ、こう返した。

「力をもらっていたのは、私のほうよ。私が作ったものを食べてくれている時、里江ちゃんが笑顔だと、とっても嬉しくてね。私の料理で里江ちゃんを笑顔に出来るんだ、って、励まされたの。だから、私のほうこそ、御礼を言わなくちゃね。里江ちゃん、力をくれて、本当にありがとうね」

里江はお園を見つめ返し、暫く、手を握ったまま放さなかった。

お園は、菊水丸のことも思い出した。

菊水丸は江戸を離れる前に再びお園のもとを訪れ、土下座をし、改めて礼を述べたのだ。

「妹がお世話になり、たいへんありがとうございました。私たち兄妹のことで御迷惑をお掛けしてしまい、まことにもって申し訳ありませんでした。これからは一から出直すつもりで、兄妹、仲良くやって参ります」、と。

その姿を見て、お園は、この兄と一緒ならば里江は大丈夫だと、確信したのだった。

――お二人とも、どうぞ幸せになってね。

茜空《あかねぞら》に向かって、お園は兄妹の前途を祈った。茜雲の合間に、兄妹の柔らかな笑顔が、見えたような気がした。

里江のことは安心出来たが、お園には気掛かりな人がまだ残っていた。

吉之進である。

吉之進から庄蔵との経緯を聞き、お園も深く胸を痛めていた。

あの後、吉之進はすべてをお園に語った。吉之進は、庄蔵を殺めたことに、やりきれぬ思いを抱いているようであった。

吉之進は低い声で呟いた。

「女将は言ったな。俺と庄蔵が似ていると」

お園は慌てて否定した。

「ああ、そんなこと言ってしまったけれど、似てないわ、全然」

「いや、そんなことはない。似ているとすれば、復讐の思いを抱いていたということだろう。俺は、紗代を斬った木内を憎んでいた。復讐してやりたかったが、出来なかった。それは、やつが死んでしまったからだ。遂げることのなかった復讐の思いは、俺の心のどこかで長らく燻《くすぶ》っていただろう。庄蔵は、斎藤親子に憎しみを抱いていた。そして、本当に復讐をした。紗代のことに庄蔵も絡んでいたと知った俺は、今度は庄蔵を憎悪した。復讐心が再び頭をもたげた。そして、やつを斬った。復讐の思いを抱き、それを果たしたことでは、やつも俺も同じなのだ。……獣なのだよ」

そして、吉之進は沈黙してしまった。

お園も暫し何も言えずにいたが、微かに震える声を出した。

「ううん、似てないわ。吉さんと庄蔵は。吉さんは生まれつき、善の人なの。でも庄蔵は……悲しいことに、悪だったのよ。……ごめんなさい。似てるって言ってしまったのは、話を聞いていて、お師匠様のもとで剣を学んだ者同士、通じ合うものがあるだろうと思ってしまったからなの。本当に、ごめんなさい。庄蔵のことをよく知りもしなかったのに、よけいなことを言って」

「……女将が謝ることはない、何も。俺こそよけいなことを言ってしまった。すまない」

吉之進は酒を呷り、深い溜息をついた。

庄蔵を倒してからというもの、吉之進は腑抜《ふぬ》けのような状態になってしまった。

庄蔵の一件は、光彰に関するだけでなく、思いがけぬ自らとの因縁《いんねん》にまで及んだ。そして五年の歳月を経て、真に思い人の敵を討ったのだ。吉之進の心にかなりの負担が掛かったことは、明らかであった。紗代の死の真相があのようなことであれば、尚更だろう。

——吉さん、虚無のような心持ちなんだろうな。敵を討ったとはいえ、紗代さんが戻って来るはずもないんだ。紗代さんを思い出せば思い出すほど、辛いだろう。

吉之進の心を慮ると、お園まで苦しくなった。

吉之進はお園の店を訪れても、近頃はただ無言でひたすら酒を呑み、お通しにも箸をつけない。

顔色は悪く、目は澱《よど》み、窶れ、髪も服も乱れ、まさに野良犬のようだ。

これほど精気を失ってしまった吉之進を見るのは、お園は初めてで、心配も募った。

——どうにかして、何かを食べさせてあげたい。吉さんに少しでも元気になってほしい。

お園は心から思っていた。

夜、店が終わる頃、吉之進がふらりと訪れた。

「酒」

無愛想に注文し、吉之進は床几に腰掛ける。そのよれよれの姿に、お園は涙が出そうになったが、堪えた。

「何か食べないと、躰に悪いわ」

「いい。酒で」

「そう……」

お園は吉之進に酒を出し、板場へと引っ込んだ。指で目を拭いながら、お園はふと思い出した。幼少の頃のことを、だ。

あれは吉之進が十、お園が八つの頃だ。お園はその頃はもう、家の蕎麦屋を手伝っていた。或る日、お茶を運んだお園に、吉之進が訊ねた。

「お園ちゃんは料理を手伝ったりはしないのかい?」、と。

お園が、「はい。私は、まだお運びぐらいです」と答えると、吉之進はこんなことを言ったのだ。

「そうか。でも、某《それがし》、たまにはお園ちゃんが作ったものを、食べてみたいな」、と。

吉之進の父親は、「こら、娘さんを困らせるようなことを申すでない」と笑ったが、幼いお園はすっかりその気になってしまった。

——吉之進様を満足させられるようなものを、作ってみたい。

お園はやる気満々で、板場に下がったが、さて困ってしまった。

蕎麦粉を捏ねたことはあるが、まだ蕎麦を打てるわけではない。単純に蕎麦を茹でて、ざる蕎麦のように汁と一緒に出してもよかったが、それだと吉之進がいつもこの店で口にしているもので、何の代わり映えもないではないか。

吉之進は「お園ちゃんが作ったもの」と言ったのだ。別に「お園ちゃんが作った蕎麦」と言ったわけではなかった。

そこでお園はひらめき、二階へ上がっていった。お園の実家の蕎麦屋も、仕舞屋《しもたや》を借り受け、二階を住処《すみか》にしていたのだ。

朝に炊いた御飯がまだ残っていたので、お園は小さな手にそれを取り、おむすびを握った。

——吉之進様が美味しいと仰ってくださいますように。

そう願いながら、懸命に。中に入れたのは、梅干し、おかか。二つ作って、ともに海苔《のり》で巻いた。

素朴《そぼく》なおむすびを皿に載せ、お園は胸を弾ませながら階段を下り、店へと戻って吉之進に出した。

蕎麦ではなくおむすびだったので、吉之進は面食らったような顔をしたが、「ほう」と言いながらそれを手で摑み、口を大きく開けて頰張った。嚙み締め、呑み込み、「うむ、美味い」と吉之進が声を上げた時の喜びを、お園は今でも覚えている。

そのおむすびは、お園が初めて自分で作って、お客に出したものでもあった。

吉之進は勢い良くあっというまに平らげ、満面に笑みを浮かべて礼を述べた。

「実に美味かった。世辞ではなく、本心だ。塩加減もちょうどよく、握り方も柔らか過ぎず、硬過ぎず、たいしたものだ。お園ちゃん、ありがとう。ごちそうさまでした」

初めてのお客、それも憧れていた吉之進に褒められ、お園は躰が熱くなるほど嬉しかった。

父親には後で「蕎麦屋で握り飯を出すなんて」と叱られたが、娘が「美味い」と評価されるものを作ったことを、内心喜んでいるようでもあった。

——吉さんからもらった言葉がとても嬉しくて、思えば、あそこから私の料理人としての人生が始まっていたのかもしれない。

お園はそんなことを思い出しながら、手をよく洗った。

水気を切り、少々濡れた手に塩を振って、御飯を掴む。お園は、再びおむすびを握り始めた。

——吉さん……色々なことがあっただろうけれど、あの頃の無邪気な輝きを、どうかもう一度取り戻してほしい。

そう願いを込めて。お園は、吉之進の精気溢れる姿、澄んだ目を、どうしても再び見たかった。

――吉さんも思い出してくれるかな、あの日のこと。

あの時と違うのは、温かな御飯を使っていることだ。冷えたおむすびが好きな人もいるが、吉之進は温かな御飯を好むことを、お園は知っている。

――温かな御飯で握れば、吉さんはきっと喜んでくれるよね。

お園は大人になって知ったが、おむすびという言葉の起源は、『古事記』に記された「むすび（産巣日）のかみ」だという。おむすびの「び」には古くは「魂」の意味があり、「魂を込めたもの」の意味もあるそうだ。ほかにも「縁を結ぶ」の意味も持っている。おむすびという言葉には、温かなものが詰まっているのだ。

――どうか、どうか、粉々になってしまった吉さんの心を、もう一度結ぶことが出来ますように。

お園は祈りを込め、おむすびを握った。中に入れたのは、昔と同じく梅干しとおかか。海苔で巻いた三角形のそれを皿に載せ、お園は運んだ。

手酌でやっていた吉之進は、ぼんやりとしながら呟いた。

「雷が凄いな。秋雷か……一雨来そうだ」

お園は「え」と、小さな格子窓を見やった。

「雷、鳴っていました？」

「ああ。気づかなかったのか」

「ええ。まったく」

雷が再び落ち、お園の耳にも聞こえた。

しかし、お園はもはや雷に怯えることもなく、目の前の吉之進へと皿を出した。ただ吉之進を励ますことしか、お園の心にはなかったのだ。

雨が強く降り始めた。

吉之進は、おむすびを暫し見つめ、そしてお園へと目を移した。

お園は何も言わず、小さく頷く。

吉之進は盃を置き、再びおむすびを見つめた。ふっくらとした真っ白な米粒が、艶々と輝いている。吉之進は手を伸ばし、梅のおむすびを摑んで、かぶりついた。

ゆっくりと嚙み締め、呑み込み、満足げな笑みを浮かべて、吉之進は呟いた。

「うむ。……美味い」

解説――温かで、心に美味《おい》しい物語

文芸評論家　大矢博子《おおやひろこ》

隆盛《りゅうせい》を極める文庫書き下ろし時代小説で、剣豪ものと並んで人気のジャンルが料理ものである。美味しそうな料理の描写、職人小説としての興味、料理屋に訪れる人々の交流。冷蔵庫や電子レンジのない時代だからこその、季節の食材を大事にした手間や工夫《くふう》。洋食主体の現代における反作用のように、和のレシピに魅《み》せられることも多い。男性ファンの多かった時代小説に女性読者を引き入れたのは、料理ものの功績と言える。

この分野の先鞭《せんべん》をつけたのは大御所・池波正太郎《いけなみしょうたろう》だが、今のようにジャンルとして確立させたのは髙田郁《たかだかおる》の「みをつくし料理帖」シリーズ（ハルキ文庫）だろう。以降、小早川涼《こばやかわりょう》や和田《わだ》はつ子《こ》がこれに続いた。近年では倉阪鬼一郎《くらさかきいちろう》、坂井希久子《さかいきくこ》など現代小説からの参入組も増えた。あまりに多くなってきたので、料理と聞くと「またか」と思われるかもしれないが、料理人が謎を解《と》くミステリ仕立てのものもあれば、主人公が料理人として独《ひと》り立ちするまでを描いた成長小説もありと、作者ごとにそのシリーズならではの趣向を凝《こ》らしており、実にバラエティに富んでいるのだ。

そんな料理ものに、また新たな魅力と趣向に満ちたシリーズが登場した。有馬美季子の「縄のれん福寿」である。

本シリーズの魅力について解説する前に、まずは物語の設定を紹介しておこう。

時は文政《ぶんせい》五年。日本橋《にほんばし》小舟町《こぶなちょう》にある「福寿」は、二十六歳のお園《その》が女手ひとつで切り盛りしている料理屋だ。彼女は二十歳の時に、腕のいい料理人だった清次《せいじ》と夫婦になった。しかし三年も経たずに清次が失踪。事故なのか事件なのか、それとも単なる家出なのか、生死すらわからない状態にしばらくは泣き暮らしていたお園だったが、通りすがりの老婆が心配してご馳走《ちそう》してくれた蕎麦《そば》の温かさに生気を取り戻す。そして、新たな一歩を踏み出すべく、人の心を温めるような料理を作ろうという決意を込めて、貯めたお金で料理屋を開いたのである。

料理の美味《おい》しさで常連もつき、穏やかな日々を送っていたある日、お園の店の前で倒れていた若い娘を助けたところから、物語が動きだす。里《さと》、と名乗ったその娘は訳ありらしく、お園は里自身から事情を話す気になるまで彼女を「福寿」に置いて、面倒を見ることにした——。

というのが、本書のプロローグ「お通し」で語られるお園の来《こ》し方だ。以降、五つの短編が収められており、それぞれ独立した事件とその顚末《てんまつ》が語られる一方で、お里の事情という一冊を通した謎が少しずつ解かれていく。

まず注目すべきは、各話にちりばめられた謎解きの面白さだ。第一話「謎の料理走り書き」は、恋愛に夢中だったはずの女性が突然いなくなり、部屋に食材のメモが残されていたという事件。一部は墨《すみ》がにじんで読めなくなっている。それが何の料理の材料なのかを推理して、そこから女性の行き先が判明するという趣向なのだが、判明している食材とお園の試行錯誤《さくご》を読むうちに「もしかして、今でも食べられているアレでは？」と読者も一緒に推理する楽しみがある。

また第二話「夏の虎、冬の虎」には、お園の昔馴染《むかしなじ》みだった元同心の吉之進《きちのしん》が登場する。彼は頼まれて人探しをしているのだが、そのヒントが「春さくら　夏はぼたんに　秋もみじ　江戸の笑いは　山には咲かぬ」という謎めいた狂歌にあるということで、お園が知恵を絞る。

第三話では、病の床《とこ》に伏して何も食べなくなった老母を助けたいという依頼を受け、その老母が昔好きだった料理を探したり、第四話では大量の饅頭《まんじゆう》を作ってどこかに通う女性の謎を解いたりと、どの謎も、そして謎解きの過程も、実に興味深い。

だが、決して謎を解いて終わりではない。どの話も謎を解いてからが眼目なのだ。

恋に迷った女性に、人間関係に悩む吉之進に、年老いた病の母に、ひとりぼっちで寂《さび》しさに耐えていた女性に、お園は趣向を凝らした料理を出す。その料理のひとつひとつに、メッセージが込められているのである。

このメッセージの出し方こそが本書の最大の特徴だ。楽しみを削《そ》がないため具体的には書かないでおくが、ひとつだけ例を出そう。自分とはタイプの違う人との付き合いに悩む吉之進に、お園は対照的なふたつの料理を出す。そしてそのふたつを合わせて作った別の料理を出してみせる。それは、自分とは合わないと思っていた相手でも、打ち解けあったら案外いい関係が生まれるかもというメタファになっているのである。

つまりお園は、相手に伝えたい思いを料理に託しているのだ。これには唸《うな》った。人と人との関係を食材の関係に喩《たと》えたり、旬《しゅん》を迎える前の野菜を人の青春に喩えたり。そうしてお園は、自分が辛い時に一杯の蕎麦に救われたように、料理を通して人を救っていくのである。

その料理の描写が細やかで、実に美味しそうだから堪《たま》らない。読んでいるだけで、その料理に込めたお園の思いが、読者の舌に、胃に、そして心にすっと染み渡っていく。なんと温かで、心に美味しい物語であることか。

本書に登場する料理は、決して物語ありきの恣意《しい》的なものではなく、考証がしっかりしているという部分にもご注目願いたい。

第一話の途中で、「これが文政年間にあったの?」と疑問に思った料理が出てきたが、当時の文献にちゃんと登場すると知って驚いた。また、おだまき蒸しを「上方の食べ物なんだよ」と紹介するくだりもある。これはおだまき蒸しが江戸に入ってきたのは幕末になってからという史料に沿ったものだろう。

冒頭で述《の》べたように料理ものの時代小説は今や百花繚乱《ひゃっかりょうらん》だが、考証という点ではかなり手間がかかるジャンルなのである。和食なら江戸時代も今も同じだろうと考えがちだが、たとえば白菜が日本に入ってきたのは幕末だし、複数の人でひとつの鍋をつつくという習慣も明治以降のものだ。地方によって食べられるものや調理法も、現代以上に違う。書き手にとっては、大きな制約と言っていい。

お園のレパートリーはとても広く、「この店、原価計算は大丈夫か」と心配になるほどバラエティに富んだ料理を出して読者を楽しませてくれるが、その背後には著者による綿密な考証作業があることを窺《うかが》わせる。だから物語にリアリティがある。同時に「当時はこうだったのか」という驚きや楽しみを読者に与えてくれる。

居候《いそうろう》のお里が、お園を「人と食べ物を結ぶ橋渡しをなさっている」と評する場面があるが、本書は有馬美季子が「読者と江戸の料理を結ぶ橋渡しをなさっている」のである。

「福寿」の魅力的な常連たちや、季節の描写についても触れたかったのだが、紙幅が尽《つ》きた。それは本編で味わっていただきたい。特に、物語全体を貫くお里の謎と「季節」が密接に結びついており、ミステリとしても上質だとだけ書いておこう。捕物帳を読みなれた読者ほど、序盤で真相を見抜いたつもりになるはずだ。だがそんな簡単な構成ではないので油断なきよう。

さらに、まだ解決されない問題も残っている。失踪した清次はどうなったのか、そしてお園と吉之進の間に芽生《めば》えかけた思いはどうなるのか。また、本書は春から秋の話なので、冬の料理がまだ出てきていないのも次巻に期待が膨《ふく》らむ。

しかしその前に、まずは本書である。お園がどんな料理を出してくれるのか、その料理にはどんな思いが託されているのか。「福寿」の縄のれんをちょいとくぐって、まずはお通しから、一品ずつゆっくり味わってほしい。きっと満足いただけるはずだ。

縄のれん福寿

一〇〇字書評

切り取り線

購買動機（新聞、雑誌名を記入するか、あるいは○をつけてください）

- □（　　　　　　　　　　　　）の広告を見て
- □（　　　　　　　　　　　　）の書評を見て
- □ 知人のすすめで
- □ タイトルに惹かれて
- □ カバーが良かったから
- □ 内容が面白そうだから
- □ 好きな作家だから
- □ 好きな分野の本だから

・最近、最も感銘を受けた作品名をお書き下さい

・あなたのお好きな作家名をお書き下さい

・その他、ご要望がありましたらお書き下さい

住所	〒				
氏名		職業		年齢	
Eメール	※携帯には配信できません		新刊情報等のメール配信を 希望する・しない		

この本の感想を、編集部までお寄せいただけたらありがたく存じます。今後の企画の参考にさせていただきます。Eメールでも結構です。

いただいた「一〇〇字書評」は、新聞・雑誌等に紹介させていただくことがあります。その場合はお礼として特製図書カードを差し上げます。

前ページの原稿用紙に書評をお書きの上、切り取り、左記までお送り下さい。宛先の住所は不要です。

なお、ご記入いただいたお名前、ご住所等は、書評紹介の事前了解、謝礼のお届けのためだけに利用し、そのほかの目的のために利用することはありません。

〒一〇一－八七〇一
祥伝社文庫編集長　坂口芳和
電話　〇三（三二六五）二〇八〇

祥伝社ホームページの「ブックレビュー」からも、書き込めます。

http://www.shodensha.co.jp/bookreview/

祥伝社文庫

縄《なわ》のれん福寿《ふくじゅ》　細腕《ほそうで》お園美味草紙《そのびみそうし》

平成 28 年 11 月 20 日　初版第 1 刷発行
平成 30 年 4 月 10 日　第 4 刷発行

著　者　有馬美季子《ありまみきこ》
発行者　辻　浩明
発行所　祥伝社《しょうでんしゃ》
東京都千代田区神田神保町 3-3
〒 101-8701
電話　03（3265）2081（販売部）
電話　03（3265）2080（編集部）
電話　03（3265）3622（業務部）
http://www.shodensha.co.jp/

印刷所　堀内印刷
製本所　ナショナル製本
カバーフォーマットデザイン　中原達治

 ISBN978-4-396-34264-7 C0193

祥伝社文庫の好評既刊

岡本さとる　取次屋栄三《えいざ》

武家と町人のいざこざを知恵と腕力で丸く収める秋月栄三郎《あきづきえいざぶろう》。縄田一男《なわたかずお》氏激賞の「笑える、泣ける！」傑作時代小説誕生！

藤原緋沙子　恋椿　橋廻り同心・平七郎控①

橋上に芽生える愛、終わる命……江戸の橋を預かる橋廻り同心・平七郎と瓦版屋女主人・おこうの人情味溢れる江戸橋づくし物語。

井川香四郎ほか　欣喜《きんき》の風

大切な人との巡り合い、生きることの喜びに花が咲く。濃厚な人間ドラマを描く短編集。

鳥羽　亮ほか　怒髪《どはつ》の雷《かみなり》

ときに己を奮い立たせ、ときに誰かを救う力となる――怒りの鉄槌が悪を衝《つ》く！

藤原緋沙子ほか　哀歌《あいか》の雨

いつの時代も繰り返される出会いと別れ。すれ違う江戸の男女を丁寧に描く、切なくも希望に満ちた作品集。

風野真知雄ほか　楽土《らくど》の虹

武士も、若旦那も、長屋の住人も……ままならぬ浮世を精一杯生きる人々を色鮮やかに活写！　心温まる時代競作。